光文社文庫

老人ホテル

原田ひ香

JN178528

光　文　社

目次

老人ホテル

1

天使《えんじぇる》がその人の部屋に入らせてもらうまで半年以上の時間がかかった。

少し分厚い唇や、もったりした一重《ひとえ》まぶた、変化の乏しい表情、そんなことが影響しているのか、天使は何事にも図太いと言われるし、自分自身、命を失う程度のことなら別にかまわないと思っている。恐れるのは、そこに向かうまでの痛みや苦痛だけだ。嘘《うそ》やはったりではない。何度も死にそうな目に遭ってきた。そして、何度、経験しても「死にたくない」と思ったことがない。

そんな天使が、ノックする時少し緊張した。

彼女に。ここに来るまでの過程に。費やした時間に。

「何?」という声と軽い咳《せき》が聞こえた。それもまた言われた通りだ。

「クリーニングです」という自分の声が、かすれないように気をつけた。

「どうぞ」

ドアを開けるとわずかに臭《にお》った。強い花の香りのような良いものと、腐臭に近いような嫌なもの……老人が持つ、両極端な香りが入り交じっていた。きっと、自分の加齢臭を気にして安い香水か何かをふっているのだろう。

「失礼します」

ベッドに横たわっている彼女は、少しだけ頭を上げた。しょぼしょぼした目で天使をいぶかしげに見る。

「あんた、誰？」

「日村《ひむら》です」

天使は胸の名札を見せるようにした。白と薄いブルーの制服は清掃員共通のものだ。少なくともなりだけは、あやしく思われることはないはずなのに。

「……いつもと違う人だね」

「山田《やまだ》みずえは今日、お休みしています。今日はあたしが……」

「じゃあ、いいよ」

「え」

「掃除はいいって言ってるんだよ」

「でも……」

頭を上げるのもおっくうそうだった彼女……フロントに言っている名前が本当なら綾小《あやのこう》路光子《じみつこ》……が息を切らしながら立ち上がり、天使のところまでよろよろ歩いてきた。

身長は百五十五センチくらいで天使より少し低い。針金のように痩せていて、薄紫のレースのワンピースがぶかぶかだ。それがさらに細さを際立たせている。視線だけがやけに鋭かった。

光子の指が制服の胸のあたりをつつく。細く第二関節のところで折れ曲がったようになっている指だ。リウマチか何かをわずらっているのだろう。そんな人差し指なのに、力は強い。これを男にやられたら、少し前なら数万は取っていた。

「いいって言ってるんだよ。帰りな。明日にでも山田さんが来たらやってもらう」

「山田はインフルエンザで、しばらく来られません」

「だったらいつでもいいよ。それまで掃除はしなくていい」

ぐいぐいと人差し指一本で押されて、天使は後ずさるしかなかった。

「フロントにそう言っておいておくれ！」

ばたん、とドアが目の前で閉じた。自分が半年以上かけてきたもくろみがたった十秒程度で終わったことを知った。

七ヶ月前、大宮《おおみや》駅前のロータリーを、老人用のカートを押してよろよろ歩いている光子を見かけた時、すぐにわかった。

彼女だと。

そのとたん、すべてが回り始めた気がした。彼女を中心に。文字通り、ぐるぐると風景が回って、自分がしゃがみこんでいることに気がついた。昔から貧血ぎみで、最近はろくなものを食べていないからさらにひどかった。

大丈夫ですか？

男の声がして顔を上げると、三十歳くらいの濃い青のスーツを着たサラリーマンが心配そうにこちらをのぞき込んでいる。

天使は焦《あせ》った。こんなことをしている暇はない。すぐに光子を追いかけなければ……。

「うぜえんだよ！　このすけべ野郎！」

その焦りが言葉を乱暴にした。

「いや、別に……」

彼はおびえたように後ずさった。この時代、若い女性に関わって、痴漢やあやしい人間と思われたら事だと思ったのかもしれない。

「うせろっ！」

腕を振ると、「なんなんだよ……」と小さな声でつぶやきながら彼は去って行った。そこで「うるせえ、このブス！」と言わなかったのだから、もしかしたら、彼は本当にいい人だったのかもしれない。

だけど、今はそんなことにかまっちゃいられない。

足下はまだおぼつかなかったけど、天使はきょろきょろとあたりを見回し、老婆を探した。彼女はもうどこにも見当たらなかった。できるだけ大きく、「ちっ」と舌打ちする。倒れた時に打った膝についた砂を払いながら、光子に最後に会ったのは、確か、五年くらい前だった、と天使は思い出す。

自分はまだぎりぎり十代で、大宮の「マヤカシ」という名前のキャバクラで働いていた。最初はよくわからない老婆だった。月に一回くらい来て、店の一番奥の大きなテーブルについて酒は飲まずに、ずっとカルピスを飲んでいた。

キャバクラで女性客は嫌われる。席について気に入られたって通ってくれるわけではないし、なんなら男性客に連れてこられた女は何を飲んでも無料だ。女だけで来たらどうするのか、金を取るのかどうか、よくわからない。

男が女を連れてキャバクラに来るのは、本気でキャストの誰かを口説《くど》く時だ、と聞いたことがある。友達だか、彼女、同僚だかよくわからない人を連れてくることで、自分は危険な客じゃない、がっついてない、ということを嬢に見せつけるそうだ。

天使はそんなふうに本気で口説かれたことなんてないから、その風説が嘘なのか本当なのかわからない。

いずれにしろ、光子だけは正真正銘一人で来て、オーナーをはじめとした黒服やボーイたちを周囲に侍《はべ》らせてふんぞり返っていた。

いったい、どういう女なんだと不思議だった。

「ねえ、あのババア、誰？」

最初に光子を見た時、バックヤードのメイク室で隣に座っていた、ミナヨに尋ねた。

「ババア？　どんな？」

「ほら、店の一番奥の、オーナーと座ってる」

「そんな人、いた？」

ミナヨの本名は今でも知らない。天使と一緒でアルバイト感覚で来ているキャバ嬢だった。天使以上に、店の中のことなんて気にもしてないし、ウエイティングという客の席についていないキャバ嬢が座っている場所に移動して、同じような立場の女としゃべり始めた。

しかたなく、天使は目で他の人を探した。メイク室の一番奥で、ミネアポリスが座って付け睫毛《まつげ》をチェックしていた。彼女は店のナンバーワンだ。いけ好かない女だったが、彼女なら知っているだろうと踏んだ。オーナーたちと仲がいいし、店の中のことにはいつも気を配っていたから。

ミネアポリスはここを出ても、たぶん、ウエイティングには座らない。いつもひっきりなしに指名がかかっているから、そんなところに座る暇はないのだ。話しかけるなら今しかない。

「ねえ、あの女、一人で来てるお婆《ばあ》さん、誰か知ってますか？」

気がつくと、自然、すり寄るような口調になっていた。

「はあ？」

小馬鹿にしたような答えしか返ってこなかった。むかつくけど、ここは我慢して重ねて尋ねるしかない。

「店の奥の席の……店長やオーナーたちと座ってる」

ちらっとミネアポリスがこちらを見た。おかしな名前だけど、これがまたおもしろがられているらしい。三根秋子《みねあきこ》という地味な本名からつけた名前だ。かわいい源氏名をつけないのが男に媚《こ》びないふうに思われていた。しかも彼女は決して、美人ではない。メイクはうまいし、美容には金をかけて肌はきれいだが、正面から見ると鼻の穴がすべて見えるような顔をしている。顔立ちだけなら、ミナヨの方がずっときれいだった。

でも、店のナンバーワンなのはミナヨではなくてミネアポリスで、今はゴミでも見るような目つきで天使を見ている。彼女は店のトップスリーに入る人間か自分にすり寄る後輩としか、まともに会話しない。

「……あれはこの店の大家だよ」

それでもめずらしく、天使に答えてくれた。多少、機嫌がよかったのだろう。

「おおや？」

「大家。大家も知らないの？　このビルを持っている人」

思わず、唇を嚙《か》み締める。屈辱的な口調だった。

「そのくらい知ってます。この店って、オーナーのものじゃないんですか」

「店はオーナーのだよ。このビルがあのババアのもんなんだよ」

そう言うと、天使の返事も聞かずに立ち上がった。

そのミネアポリスは、その後、鳴り物入りで歌舞伎町《かぶきちよう》の店に引き抜かれ、でもそこでは結局、ナンバーワンにはなれず、どこかの起業家に見初《みそ》められて結婚した、と聞いた。あのミネアポリスでもやっとナンバースリーに入るくらいだった、と聞いて、やっぱ、東京は広いんだな、と思ったのを覚えている。

再会した日、光子は小さなエコバッグにぎっしり、食べ物を入れていた。

彼女にまた会いたかったけど、どうしたらいいのか、よい方法は特に思いつかなくて、天使は駅前のロータリーで見張ることにした。

ロータリーにはタクシー乗り場があって、常時、五台から十台ほどの車が列を作っている。その脇に、大きな木を囲う形の鉄製のベンチが設置されていた。長居されないように、尻をわずかしか乗せられない、高いベンチだ。天使の年齢でも、つらくてたまらなかった。それに数年前なら、なんだかんだ男が近づいてきて、うるさくて座ってもいられなかったに違いない。けれど、今は誰も近づいてこない。あれから五年しか経《た》っていないのに……。昔はうざくてたまらなかった男たちも、今、声をかけてくれるならご飯ぐらい食べてもいいと思う。外食とか、もう何ヶ月もしていない。

話しかけてくるのは歯の抜けたような老人ばかりだった。

「姉ちゃん、何やってるの？」

へらへら笑いながら近づいてくる。ハエを追い払うようなしぐさで「あっちに行け」と手を振ると、「おっかねえの」「なんだよ」などと言いながら離れていく。

一番困るのは隣のベンチに座って、独り言とも話しかけているともつかず、ぶつぶつ言っている老人だ。無視していてもつい声が耳に入ってしまう。しかたなく、横目で見ると、ベージュのポロシャツにベージュのズボンという、そのあたりにたむろしている老人にしてはわりにこぎれいな格好だ。オフホワイトの帽子をかぶっている。

「うぜえんだよ、黙れ」とでも怒鳴ってやろうかとも思うが、何も見ていないような目つきが怖くて逆に躊躇《ちゅうちょ》してしまった。

「……俺も前はこんなところにいなかったんだよ」

「……息子は社長なんだよ」

「……娘は宝塚《たからづか》にいる」

「……女房は四年前に死んだ」

「……ここにいるのは馬鹿ばっかりだ」

小さな声だけど、気がつくと頭の中で声を追っていて、どんどん気持ちが落ち込んでいく。普段なら席を変わるとか、別のところに行くとかすればいいけど、あの時はそこで光子がまた来るのを待たなければならなかった。

座っている間、空腹を感じると水を飲んだ。数日前に買ったミネラルウォーターのペットボトルに家の水道水を入れて持ってきた水だ。もう百円も無駄にはできない状況だった。

夕方になって暗くなり、老人たちが一人二人といなくなると、天使もしかたなく家に帰った。

光子の部屋から締め出された時、一応、誰かに報告しようとフロントに行くと、マネージャーの酒井《さかい》が立っていた。彼は三十代半ばくらい。髪を七三に分けていつも安そうなスーツを着ている。二人の男子のお父さんで、時々スマホに入った写真を見せてくれる。

光子の部屋の掃除ができなかったことを話し、理由を説明すると「しかたないなあ」と言った。

「あの人、気難しいから」

「すみません」

自分が自然に謝っていることに気づいて、驚いた。

謝るということは責任が自分にあると認めることだ。これまで天使がいた世界では絶対にやってはいけないことだった。一度謝ったら、どこまで責任をとらされるかわからない。親や兄弟、姉妹、学校でも許されなかった。

身体《からだ》がぎゅっと緊張する。自分の落ち度に気づいて。

だけど、彼は穏やかに言った。

「向こうがいらないって言ってるんだからしょうがないよ」

ゆっくりと心がほどけていく。ダサい眼鏡《めがね》で、男性的な魅力は一つもなくて、金もなさそうだ。昔、店に来ていたら絶対に相手にしないような男だったが、今は少なくとも嫌いじゃないと思う。

「いいんですか」

「うん。ただ、明日も一応、ドアをノックして聞いてみてくれる？　山田さんが来てくれるまでの間……」

「かまいませんけど」

「悪いね」

長期滞在の人の部屋を掃除するのって本当に大変なことなんだよね、山田さんはよくやってるよ、と独り言を言いながら彼は書類を片付けている。

山田とは比べものにならない、と言われているようで、つい、下を向いた。

「長期の人でも部屋から出てる時にさせてもらうのがやっぱり一番楽だし、お客さんにとってもいいと思うんだけど、綾小路さんだけはどうしても部屋にいる時にして欲しいって言うからさ、しかたないんだよね」

「部屋になんか置いているんでしょうか」

「そうかもね、知らんけど」

彼はちょっと肩をすくめながら、悠長な声で言った。

なんとなく、適当にあしらわれた気がした。彼にほんの少し気を許したつもりになっていたのに、急に平手打ちされたような気持ちになる。

「じゃあ、他の一階の掃除もやってくれる?」

こちらも愛想笑いでかわした。

結局、誰も自分には本当のことは教えてくれないんだ、と疎外感を感じながら廊下を歩いた。ポケットの中から、山田が事前に書いておいてくれたメモを取り出して読む。

一〇八号室　綾小路光子……女性、七十八歳。足腰は多少弱っている。週に一度の買い物の他はほとんど部屋にいる。部屋にいる時に掃除をする。掃除には厳しいが、普通にちゃんとやってれば大丈夫。あまり口数は多くないし、毒舌だけど、悪い人ではないので気にしないように。

気にしないように……自分も気にしないことにした。

駅前で次に光子を見たのはちょうど一週間後だった。

あんまり待ちすぎて、天使は光子が幽霊か幻のように見えた。実際、彼女は老人用カートを押しながらゆらゆらゆらと歩いていた。

天使は飲みかけのペットボトルを投げ捨て、彼女のあとをつけた。今度は絶対に見逃さない。

彼女の歩みは亀のようにのろく、でも確実だった。この間だって、めまいを起こしたりしなければまかれることもなかったはずだ。彼女は駅から五、六分歩いたところにあるスーパーに行っておにぎりや弁当、菓子パン、缶詰、果物、チンすれば食べられるパックの白飯などを買い、手持ちのエコバッグに詰めてカートにのせた。どれも温めればすぐに食べられるものばかりだった。飲み物を買わないのは、自宅で作るからかと思った。量は一週間分くらい。ちょうど、天使が駅前で張っていた日数と重なる。きっと買い物は週に一回と決めているのだろう。

彼女はスーパーから出ると、また、駅の前を通って来た道を戻っていった。その間も天使はあとをつける。

一度だけ、知り合いと思われる、同じくらいの歳《とし》の男に話しかけられて、挨拶《あいさつ》だけ交わしてまた歩き出した。彼の方はわりに友好的に話しかけていたが、光子は無表情で、簡単に返事をしただけだった。彼のことが気に入らないのか、人には誰にでもそういう態度なのかは、その時はわからなかった。あとで利用できるかもしれないと、天使は彼の顔をちらっと見た。後からわかったことだが、彼はここに住んでいる一〇六号室の田原《たわら》だった。

それからも光子はよろよろと歩き続け、十分以上歩いたところで唐突に立ち止まった。ちょっと腰を伸ばすような仕草をしたあと、一つのビルの中に入っていった。

天使は少しだけ慌てた。光子はもっと歩いて、どこかマンションかアパートか一軒家か、自分の家に戻るかと思っていたからだ。

彼女が自動ドアに吸い込まれていったのを確認して、ビルの前に立つ。

自動ドアは一部磨《す》りガラスの加工になっていて中はよく見えなかったが、なんのビルかはわかった。

――ホテル・フロン。

さて、光子はここに泊まっているのか、それとも誰かに会いに来たのか……それとも、考えにくいことだがここで働いているのか。もしくは、オーナーなのか。

次の日からはこのホテル・フロンと駅のあたりをうろうろした。

次の週、ホテルから出てきた彼女をつけたが、やっぱり、スーパーで買い物をするだけだった。特にいい考えが思い浮かばなかったので、危険を承知で、彼女の後について天使はホテルの中に入ることにした。

子供の頃から旅行の類《たぐい》をしたことがほとんどない天使は、ホテルと言えばラブホテルくらいしか知らなかったから、それが正しい造りなのかどうかわからなかった。ホテル・フロンはドアが開くと、その先がすぐにフロントになっていた。脇に一応、応接セットがあり、プラスチックでできた観葉植物が置いてあった。

それ以外はフロントの後ろの壁、従業員たちが背にしているところに大きなステンドグラスが貼ってあって、唯一の彩りとなっていた。そこには、背中に白い羽をつけた人物とその足下にひざまずく女が描かれていて、意味はわからないものの、天使にはどこか恐ろしく見え、目をそらした。

お世辞にも豪華とは言えないけれど、不潔ではない、そんなホテルだった。

ありがたいことにフロントの脇の二台のエレベーターに光子は乗らず、ゆらゆらと奥に歩いて行った。一瞬だけ、入ってきたばかりの天使の方を見た。ちらっとだけ目が合った気がした。以前と同じような、鋭い目つきだった。

「いらっしゃいませ」

彼女の方ばかりを見ていたので、その声に天使は驚いた。目の前には中年にさしかかった男が立っていた。今思うとマネージャーの酒井だった。彼は当然、入ってきた天使を見て、客と思ったらしかった。

「あ」

すみません、間違えました、と言ってきびすを返そうとした時、ふっとそれが目に入った。

——清掃員募集。

フロントの脇の掲示板に貼ってあった。とっさに彼に近づく。

「あれ、今も募集してますか」

彼は貼り紙を見た。

「あ、清掃員希望の方ですか」

「あ、そうです」

「経験者ですか」

「うん……あ、はい」

嘘ではない。天使は一時、歌舞伎町のラブホテルで清掃員として働いたことがあった。

「このホテルで直接採用じゃなくて、清掃会社で採用されて、ここに派遣される形になるけど、いいかな?」

アルバイト希望者とわかって、彼の言葉がくだけた。

「あ、はい」

ラブホテルでは直接採用だったから、ちゃんとしたところは違うんだな、いろいろ複雑なんだなと思った。

「ここで働けるなら」

彼はそこでちょっと笑った。

「希望を出せばたぶん、大丈夫だと思いますよ。人が足りないから、若い人はうちも助かります」

「はい」

「じゃあ」

彼はフロントの下を探して、貼り紙と同じ内容をプリントした紙を一枚渡してくれた。

「ここに書いてあるところに一度連絡をしてみてください。たぶん、その後、履歴書を持って行って面接をすることになると思います」

光子の方をちらりと見ると、もう彼女は見えなかった。たぶん、ここの従業員でもなく、オーナーでもなく、客なのだろうと思った。

酒井に軽くお辞儀をする時、また、彼の背後のステンドグラスが目に入った。

「ガブリエルとマリアですよ」

「え」

急に、聴き慣れた名前を言われて驚いた。

「この絵、受胎告知のステンドグラスです。このホテルを作った人がヨーロッパから買い付けて持って来たんです。結構、高いものらしい」

会釈をして外に出ると、真冬だったのに汗がどっと出た。久しぶりに人と話した気がした。光子がいつまで泊まっているのかはわからないけど、働いていれば何かわかることもあるだろう。さらに仕事までゲットできたかも、と思ったら、めずらしく、帰りの足取りは軽かった。

働くようになってわかったのだが、大宮のホテル・フロンはどこのホテルチェーンにも属さない、古いビジネスホテルだった。

駅から徒歩七分、八階建て。バブルの頃に建てられた時には、ビジネスとしてはそこそこ高級な方だった、と古くからのパートたちは言うが、今その面影はない。少し駅から遠い、ただのボロいビジネスホテルだ。

ただ、各部屋につけられているドアが木製でどっしりしているし、廊下が他のホテルに比べたら幅が広くゆったりしている。部屋も今時のビジネスホテルに比べたら広めだ。その分、オートロックのような新しいシステムを入れることはできず、いちいち鍵をかけたり開けたりする必要があった。

値段は安い。一泊四千八百円からで、平日の連泊なら三千八百円で泊まれる。地元の旅行会社が羽振りの良い時に副業として建て、その倒産と同時に売りに出されたそうだ。私鉄や地方銀行に経営がたらい回しにされたあと、今は地元の土地持ちの一族が買って、なんとなく営業している。だから、いつも、誰かが「オーナーがそろそろ売りに出すんじゃないか」「さすがに潰れるんじゃないか」「潰して駐車場にでもした方が儲《もう》かる」などと噂《うわさ》するが、今のところ、収支はとんとんくらいらしい。税金対策のために経営しているのだろうと言うものもいた。

こういうことは、休憩室や喫煙室にいると、いつも誰かが話しているから、自然と天使の耳にも入り、完全に理解できないまでも、言葉だけは覚えてしまった。

酒井が「一階」と言った時、声色が微妙に変わったのは、そこに長期滞在の老人たちが泊まっているからだ。他の人たちも皆、彼らを「一階の人たち」と呼んでいる。この老人たちの存在も、このホテルが潰れない、一つの理由になっていた。

天使は、今度は一〇七号室のドアをノックした。なんの返事もない。「ドントディスターブ（起こさないでください）」の札もないから掃除をしていいということなのだろう。

天使は山田から預かったメモを制服のポケットから出した。

一〇七号室　阿部幸子《あべさちこ》……女性、七十四歳。足腰はしっかりしている。午前中に散歩に行く習慣があるので、その間に掃除をする。特に気難しいところのない人。風呂の掃除とタオルの補充だけはしっかりやっておくこと。デスクの上のものには触らないこと。

時計を見ると、十時四十分だった。ちょうどいい時間のようだ。少しほっとして、マスターキーを使った。

幸子とは何度か廊下やフロントの前などですれ違ったことがある。百七十センチくらい、老女としては長身で、いつも黒や藍の裾の長い服を着ている。それは全身、足首までを覆っていて、髪はショートボブだ。染めていないから半分以上が真っ白だった。年寄りにしてはかなりモダンでおしゃれに見えた。廊下で天使たち清掃員とすれ違うと「おはよう」とか「こんにちは」とかちゃんと挨拶してくれる。だから、皆には評判のいい客だが、天使は少し苦手だ。

「あなた、若いのにどうしてこんな仕事してるの？」

一度、地下から上がるエレベーターの中で聞かれたことがある。ホテル・フロンの地下には、従業員たちの休憩室、更衣室、長期滞在客用の洗濯乾燥機が置かれたコインランドリーがあるから、時々客とも一緒になる。

「それは……ちょっと……」

苦笑いのような表情で適当にかわそうと思ったのに、彼女はじっと天使の顔を真正面から捉えて、解放してくれそうもない。

「いろいろあって」

「いろいろって？」

「だからその」

そこで、ちん、とベルが鳴って一階に着いたからよかった。

「すみません、失礼します」と頭を下げて、さっさと逃げてしまった。

あれから彼女が嫌いで怖い。

答えられないことを聞いてくるのも嫌いだし、逃がしてくれないのも怖い。愛想よく見えて、「こんな仕事」と言うのは掃除を下に見ている証拠だろう。自分たちより下の人間だと思っているから、天使たちに優しくできるのだ。

部屋の中は割に片付いていてほとんどものがない。彼女だけではなく、ここにいる老人たちはある程度荷物を処分しないと入れないから、整理整頓されている。あまりにいろんなものを置き出すと支配人や酒井にやんわりと「掃除の邪魔になるので」と注意される。それでもやめなければ、退去させられることになっている。皆、他に行くところがない人ばかりだから言いつけには従う。

食べたものや日用品のゴミはすぐに清掃員が捨てるのでどの部屋もきれいだ。

ほとんど何もないけれど、幸子の部屋にはデスクの上に古い雑誌が二十冊ほど積み上がっていた。古くても埃《ほこり》なんかはついておらず、表紙も折れたりしていなくて丁寧に扱われている。ちゃんと許可を取っているのか、支配人たちもこれには文句を言っていないようだ。

山田のメモ通り、水回りを丁寧に掃除して（とはいえ、毎日洗っているから大きな汚れはなかった)、部屋を出た。

さらにその隣の一〇六号室も長期滞在だった。今度も事前にメモを見る。

一〇六号室　田原浩三《こうぞう》……男性、七十八歳。少し耳が遠い。ほとんど部屋にいるので、在室清掃。話し出すと長いが、気難しい人ではない。返事だけしておけばいいけど返事をしないと怒ることがあるので要注意。相づちは大きめに打つこと。

どっと気分が重くなる。

天使は知らない人、特に男と話すのが好きではない。老人はまだいいが、若い男が特に苦手で、水商売もあまりうまくいかなかった。

後回しにしようかと考えるが、いずれにしろ、今日中に掃除はしなければならない。それなら先にやった方がましかもしれない。

またドアをノックすると、「はーい」と威勢のいい声が聞こえた。

「クリーニングです」

ドアを開けると、田原はデスクの前に座って、新聞を読んでいた。新聞はホテルで配られているやつだ。売れ残りの新聞が、近所の新聞販売店から毎朝届くので、フロントのところに積んであり、誰でもただでもらえる。

「あれ、山田さんじゃないの？」

確かに、耳の悪い人特有の大声だった。

「山田さんはお休みなんです！　日村といいます！」

「そうなの。よろしくね」

「よろしくお願いします！」

元気がいいねえ、と田原は笑った。いや、あんたの耳が悪いから気を遣ってんだよ、と心の中で毒づく。

彼は薄いピンクのワイシャツに毛糸のチョッキを羽織っていた。スラックスはウールで一応、ちゃんと筋がついている。ビジネスホテルだからアイロンはないが、全室にズボンプレッサーがついているのだ。彼はそれを利用しているのだろう。

彼らは服装などもある程度ちゃんとしている人が多い。毎日誰かには会うし、金も持っているからだ。いくら格安のホテルとはいえ、一ヶ月に最低十二万はかかるのだ。そこに外食の費用などを入れれば、もっと必要になる。

老人たちは誰も働いていないはずだ。年金をたくさんもらっているか、そこそこ金がある人間しか住めない。

掃除しようと風呂場に向かうと田原がついてきて「昨日は入ってないから風呂はいいよ」と言ってくれた。

「いいんですか、ありがとうございます」

「トイレだけやってよ」

しかし、トイレを掃除し始めても彼は部屋に戻らず、ドアのところに寄りかかって、新聞紙を片手に天使に話しかけてきた。掃除の仕方を見張っているのだろうか、と少し緊張した。結局、そちらはどうでもいいらしく、ただただ、無駄話がしたいらしかった。

「自民もダメだけど、野党もだらしないよねえ。若い人から見てどうなの？」

「よくわかりません」

「私らは年金あるけど、若い人はこれから大変だよねえ。あんたはどうなの？　ちゃんと年金払っている？」

「まあなんとか」

「最近できた、駅前のハンバーグ屋行ったことある？　結構、おいしいよ」

「知りませんでした」

「学校はどこまで出たの？」

「高校です」

ウザい、と心の底から思う。本当は、天使は高校に半年ほどしか行っていないし、年金というものもよくわからない。ただ、機嫌を損なわないために適当に返事をした。

床のカーペットに掃除機をかけて、部屋を出た時にはどっと疲れていた。

これからまだ、長期滞在の老人たちの部屋が続くのだ、と思うとげっそりする。

最初、ホテル側も老人たちがここまで増えると思わなかったし、誰もが長期滞在を宣言して入ってくるわけではないので、彼らの部屋は各階、バラバラだったそうだ。老人の長期滞在が増えると、どこかにまとめておいた方が、管理が楽じゃないか、ということになった。

「下の階の方が何かと便利」「火事にでもなった時、すぐに逃げられる」などと理由をつけて、老人は一階に集中させた。

今では、泊まりが老人とわかれば、ただの旅行客でも一階を使わせている。

「ここのホテルはお年寄りが多いのねえ」

何も知らない老齢の旅行客がそう言いながら帰って行った、という話をフロントの人たちが苦笑交じりに話していたのを聞いたことがある。

当然だろう。

社員たちは自嘲的に、ここを「老人ホテル」と呼んでいる。

「部屋に入れてもらえませんでしたよ、綾小路光子」

光子の部屋の掃除をした(実際にはさせてもらえなかった)日の翌々日、女子更衣室で着替えている山田に声をかけた。

「あらま」

彼女はかぶったTシャツが胸のあたりで止まったところで振り返った。

グレーベージュのブラがむき出しになっている。妙に生々しく、天使は目をそらした。

どうしてこういう人はそろいもそろって、糞《くそ》ダサい色の下着を着ているんだろう。どんな色も値段は同じなんだから、もっときれいな色を選べばいいのに……と妙なイライラ感を覚える。

でも天使の母親がいつも赤やピンク、薄い紫の下着を着ていたことを思い出しても、嫌な気持ちになるのだ。いつもひっつめ髪をして、四十代なのにすでに顔に細かいシワがある山田が親だったら、どれだけ安心だっただろうか。

「え、子供が七人もいるのに！　上のお子さんはもう二十七歳なんですか！　お若いですねえ」

そんなことを言われるのが大の好物だった母。正反対に、山田は年相応か、それより老けていた。

「光子さん、むずかしいからねえ。ごめんねえ」

心底すまなさそうに謝りながら、彼女の口の端が持ち上がっているのも見逃せない。あんなお婆さんでも、自分にしか気を許していないのは誇らしいのだろう。

だから、もう一押しして、喜ばせてやることにした。

「やっぱり、山田さんじゃなきゃダメなんですよ」

「なんか、特別なことをしているわけじゃないんだけどねえ」

ホテル・フロンの清掃員の中で、一番多いのは六十歳以上の老人だから山田でも若い方だ。住んでいる人間も働いている人間も老人ばかりだった。

ずっと清掃一筋の人もいれば、昔は都内の一流ホテルのスタッフをしていたと自慢する老女もいる。その一人が三上民子《みかみたみこ》という女だった。

民子は、長年、部屋係として新宿《しんじゅく》のホテルで働いて（本人は一流と言っていたが実際には二流半だと他の人が噂しているのを聞いた）、退職してからはルームクリーンとしてそのホテルの子会社に採用された。六十五歳の時、掃除中に怪我をして労災を使って休んだら、そのままクビになったそうだ。そして、自宅近くの、天使と同じ清掃会社に応募し採用された。

民子は妙にプライドが高く、天使は苦手だった。

採用されたばかりの時、指導係として何度か民子と組まされた。民子は二言目には「経験者のお若い人にあたしなんかが教えられることはないでしょ」と言って、なんの指導もしてくれなかった。

そのくせ、天使がバスタブを掃除していたら、後ろから素っ頓狂な悲鳴を浴びせかけた。

「ひいいいっ」

驚いて振り返ると、民子は天使を指さして「そんなやり方、いったい、どこのラブホテルで覚えてきたんだよ」と怒鳴って、勝ち誇ったように高い声で笑った。

「はあ?」

天使は自分が持っていたタオルを見た。バスタブやトイレの掃除は、客が使い終わったタオルやリネン類を使っていた。一度客に出したものは、どうせ、業者に洗濯させるのだから、かまわないとラブホテルで教えられていた。

「ここは場末のラブホテルじゃないんだよ」

うぜえババア、と怒鳴ってやりたかったが、本当のことなので言い返せなかったのと、身がすくんでしまった。

昔から、天使は常識知らずを指摘されることに弱い。それをされると震え上がって動けなくなってしまう。

自分は変なんじゃないか、自分は本当のところ、普通の人と違うんじゃないか、何もわかってないんじゃないか、普通の家と違うんじゃないか……それを感じると動けなくなってしまう。

天使が黙っていると、民子は部屋を出て行き、そこにいた同じ階を掃除していた仲間に次々と言いふらし、大笑いした。

今になれば、わかる。

いくら場末のビジネスホテルとはいえ、七十近くなったらいつやめさせられてもおかしくない民子たちにとって、天使のような若いアルバイトは脅威でしかないのだ。馬鹿にしたり、いじめたりしてやめさせなかったら自分たちがあやうい。

しかし、その頃はそれがわからず、天使は立ちすくむしかなかった。

落ち着いて考えてみれば、「その掃除の仕方はラブホテルだ」とわかるということは、民子だってそこで働いていた可能性があるのだ。そう言い返してやればよかった。

天使の前に、同じような扱いを受けていたのが山田だったらしい。

四十代とはいえ、彼女たちより格段に若く、こまめに働く山田は、彼女たちにとって天使以上に目障りな相手だった。

しかし、彼女はただただ気前よく動き、皆が嫌がる仕事をやり、長期滞在の老人たちにかわいがられることによって、なんとか切り抜けてきたのだった。彼女は一階に住む、長期滞在の老人たちの部屋の清掃を一手に引き受けていた。部屋に人がいる状態で掃除をすることは面倒で難しい。さらに、皆、同じ年頃の客の室内清掃はやりたがらない。山田はそれを率先してやることで、パートの老齢女性たちに一目置かれ、ホテルからも重宝されていた。

その山田も、天使には最初、よそよそしかった。

決して、いじめたりはしないが、親しくもしてくれなかった。彼女はやっと自分が仲間はずれにされなくなったところで、下手に動いてやぶ蛇にしたくなかったのかもしれない。

ただ、民子に馬鹿にされた翌日、天使が一人でバスタブの掃除をしていると、人目を気にしながら入ってきた。いぶかしげに見上げると、彼女は黙って、身体を洗うナイロンタオルを差し出した。

「なんですか」

「これで洗って」

「え」

「風呂の垢《あか》はこれが一番よく落ちる。人間の身体の垢なんだから」

天使はおそるおそる風呂をこすった。

「それから、これ」

山田はボディシャンプーを指さした。

「洗剤はこれが一番」

「そうなんですか」

「身体の垢だから」

同じことを言うと、彼女は天使がお礼を言う前にそそくさと出て行った。

それから、少しずつ人目のないところで話しかけてくれるようになった。彼女の言葉の端々を拾うと、いくら天使と仲良くなったところで、もしもすぐにやめてしまったら、また自分がいじめられるようになる。だったら、様子を見よう……そんなふうに思っていたらしい。

だけど、天使が意外と本気で清掃の仕事に取り組んでいるのがわかり、それなら、若い者同士で仲良くなって、老女たちに対抗する方が賢いと思い直したようだ。でも、別に山田は天使と組んで老女に刃向かったりするわけではなく、表向きは普通に接していた。

天使も山田に近づいた。自分が上手に彼女に近づける自信はほとんどなかった。そういうことが一番苦手なのはわかっていた。それを押して、天使は山田になんでも「教えてくださ い」と頼んだり、相談を持ちかけてみたりした。口下手な天使が山田に必死に話しかけていることは伝わったのだろう。山田は少しずつ、天使を受け入れてくれるようになった。

三ヶ月ほどして、山田は、天使を長期滞在者の部屋の清掃助手に任命してくれた。

彼女がそれをホテルに提案しても、誰もいぶかしむ人間はいなかった。天使は一番若く、人がやりたがる仕事でもなかった。

ただ、どんなことにも一言、言わなければすまない老女集団だけは、「やっぱり、若い子がいいんだね」「あたしらじゃ、できないってよ」と当てこすりを言った。

山田は笑顔で「えー、民子さん、やりたいですか？　だったら、民子さんにお願いしたいですよ。掃除は民子さんがなんたって一番だもの」と答えた。すると、本心ではやりたくない民子はもごもご言いながらその場を立ち去った。

山田の助手と言っても、部屋の中まで入るのはベッドメーキングでシーツを替える時に手助けをしたりするくらいで、後は外で汚れ物やゴミを受け取るくらいだったから、老人たちと親しくしたり、話をしたりするところまではいかなかった。光子に近づくためには、山田を押しのけて、できたらその任を奪わなくてはならないのに、その気配もなく方法もわからなかった。天使は少し焦《じ》れ始めていた。

山田がインフルエンザにかかった時、やっとその機会が訪れた。一階の掃除を頼まれたのだ。

「よかったら、飲みに行きませんか、おごりますよ」

山田のインフルエンザが治って数日後、そう声をかけると、彼女は目を見開いた。日頃、無口な天使が急に誘ってきたのがよほど驚きだったのだろう。天使がそう金を持っていないのも知っているはずだから、それで驚いたのかもしれない。でなければ両方か。

「……いろいろ……教えて欲しいから」

そう言うと、顔をほころばせた。

「いいよお、あたしもお金ないから高いところは行けないけど、割り勘でいこう」と言って、肩をばんばん叩《たた》いた。

「日村さんには休んでる間、お世話になっちゃったしさ。本当はこっちがおごらないといけないけど」

「そんなことないです」

天使は慌てて、同じ言葉をくり返した。

「いろいろ教えて欲しいので」

早番で時間も早かったので、駅前のラーメン屋のハッピーアワーがいいよ、と山田が教えてくれた。生ビールもサワーも二百円で、酒二杯に小さなおつまみ二品がついた「ワンコインセット」が五百円で飲める。

自分が誘ったのに、店もメニューも山田に頼りっきりだった。飲食店でアルバイトをしたこともあるのに、天使はそういうことも知らなかった。友達と飲んだことがほとんどない。いや、もともと友達さえもいなかった。

いろいろ教えて欲しい、と言いながら、その実ほとんど天使は話さず、山田の事情を聞き出すことに専念した。彼女もそれを不審に思っていないようだった。

仕事の愚痴を一通り話すと、彼女はまるで疑うこともなく、自分の半生を語った。

「……会社から帰ってきた夫が急に気分が悪いって言ってね。今まで風邪一つ引かなかった人がめずらしく青い顔してちょっと寝るわ、なんて……あたしも『鬼の霍乱《かくらん》だね』なんて笑っちゃったぐらいでさ。でも、次の日も治らなくて、病院に行きたいって言い出したから、これは本当に悪いんだって怖くなったの」

「へえ」

二人とも生ビールにした。山田が「こういうとこのサワーはどうせやっすい業務用アルコールにジュースを足して氷でごまかしてるんだよ」と言ったからだ。彼女は前に居酒屋でもパートをしていたらしい。

それをすぐになくならないようにちびちび飲む。

「なんだか、あの時、どっか覚悟したような気がするんだよねえ。もうこの人は帰ってこないんじゃないかって」

「ふーん」

うなずいて、小さなピーナッツをつまむ。おつまみは醤油《しょうゆ》皿くらいの皿にのったミックスナッツとチャーシューの細切《こまぎ》れに刻みネギがのってタレがかかっているものだった。チャーシューはきっとラーメンに入れるものの切れ端だろう。それでも、山田はそれを箸《はし》の先で五ミリほどつまんで口の中に放り込み、「おいしーい」と顔をほころばせた。

「人が作ったものって、なんでもおいしいよね」

「そうですねえ」

ほとんど料理ができない天使は、おいしくないらしい「自分の料理」の味も知らない。

「そしたらさあ、ガンだったね、末期ガン。胃に大きいのができててさ。検査、入院、手術、また検査、放射線治療とか……ばたばたして、呆然《ぼうぜん》としている間に死んじゃった。気分が悪いって言ってからたったの四ヶ月だよ」

「へえ」

こういう時、なんと答えたらいいのか、天使は知らない。本当はもっと正しい言葉遣いがあるんだろうか。でも、山田は自分の話に熱中していて、そういうことは別に気にしてないようなのがありがたかった。

「だから、気がつかなかったんだよね。ローンの支払いが滞っているの。お金のことは全部あの人がやっていたし、なんだか、会社の給料の振り込み口座とローンの引き落とし口座が違っていたらしいの。まあ、同じだったとしても、入院してからはほとんど入金がなかったし、死んでから収入はほとんどなくなっちゃったからどちらにしてもアウトだったと思うんだけどさ。とにかく、気がついたら何ヶ月も滞納してたらしいの。家のローンは本来はうちの人が死んだら、その保険金と相殺《そうさい》されることになってたし、あたしもそのつもりであんまり真剣に考えてなくて。だって、夫が死んだんだよ。それだけで十分、戒《いまし》めは受けたじゃん。それ以上、何かが奪われるなんて思ってもみなかった」

戒め、という言葉の意味は正確にはわからなかったが、たぶん、悪いことなんだろうと思った。

「銀行の手紙や電話も折り返す気力もなくてね……ようやく葬式や四十九日が終わって気持ちの整理がついたところで銀行に電話したらさ、『滞納が続いてご連絡もとれない状態が続きましたので……』って言うわけ」

「どうなったんですか」

最初は話半分で聞いていたのだが、なんだか話が悲惨な方に向いてきたので、俄然《がぜん》、興味がわいてきた。

「ローンを払えなかった数ヶ月分の保証会社による代位弁済……とかいうの？　それがされちゃって。そのせいで団体信用生命保険を勝手に解約されちゃってたの。つまり相殺される保険金が入らなくなった」

「はあ」

「それで、住宅ローンがまるまる残っちゃった。しかたなく、友達に相談したら、相続放棄っていうのがあるって教えてくれて。夫からの相続を放棄すれば、マンションもなくなるけど、ローンも払わなくてすむって……パートだけじゃ絶対、返済はできないから、これしかないと思った」

「え、マンション、手放したんですか」

山田はつらくなったのか、それまで一口ずつ飲んでいたビールをあおるようにした。そうでもしなければ話していられなかったんだろう。

「それもすぐには連絡できなくて。だって、今は普通に住んでいるのに、その家に住めなくなるって言うんだよ？　なんか、信じられないでしょ、現実も直視できないし、あたし、また怖くなっちゃって、しばらく……一ヶ月くらいだけどぐずぐずしてたの。そして、やっと手続きしようとして知ったの。相続放棄って、相続がわかってから……つまり夫が死んでから、三ヶ月以内にしなきゃいけないって」

「ええええ!?」

「結局、ローンが残っているマンションを売って、家がなくなって借金だけが残ったの」

天使でさえ、言葉もない。

「だからさ、あたしはもう一生懸命働くしかないの。息子は高校くらいは絶対出したいし、できたら大学も行かせてやりたい」

うん、と彼女は一つうなずいた。しかたない、がんばるしか、とつぶやく。自分で自分をはげますように。

「あとで聞いたよ。相続放棄の三ヶ月は結構、事情で考慮されることがあるんだって。その時、弁護士かなんかに相談すればちゃんと相続放棄できたかもしれないって」

「それ、誰に?」

「あ、あのお客さん、お婆さんの」

「綾小路光子!?」

「そうそう、よくわかったね」

だろうと思った。あの女は元大家だから、不動産やそれに類する法律には明るいはずだ。

「あの人にも同じ話をしたら教えてくれたんだ。でも、もう家を売っちゃったあとだったし、本当にまあ、しかたないよね」

まだ息子の学校のことなどを話している山田を見ながら考える。

こんな女《ひと》から仕事を奪っていいんだろうか。

いや、自分にできるんだろうか。

しかし、すぐに思った。

たいしたことじゃない。

だって、山田はあそこをやめても、すぐに他の仕事が見つかるだろう。天使みたいなコミュ障じゃないし、明るくて、仕事の覚えも良く、すぐに職場になじむ。今だって、早朝は弁当屋で働いているらしいから、それを長くしてもらえばいい。

夫が死んだのはひどい経験だが、それまではちゃんと短大に行って、就職して彼と知り合い、息子も産んだ。

天使みたいにひどい家族の中で育っていたりしない。

少しくらい、いいじゃないか。その幸せを分けてもらっても。

話しているうちに、やはり、山田の一番の弱点は息子だと思った。そして、借金。このどこかを突けば、山田は崩れる。たぶん。

天使は考えながらビールをすべて飲み終えた。それは山田に「もう、この飲み会は終わり」ということを察してもらうためだった。

山田と別れたあと、天使は歩いて家まで帰った。大宮駅から徒歩四分のマンションに住んでいる。

キャバクラで働いていた頃からずっと同じ場所に五年くらいいる。築十年ほどの1LDK、六万五千円。今の自分には高過ぎると思いながら、引っ越す金もなく、なんとなく、家賃を払い続けていた。

山田と酒を飲んだけれど、さすがにそれだけではもの足りない。少し前ならこのまま寝てしまったかもしれないが、今は日中ホテルで身体を動かしているから我慢できなかった。帰りにコンビニで買ってきた幕の内弁当を開けて、ストロング系の缶チューハイと一緒に流し込んだ。酔いが身体全体に回ってくるのを感じた。食事が終わると、シャワーを浴びて、テレビを見ながら寝た。

本当はもっとネット動画とかを観《み》たい。でもスマホの今月分のデータ通信量は使い切ってしまったので、節約しなければならない。ホテルには客用のフリーWi-Fiがあるので、いくつか動画をダウンロードしてきた。本当は、従業員はフリーWi-Fiを使ってはいけないと言われているけど、そもそもWi-Fiを理解できていない高齢パート以外は皆使っていた。

つまらないニュース番組が始まったので、天使はテレビを消して、ホテルでダウンロードしてきた動画を観た。地方の海岸で、若くて顔もいい、日に焼けた男たちが魚釣りをして楽しんでいる。今、人気の動画制作者だ。たいして気の利《き》いたことを言うわけでもないし、魚を釣るのが上手《うま》いわけでもない。ただ、彼らがはしゃいでいるのを見ていると、ほんの少し、気持ちが楽になる気がした。二十分ほどの動画が終わると、もう観るものはなくなって、スマホの画面は暗くなり、そこには自分の顔が映った。うつむきかげんの女は顔の肉が下に落ちていて醜く、表情に乏しかった。ふと我に返る。

なんとか綾小路光子に近づかなければならない。そうでないと親に従って生きていくことになる。あそこに戻りたくない。

そして、そのためにはまず、山田をあのホテルから排除する必要がある。何かいい考えはないだろうか。

それを考えているうちに、天使は眠りにつくことができた。

翌日の朝ホテルに行くと、女子更衣室にすでに山田は来ていて、天使の顔を見るとにっと笑った。

それは、「おはよう」とも「昨日はありがとう」とも見えたが、それ以上は天使に声をかけることもなく、彼女は隣のロッカーの老婆と話を続けた。

少しもの足りなかった。

彼女にとっては深い意味はないのかもしれない。でも、まだ老パートタイマーたちに気を遣っているのか、自分と仲が良いとは思われたくないのか、と悲しくなった。昨日は亡夫のことまで話してくれたのに。自分は彼女を陥《おとしい》れることを考えたりもしているのに、冷たくされると寂しい。

天使が更衣室から出る時に、彼女は後から追ってきた。

「昨日はありがとう」

振り返ると、またにっと笑った。やっぱり、親しみを覚えてくれたのかと、急に気分が明るくなる。

「いいえ」

彼女は先に立って、最上階のランドリールームに行き、タオルやベッドシーツなどのリネン類が入った掃除用のカートを押して出てきた。

手伝おうと手を出すと、「いいの、いいの、大丈夫」と言った。

「すみません」

山田の後ろについて歩く。

従業員用エレベーターに一緒に乗り、一階まで降りた。

「今日は光子さんの部屋を掃除する時も、日村さんも中に入ってきてよ」

「中？　部屋の中ですか？」

「うん」

「でも、嫌がられるかもしれないし……」

「少しずつ慣れていこうよ。光子さんも私が一緒なら、たぶん大丈夫。やってみなかったら、いつまでも同じでしょ。私も最初は嫌がられてたから」

一〇八号室の綾小路光子のドアを叩いた。

「失礼します」

返事はなかったが、がちゃりとドアを開ける。

光子は、今日はベッドのところに座っていた。彼女もやはり、ホテルから配られる新聞を広げ、テレビをつけていた。

山田の後ろから入ってきた天使の顔を見ると、視線がきつくなった。

「今日は、日村さんに手伝ってもらいますね」

「どういうこと?」

「手伝いだけですから」

「そんなこと急に言われても。ちゃんとした人間なのかわからないじゃないか」

「私もいつ病欠するかわからないですし、また、そういう時に掃除しないわけにいかないから」

光子はしばらくブツブツ言っていたが、必ず山田が近くで監督することやトイレなどの水回りのみ、ということを約束するとやっと認めた。

彼女には頭が上がらないのか……気に入っているらしい。

「じゃあ、便所とかならいいよ」

「じゃあ、日村さん、水回り、やっちゃって」

天使はうなずいて浴室に入った。バスタブをナイロンタオルで磨いていると、山田と光子の声が聞こえてきた。

「いい天気ですねえ」

「部屋の中にいたら同じだよ」

「でも、カーテンを開けたらお日様が入ってきますよ」

「まぶしくていられないよ」

「じゃあ、閉めておきますか」

「……開けていいよ」

光子がいくらすげない返事をしても、山田はそれをものともせずに話しかけている。あんなふうになりたい、と心から思った。

「よく働くねえ」

ぼそり、と今度は光子が言った。くるくるとあちこちを拭いたり掃いたりしている山田を褒《ほ》めているのだろう。

「貧乏暇なしですから」

「あんたは旦那が悪いんだよ。ちゃんと自分の死後の準備をせずにぽっくりいくなんて」

天使はちょっと身構えた。失意の中で亡くなった自分の旦那をあんなふうに言われたら、山田はどう反応するのだろう。怒り出したりしないのだろうか。しかし、耳に入ってきたのは笑い声だった。

「はははは。生きてる時は優しい人だったんですけどねえ」

「死んだらしまいだよ」

「光子さんの旦那さんはどんな人でしたか」

一瞬、沈黙が流れた。天使はまた手を止めて、次の言葉に聞き入る。

「……ケチだったけど、優しかったよ」

「ケチでしたか」

「ケチだったねえ。お見合いだったけど、初めて一緒にご飯を食べた店で一番安い、かけうどんしか頼まないのさ。それも一つだけ。二人でそれを分けて食べようって言うの。でも、あたしもケチだったからそれはそんなに嫌じゃなかった。かけうどんの代金は払ってくれたしね。女を殴ったりもしないし、それだけでもいいとしないと」

「そうですねえ」

天使は持っていたナイロンタオルを握りしめる。

こんなふうに光子は山田にだけは情報を漏らしているのだろうか。思いがけない形で山田のおかげでこうして近づけることになった。彼女を追い出すのは少し待ってもいいのだろうか。

掃除が終わって部屋を出た時、天使は思わず、聞いていた。

「だいじょぶすか」

「え」

「さっき、綾小路さんが……山田さんの旦那さんのこと……悪く……」

「ああ、あれ。あの人、口悪いからいつもあんな感じ。気にしてたらきりないし」

そうか、ああいうことは気にしてたらきりがないから、気にしないのか。そういうことにしていいのか。天使は何か大事なことを覚えたような気がして、小さくうなずく。

すると、山田は天使の肩をばしっと叩いた。音ほどではないけど、ちょっと痛い。

「そんなこと心配してくれるなんて、日村さんって優しいね。ありがとうね」

その後ろ姿を見ながら、天使は唖然《あぜん》としていた。

あたしは優しいのか……。そんなことを言われたのは初めてだ。本当はただ、ああいうことを言われた時に普通の人はどう反応するのか、聞きたかっただけなのに。

思いがけない感情があふれる。

喜び、戸惑い、恥ずかしさ、照れくささ、そして、大きな安心感。頭がくらくらして、この甘やかな感情の中に自分をずっと入れておいてしまいたくなる。

優しいと言われたり、普通の人と思われることは、本当は結構簡単なことなのかもしれない。ずっと同じような「優しいふり」を続けていたら、優しいと思われるのかも。もしかしたら、本当に優しくなれるのかもしれない。

しかし、それはできないのだ、と自分の前を歩く山田を見て、我に返る。

彼女のぱさぱさの髪の中に白髪が数本交じっている。こんなふうな女にはなりたくないのだ。こんなみすぼらしい女には。

では、綾小路光子のような老女になりたいのか、と言われたら、それもよくわからない。

山田は一〇七号室、阿部幸子の部屋の前に立っていた。

「クリーニングです。山田です」

また同じ言葉で仕事が始まる。

これを毎日毎日、続けられるのだろうか。死ぬまで。

とても続けられない、と思った。仕事のきつさや賃金の安さだけではない。こうして毎日、誰かのドアを叩くことに耐えられない、と思った。

今朝、幸子はまだ部屋の中にいた。シングルベッドに腰掛けて新聞を読んでいた。

「おはようございます。阿部さんが出かけてからにしますか」

「ううん。やっていいよ」

天使がいるのを見ても、幸子は何も言わなかったので山田もあえて説明はしなかった。

また、同じようにトイレを掃除する。便器の中に便の筋が残っていた。そこをブラシでごしごしとこすった。これはあの女のうんこなんだろうか。ベッドに座って気取って新聞を読んでいるあの女の。ただ掃除をしている時は思わないのに、そう考え始めると吐き気をもよおしてくる。

やっぱり嫌だ。こんな仕事。

でも、清掃業のパートの老女たちは皆、この仕事にむしろしがみついている。人をいじめてまで自分の地位を奪われないように必死だ。

あんな人間になりたくない。

2

天使《えんじえる》はこの街から電車で四十分ほどの場所で、七番目の末っ子として生まれた。父、正《まさ》隆《たか》も母、由子《ゆうこ》も同じ町の出身だ。

母は中学を卒業すると高校には行かず、地元のガソリンスタンドに就職した。本人によればすごい美人だったので、そのスタンドには母目当てのヤンキーたちが列をなすほどだったらしい。今は体重七十キロ近い本人の証言しかなく、確かめるすべもない話だったが、太っていても母の目鼻立ちがくっきりしているのは事実だった。天使とはまったく似ていない。

卒業と同時に実家を出ていた母はガソリンスタンドの給料だけでは食べていけず、夜の仕事もした。当時は東京まで行かないとキャバクラなどはあまりなく、雇ってもらえたのは近所のスナックだけだった。そして、すぐに店の客だった五歳年上の父と知り合って妊娠し、結婚した。母は十七歳だった。

長女は大天使《みかえる》と名付けられた。

翌年またすぐに妊娠し、翌々年、長男、堕天使《るしふああ》が生まれた。母は二十三歳までに次々と、二人を含む四人の子を産んだ。次男次女は、羅天使《らふあえる》と我天使《がぶりえる》と名付けた。

四人目が生まれた頃、工事現場で働いていた父は腰を痛めて仕事をやめた。乳飲み子を抱えた母も働くことができず、一家は生活保護を受けることになった。

その後、我天使が小学校に入ると、母はまた妊娠し、三十で三男、亜太夢《あだむ》を、翌々年に三女、衣歩《いぶ》を産んだ。三十四で産んだ最後の子が天使だ。だから、天使たちは上の四人の兄姉《きようだい》たちとは歳が開いている。

母が亜太夢を産んだのは、担当の福祉事務所の職員から「一番下の子も学校に入ったし、そろそろ少し働いてもいいのではないか」とそれとなく言われたから、らしい。実際には、子供が十八になるまではそれを受ける権利はあるし、小学生の四人の子供の世話をしながらどのくらい働けるのかは疑問だったが、いずれにしろ、「働け」と言われることが一番嫌いな母は妊娠を選んだ。そして、天使たちが成長する頃には再就職はむずかしいと主張できる年齢になっていた。

生活保護を受けるようになって、三十年以上、両親は働いていない。たぶん、今後も働くことはないだろう。

天使が成長してから知ったことだが、母の両親も同じような状況だったらしい。子供が八人いて、父が二十代の半ばで腰を痛め、生活保護を受けるようになった。

天使の兄、堕天使と羅天使も今は同じような生活をしている。子だくさんで、自分は身体のどこかが悪くて、家族全員が働かず、生活保護を受けている。つまり、天使の親族は親子三代で生活保護を受けている。今では天使も、父が当時、本当に腰を痛めていたのかもよくわからなかった。

生保のことは地域や学校で時々、指摘されたから、天使も小学生中学年の頃から認識していた。

「あの子は生活保護を受けているんだよ」「税金泥棒ってママが言っていたよ」「天使ちゃんと遊んじゃだめなんだよ」

自分が他の人と違うということをいつも意識させられてきた。

生活保護のせいだけではないが、天使は時々自分がとんでもなく、おかしなことをしているんじゃないかと気になってしまう。実際、これまで学校やアルバイト先で、友人やパートのおばさんや店長たちに何度かあきれられてきた。

朝、「おはよう」の挨拶ができない、箸の持ち方がなってない、靴をそろえられない……どれもささいなことだ。だけど、人は意外と学歴なんかよりも、育ちが悪いということに残酷なまでに冷酷なジャッジを下すのだ。

天使の家では高校を卒業したら、家を出なければならない。勉強が嫌いで高校に行かないのなら、十六で家を出る。

働ける年齢になれば、生活保護を打ち切られる可能性がある、と母は常々言っていた。

「十八過ぎて家でぶらぶらしていると役所からおっかないおじさんが来るよ」

それが本当かどうかはわからない。でも、あの家では母が言うことは絶対なのだ。

さらに、家を出てもどこで生きているか、どこで働いているかは親にも知らせてはいけないと言われる。知られたら、そこがどこでも役所が捜し出し、両親の生活保護を打ち切って、子供から金を奪うと言う。

「あんたたちだって、あたしらの生活費なんて出せないだろ？　だったら、逃げるしかないんだよ」

日村家の子供たちは高校を卒業したら人知れず家出しなければならないのだ。

そして「どっかで結婚して、子供産んで、生活保護を受けたら連絡しておいで」とその方法を教えられた。

子供を四人以上産むこと、夫は仕事で腰を痛めること。

「ここまで育てたんだから、十分だろう」と母は高校生の子供たちに常々言っていた。

「亜太夢や衣歩や天使は産まなくてもよかったかもね」

母が父に話しているのを聞いたことがある。

「あの頃は、ババアが『働け、働け』ってうるさくて無理して産んだけどさ、でも、そんなことしなくてもだらだら受けている人はいっぱいいるし、向こうも勝手に支給をやめたりはできないんだから」

無理して損した、太って体型も崩れたし、と愚痴った後、へへへへと笑った。母は役所の人をババアと呼んでいた。

「産まれるところをテレビで映したから、まあ、損はないか」

天使は両親が働いているのを見たことはない。けれど、自分が生まれた日のことは観たことがある。

母は亜太夢、衣歩、天使を出産する様子をテレビカメラに撮らせたからだ。今でも、ネットを探せばどこかにあるかもしれない。

――「仲良し日村さん一家」

それが天使たちの家族につけられた名前だった。

母が天使を妊娠した頃、すでに「日村さん一家」は人気コンテンツだった。

七人目のお産はさすがに大変だったらしく、母は妊娠高血圧症候群になって、入退院をくり返した。そのたびにテレビのクルーが病院についてきて、母や父が泣いたり騒いだりするのを映していった。

天使が無事、生まれた時には皆、泣いた。

母は分娩室にまでカメラを引き入れ、当時としてはめずらしいほど、リアルな出産シーンを撮らせた。

母は号泣し、父も泣き、兄姉たちも泣いた。

「仲良し日村さん一家」でも最も高視聴率を稼いだ回になった。

テレビの取材は天使が小学校二年生の頃まで続いた。


ホテルから家に帰ってくると、シャワーを浴びて、テレビを見ながらぼんやり考えた。どうしたら、山田を追い出して自分が老人たちの担当になれるか。

夕食はコンビニで買った弁当とチューハイだ。九パーセントも度数があるので頭がすぐにクラクラする。キャバ嬢の頃、客にテキーラを強要された時より酔う気がするのは気のせいだろうか。

山田の助手になれたのだから、もう少ししたら綾小路光子とももっと近づけるかもしれない。山田に「優しいね」と言われたことが、天使の決心を鈍《にぶ》らせる。いつまでも「優しい」人と思われたい、と。こんなことは初めてで、それは今飲んでいるアルコール以上に天使を惑わせる。しかし、天使は頭を振った。

いや、光子には山田がいる間は近づけないだろう。水回りの清掃しかさせない、その意思ははっきり見えていた。

山田を追い出す方法自体はいくつか思いついていた。

清掃の仕事にはいくつか御法度《ごはっと》がある。最初に簡単な研修を受けた時に教えられた。それを破るか、破ったと周りに思わせればよいのだ。

「客の持ち物（特に金）に手をつけること」「客と個人的な関係を結ぶこと」「客を不愉快にさせること」などがそれだ。特に最初の一つが致命的で、その疑いがあるだけでも仕事はクビになり、警察に連絡しなければならなくなる、と言われていた。

山田が客のものを盗むわけがないが、そう思わせるのは結構、簡単にできる犯罪のような気がした。例えば、山田が掃除に入った部屋で、「金を盗まれた」と騒がせればいい。

しかし、それを自分ではできない。

「加藤《かとう》でも使うか……」

天使はつぶやく。

加藤裕太《ゆうた》は天使の中学校時代の同級生で、唯一、今もＬＩＮＥの連絡先を知っている人間だった。

彼の家は母子家庭で、友達がいなかった。

勉強ができなくて、スポーツもできなかった。中背で痩せていて、不良グループに入るような勇気もなかった。

頭が悪いというか、どこか抜けていて、いつもへらへら笑っていた。

自然、クラスのいじめられっ子になっていて、時々、天使が話しかけると子分のようについてきた。

高校を中退して天使がガールズバーに勤めていた頃、街でばったり会ってＬＩＮＥを交換した。彼はアルバイトを転々としている、と言った。

「今は夜、居酒屋、昼は宅配便の仕分けやってる」

彼は中学生の頃と同じように、頬のニキビをいじりながら言った。

「ふーん」

天使はなぜか、彼が自分で作っていた名刺をもらって、それを見ながらうなずいた。そこには住所と電話番号、LINEとツイッター、インスタグラムのアカウント名が書いてあるだけで、肩書きはなかった。

「日村も名刺持ってるんだろ」

「うん」

店が作ってくれた名刺を見せた。こちらも、店の電話番号とLINE ID、源氏名しか書いてなかった。

「優美？　ゆみ？」

「ううん、ゆうみ」

「本名の方が派手じゃん」

彼が笑って、天使は驚いた。学生時代はそんな少し気の利いたことを言える子じゃなかったから。

「店に行くよ」

「来なくていい。高いし」

「ぼったくりなの？」

「違う。でも、高いんだよ。一人二、三万くらいする」

「じゃあ、店外で一度会ってよ」

加藤がそんなことを言って、上目遣いにこちらを見たから、またびっくりしてしまった。こいつは昔は絶対にこんなことを言う人間じゃなかったのに。

天使がなんとなく機嫌を悪くして、もう行くよ、と言うと、また連絡するね、と後ろから声が追ってきた。それから、何度かＬＩＮＥが来て、暇な時には返事をしていた。

あの色気づいた加藤を何かに使えないだろうか。

しかし、彼は上手に嘘をつけるほど賢くもなかった。万が一、天使が首謀者だなんて口を滑《すべ》らせたら、困る。

では、どうするか。

あとは、山田の息子に何かを起こすことを考えるべきかもしれない。

しかし、彼に何かが起きたとして、それが山田がホテルをやめることに結びつくことになるのかは天使にはわからなかった。

いったい、どうして天使たち一家がテレビに出るようになったのか、天使はちゃんとしたことを親から聞いたことがない。というか、生まれてからずっと、年に二回はテレビの人が家に来るのは当たり前のことでそれを不思議だとか、おかしなことだとか考えたこともなかった。小学校に行く頃まで、どこの家にもテレビカメラが入って、それがテレビに映されるものだと思っていた。

上の兄姉に一度聞いたのは、最初は父が地元の釣り大会に出場し準優勝した時、取材したテレビクルーにそのキャラクターがおもしろがられて、後日、自宅を訪問されたのがきっかけだと言う。

当時、司会者に「この喜びを誰に伝えたいですか、ご家族ですか」と聞かれた父の「いや、家族には言えないね。内緒で来たから」「え、そうなんですか」というやり取りで爆笑が起き、「うち、子供が四人いるから母ちゃんは大変なんだよ」という言葉で家族取材を求められたそうだ。

いずれにしろ、突然、家に来たクルーたちに「あんた、なんなのよ、またなんかやらかしたの!?」と母が叫んで、これもまた大受けした。

これらは地元ニュース番組のワンコーナーでしかなかったのだが、釣り大会以上に評判となり、「日村さん一家をもっと見たい」というメールや手紙が局に殺到した。それで、今度はバラエティー番組を作っているスタッフが自宅を訪問して、新しく一時間のスペシャル番組を作った。その後、亜太夢、衣歩、天使が生まれ、その度に特集が組まれて、どんどん人気が出た。

順調にいっていたのに、天使が七歳になった頃、取材スタッフがすべて代わった。

それまで、天使が「青木《あおき》のお兄ちゃん」と呼んでいた二十代のカメラマンが家に来なくなり、代わりに、四十代のディレクターと三十代のカメラマンが来るようになった。

「なんで、青木のお兄ちゃん、来ないの？」

母親に尋ねたところ、「そんなこと、あの人たちの前で絶対、言うんじゃないよ」と口の端をつねられた。

後でわかったのは、それまで番組を作っていた、地元のテレビ局「彩《さい》の国《くに》テレビ」から民放キー局に制作が変わったらしい。

青木のお兄ちゃんは無口でぶっきらぼうで決して子供におもねったりしなかった。ただ、イケメンでいつもたんたんと、ディレクターの指示に従って天使たちを撮っていた。

天使は青木のお兄ちゃんの脇にいるのが好きだった。幼い頃はカメラを構えている彼の腕や手を握って、家であったことや保育園であったことを話した。年長さんくらいになるとさすがにそれは恥ずかしくなって、Tシャツやスウェットシャツの端を握るようになった。いずれにしろ、そこにいるとカメラには映らない。あまりに長く続くと、青木のお兄ちゃんは困ったように天使の手から自分の腕やシャツをもぎ取って、カメラの前に行くように促《うなが》した。

しかし、そうなると天使は困ってしまう。カメラの前で何か言うことができない。もじもじと身体を動かして、結局、青木のお兄ちゃんの脇に戻ってしまう。しかし、長じてその様子が「かわいい」と評判になっていたことを知った。

そんな天使に青木のお兄ちゃんは言葉をかけることもほとんどなく、怒っているようでも困っているようでもなかった。ただ、とにかくたんたんとしていた。

「彩の国テレビ」の甲田《こうだ》ディレクターは青木のお兄ちゃんよりは少し年上で、もう少しよく話すし、いろいろ天使たちに聞いてきた。彼は天使の家族にコーディーと呼ばれて、番組が有名になるにつれて一般にもその名が知られていった。

「昨日、お父さんとお母さんは何をしていたの？」

「お母さんはなんて言ったの？」

「学校で困っていることはない？」

彼らはまずそんなことを尋ねて、天使たちが話しやすいようにした。

「昨日、お父さんたちケンカしてたよ」などと天使が答えると、さらに「なんでケンカしたの？」と尋ねる。

「お父さんがお金を使っちゃったんだって」「何に使ったの？」「えーと、海物語？」「ああ、パチンコか。いくら使ったの？」「知らない」「お母さんはなんて怒っていたの？」「パチンコで負けるならもう家に帰ってくるなって」「お父さんはなんて言ったの？」「うるせえ、メスブタ」

彼らは大笑いしてくれて、天使は自分が何かとてもよいことをしたような気がした。

「それから?」「ママが家を出て行くって言って、お姉ちゃんが泣いた」「どのお姉ちゃん?みかえるちゃん?」「ううん、がぶりえる」

すると彼らは台所にいる母のところに行く。そして、「昨日、旦那さんとケンカしたんですか」などと尋ねた。

「ケンカ? 誰に聞いたんだよ」

彼らは答えなかったが、天使が青木のお兄ちゃんのTシャツの裾を握っているのを見ると「お前か」と言った。

天使は慌てて頭を振る。母の機嫌次第では一回や二回、引っぱたかれてもおかしくない。ただ、今はカメラの前だから少しは安全だ。

「まあ、いいや。したよ」

「どうして」

「あいつがパチンコで子供の給食費全部スってさ」

母はフライパンの中の焼きそばを菜箸でかき混ぜながら答える。

横で聞いていた天使は胸がきゅうっとする。では、兄や姉たちは明日から給食が食べられなくなるのだろうか。

いつも、一番年下の天使をのけ者にして、何かあるとすぐに口の端や腕をつねったり打《ぶ》ったりしてくる兄姉だけど、給食が食べられないのはかわいそうだ。

「いくらスったんですか」

「三万。そのくせ、謝りもしないで、もう少し入れたら確変がくる、もう一万あったらちゃんとプラスにして帰ってこれたのに、お前らのために戻ったんだ、礼を言って欲しいとか言うから、頭きちゃってさ」

ディレクターがうなずくと母はさらに話した。

「あいつは将来？　未来？　ってやつがないんだよね。あたしたちは今、何も持っていないわけ。持っているのは子供だけなわけでしょ。そしたら、子供を大切にするしかないわけじゃん。あたしには子供しかないいんだから」

驚いたことに、焼きそばをかき混ぜながら母は泣き出していた。カメラが母の横顔にぐっと寄る。

青木のお兄ちゃんが真剣な顔で母に近づいているのを見ると、天使は、奇妙な気持ちに襲われた。彼をこんな顔にする母が誇らしくもあったし、彼を引きつける母に嫉妬も感じた。

「子供というのは家の宝なわけ。家というのは人生の真ん中にあるものよ。だから子供が本当の真ん中。あたしたちはその脇にいられれば、もう十分なわけ。宝があればあたしはなんにもいらない。宝石って宝に石と書くでしょ。まさに子供は大切な宝石なのよ」

なんか、同じような言葉をくり返しているだけのような気がするが、これがたぶん、次の特集の大きなシーンになるのだろう、と天使はすぐわかった。これまで、何度も家の中を撮られて、それを番組にしたものを観ているから、子供でもなんとなくわかるのだ。

母が泣きながら語り出したら、それはビートルズの音楽とともに流れていいシーンになる。

「それなのにあいつはその宝石をただの石だと言う。石だって磨かなくちゃ宝石にならないわけで、磨くのにはやっぱりお金が必要だと思う。なのに、あいつはパチンコの玉だってきらきら輝く宝石だとか言って……」

何を言っているのかわからなかったが、そこでちょうどよく、母はエプロンのポケットから出したティッシュで洟《はな》をかんだ。

「あたしはとにかく家族と子供がすべてなわけ」

「旦那のことは愛しているの？」

ディレクターが妙に真剣な顔で尋ねた。

「わかんないよ。もう愛なんてないのかもしれない」

母はそれをカメラに向かって言った。

「はい、わかりました」

「このくらいでいいかな。撮れ高、大丈夫？」

「OKです！　ばっちりです！　ありがとうございます！」

母はもう一度、洟をかんだ。

次の日に一〇八号室のドアを叩くと、光子がデスクの前で朝食らしきものを食べているところだった。

「あ、後にしますか」

山田がすぐに言った。

「かまわないよ」

光子は口をもごもごさせながら答えた。

「でも、埃が舞ったりするの、気になりません？」

「もう、そんなことを気にするような身分じゃないよ」

にこりともせずに言い放った。

掃除を始めると、光子は腰を曲げた姿勢で備え付けの小さな冷蔵庫のところまで歩いて行って開け、市販のおにぎりを出すとレンジで温めもせずにかぶりついた。

天使にはその歯触りがわかった。一晩以上冷蔵庫に入れたご飯は冷たく乾いていて硬く、口に入れたとたん、ばらばらになる。嚙んでいるうちに多少は温まって甘みが出てくるが、その頃には喉に落ちていく。おいしいものではないはずだ。

「温めてきますか」

山田も同じことを思ったのか、声をかけた。

部屋には電子レンジがないが、各階には一つずつ給湯室があって、そこに製氷機、電子レンジ、自動販売機などが備え付けてある。

一番端の角部屋である光子の部屋から、給湯室はそう遠くないが、一度部屋を出ることさえ面倒なのかもしれない。

「いいよ」

「でも、冷たいでしょう」

「慣れてるから。海苔《のり》がベタベタになるのも嫌だし。胃に入ればなんでも一緒さ」

いつものように浴槽を磨き始めても光子と山田の話は続いていた。

「朝はいつもおにぎりなんですか」

「まあ、そうだね。買い物に行ったばかりの日だとパンの時もあるけど……」

「おにぎりの具は何が好きなんですか」

「なんでも同じだよ。おかかでも梅でも……」

「一週間に一度しか買い物に行けないと、ご飯が硬いから……光子さん、歯もお悪いでしょう」

「しかたないよ」

「なんか、いい方法がないですかねえ」

天使は慌てて浴室から外に出た。

「……あたし、買ってきましょうか」

二人が驚いたようにこちらを見る。天使は顔が熱くなった。

「あたし……毎朝、ここに来る時に、コンビニかスーパーに寄って昼ご飯を買うんです。ついでだから……何か買ってきますか」

光子はしばらく考えていたが、首を振った。

「いいよ。いらない」

「でも、どうせ買うので」

「あんたが行くのはコンビニか、駅前のスーパーだろ。あたしが行くスーパーとは値段が違うんだよ。コンビニのおにぎりは百円からだけど、あたしのスーパーは五十円からおにぎりがある」

「じゃあ、そこに行きます」

「遠いし、本当にいいから」

そして、光子はうっすらと笑った。

「ただより高いものはないからね」

「まあ、光子さん、そんな言い方」

山田が笑いながらたしなめた。

「本当だよ。ただが一番怖いんだから」

「もちろん、おにぎり代はもらいますよ」

天使は言い添えた。すると、何がおかしいのか、光子はあははは、と笑った。

「そういうことじゃないよ。あんたが買ってきてくれる、その労力をただ、と言ったの。そういう好意が一番怖いってこと」

しかし、彼女は不機嫌ではないらしく、また、大きく笑った。彼女のこんなに朗《ほが》らかな声を聞いたのは初めてだった。

「でも、ありがとう」

感謝の言葉も初めてだったから、ちょっと驚いた。


昔の光子がただ時々やってくる謎の老女、ビルのオーナーということだったら、それほどまでに印象に残らず、天使はすぐに忘れてしまったかもしれない。

けれど次に会った時は少し印象的だった。

その日は雨の火曜日で客が少なかった。彼女はいつもと変わらず、端っこでちびちびとカルピスを飲んでいた。いつもは店長かオーナーが席について、彼女の機嫌をとっているのだが、その日はどちらもいなかった。たぶん、所用で早めに席を立ったのだろう。だから、彼女のところには黒服が二人とキャバ嬢が二人、どこか所在なげに座っていて、ゆるい雑談をしていた。

店全体に良くも悪くも、のんびりと、まったりした空気が流れている日だった。

しかし、深夜十二時を回った頃、それをぶち壊すような女の悲鳴が聞こえてきた。

ウエイティングに座っていた天使が驚いて振り返ると、店のほぼ中央で黒服が仁王立ちになり、その足下にキャバ嬢が頰を押さえてうずくまっていた。

彼が彼女を殴ったのは一目瞭然で、そんなことは店のバックヤードでもあり得ないことだったし、ましてや客の前では信じられない状況だった。

ただ、たまたま店長もオーナーもおらず、客は常連ばかりだった。

黒服は芸名が桜場《さくらば》ひかるという、劇団に所属していて将来は俳優を目指している男で、女の方も地下アイドルか何かをしている、という触れ込みだった。どちらも成績は真ん中くらいなのに、なぜか、「自分たちは他の人間とは違う」と皆を見下していた。店中から嫌われて、孤立していた。

「りょうちゃん、あたし、嘘ついてないよ！」

女は皆の前で泣き出した。りょうちゃん、という彼の本名を叫んでいるのも興ざめだった。

「お前、おれの先輩とやっただろう！」

ろれつが回っていない。すでにかなり酔っているらしい。

「やってないって」

「うるさい、やったって聞いたんだよ！　おれ、恥かいたよ！」

桜場は彼女の髪をつかんで顔を起こすと、さらに殴った。

天使はそっとため息をついた。

黒服やボーイとキャバ嬢が付き合うのはどんな店でも、この世界では御法度だったけれど、それだけではなく、二人の間にあるどこかそんな自分たちに酔っている雰囲気が気持ち悪かった。彼らが付き合っていることは前から皆知っていて、でも、「どうせそのうち店をやめるだろう」という緩い諦めの中で、なんとなく見逃されていた。

殴っている様子を見ながら、「さすがにこれで、二人は店を続けられないだろうな」と天使も思った。誰かがオーナーか店長に報告するはずだ。

客たちも驚いた様子だったが、皆、席についているキャバ嬢に理由を耳打ちされ、そこは常連の「余裕」で、少し楽しんでいるような雰囲気さえあった。

しかし、それをよしとしない人間が一人いた。

「やめなよ、女を殴るのは」

そう声をかけたのが、光子だった。

桜場は一瞬ひるんだが、もう、勢いがついてしまっていた。たぶん、彼自身ももう、この店にいられるとは思っていないようだった。光子をにらむと「うるせえ、ババア、引っ込んでろ」と怒鳴った。

これで確実にここにいられなくなったな、と天使は思った。オーナーや店長が大切にしている客、大家の光子をこんなふうに皆の前で怒鳴っては……。

「おれはこの店でどうなろうと、いいんだよ。こんなちんけな店、こっちからやめてやるよ」

やっぱり、やめる気なんだな、そういう覚悟をした人間は強いな、と思った。その時、光子が席を立って、つかつかと彼に近づいた。

「店がどうとか、あたしは言ってないだろ」

静かな声だった。

「あたしにもどうでもいいんだよ。この店がどうとか、こうとか。ただね、女が殴られてるのを見るのとか、あたしは嫌いなんだよ、それだけだよ」

そして、片手を振り上げると、光子は男の頭を殴った。がん、と重い音が響いた。驚いてよく見ると、光子は手にガラスの灰皿を持っていたのだった。

「お前、何を！」

桜場がいきり立って、光子につかみかかろうとした。すると店中のボーイが走ってきて、彼を羽交い締めにした。もう、ほとんどやる気のない、アイドル崩れのキャバ嬢はともかく、大家の光子に傷を負わせるわけにはいかない。

ボーイたちにつかまれて、一ミリも動けない男を見て、光子は笑った。

「女を殴るな。あたしが言いたいのはただそれだけだ。あと、ババアでもあんたより強い人間もいることを覚えておきな」

そして、もう一発、灰皿で頭を殴った。また、ガツンといい音がした。

天使は感心してしまった。

男を殴る女を見たのは初めてだった。ましてや見ず知らずの女を守るために立ち上がるなんて……。

すごい人だ。

たぶん、光子にも計算があっただろう。自分に手出ししそうになったら、他の店員たちが黙ってはいない、と。俳優崩れの男より、この店では自分の方がずっと上の立場なのだから。

それでも、天使は驚いた。


それから数日後、一〇七号室の阿部幸子の部屋を、山田と掃除して出て行こうとした時、

「ちょっと」と呼び止められた。

山田が「はい」と返事をすると、「あなたじゃなくて、日村さん」と言った。

「日村さんですか」

彼女はかなり驚いた様子で、天使と幸子の顔を交互に見た。

「あなただけ残ってくれる?」

幸子は部屋の片隅のデスクの前に座って、万年筆を握り、何かを書きながら、デスクチェアをくるりと回してこちらを見た。日記のような厚みのあるノートだった。

「なんでしょうか。何か、失礼をしましたか」

天使が口を開く前に、山田の方がおろおろと尋ねてくれた。もしも、これが光子相手だったら、山田をお節介でうるさいと思ったかもしれないが、幸子相手だと、ありがたかった。

「いいえ、ちょっと……本当にちょっとだけ聞きたいことがあるの」

幸子は天使の顔を見て、にっと笑った。

「ちょっと残ってちょうだい」

ああ、と思った。これまで幸子を見るたびに、誰かに似ている、こういう人を知っている、と思っていたけど、この人は小学校の時の校長先生に似ていたのだ、と気がついた。

天使の顔をよく覚えていて、廊下などですれ違う時、ほとんど毎回「元気ですか？」「大丈夫？」と声をかけてきた。

それを天使は自分がテレビに出ている有名人だからだ、と低学年の時は思っていた。だけど、高学年になるにつれて、彼女は自分の家の事情を知って気にかけている……というか、気にかけている、と周りに知って欲しいと願っている、と気がついた。彼女が声をかけるのは、いつも誰か他の人、特に大人が近くにいる時ばかりだったからだ。

自分が、学校の隅から隅まで気を配っている、問題のある生徒をちゃんと把握している先生だと知って欲しいのだ。

とにかく、その先生と幸子はよく似ていた。気取った話し方や、取り澄ました表情、背が高くて足下まで隠すような個性的な服とおかっぱ頭が。

部屋に残ろうとする山田をさりげなく外に出し、幸子は天使に向き直った。

「緊張しなくていいのよ、本当にちょっと聞きたいだけだから」

ほらほら来た来た、と天使は思う。彼女たちのような人間はこうやって話を切り出す。たいていは嫌な話を。

「あなた、もしかして、あの日村さん？『仲良し日村さん一家』の」

「あ」

驚いた。それを誰かから言われることは、もうずっとなかった。

「日村さんちの天使ちゃん？ねえ、そうでしょ」

幸子は少し興奮して、天使の顔を指さした。

否定してもしかたないだろう。もう、そこまで知られたら、フルネームも知られているんだし、逃げようがない。

「どうしてわかったんですか」

「やだ、わかるわよ。埼玉県で日村さんって言ったら、誰もがあれ？って思うもの。いえ、あの頃、私は東京に住んでいたし、そんなにテレビも観ていなかったんだけど……でも、実家がこちらでね、休みのたびにこっちに帰ってくると、母がよく観てたの。あなたたちがかわいいって。ほら、盆暮れにやってたから、嫌でも観ちゃうのよ。そのうち、東京でも放送し始めて、地方直送の人気番組っていうので話題になったもんね。それから、民放キー局に移って、雑誌にもいろいろ載ったよね」

　思った以上に幸子は自分たちのことをよく知っているようだった。

「あなたの顔を見た時、どっかで見た顔だなあって思ってたの。それから、日村って名字でピンときて、フロントで聞いたら、天使って名前だって聞いて確信した」

「ここの人たちに言ったんですか！」

　思わず、大きな声が出た。

「言ってない、言ってない」

　幸子は慌てたように手を振った。

「大丈夫、誰にも言ってないし、他の人も気づいてないと思うよ。私は当時、ああいう業界にいたからよけい印象に残っていて」

「業界？」

「私、出版の仕事をしていたのね。雑誌の編集者や、フリーのライター。だから、マスコミ関係にもわりに敏感だったし、当時のこともよく覚えているから」

　幸子はデスクの上に載っている、数十冊の雑誌をぽんと叩いた。

「これ、私が編集したり、記事を書いた雑誌」

それで、ここに置いてあったのか……天使はやっと腑《ふ》に落ちる。

「自分の署名記事や、特に印象深い仕事のものを置かせてもらっているの。やっぱり、どうしても捨てられなくてねえ」

一番上の雑誌を手に取り、よかったら読む？　と幸子は天使に差し出した。

「いいえ」

「遠慮しないで。だって、これを読んでもらえば、私があやしいものじゃない、ちゃんとした仕事をしてきたジャーナリストだってわかってもらえると思うから」

あれ、さっきまで雑誌の編集者やフリーライターと言っていたのに、急にジャーナリストと言い出した、と思った。しかし、その違いはあまりわからない。

「むしろ、読んでもらいたいの。私が何を書いてきて、何を主張してきたか」

しかし、天使はかたくなに首を振った。それでも、幸子は雑誌を差し出し続けていたが、

「読むのとか苦手なので……」と言うと、やっと何か納得したのか、雑誌をまた元の束の上に戻した。

「まあ、それはいいわ。とにかく、私があやしいものじゃないってわかって」

「……あやしいものだとは思っていません」

そろそろ外のことが気になりだした。山田は今頃次の一〇六号室の田原浩三の部屋を掃除

しているだろう。一人で。

「あたし……あのお……」

天使は少しずつ後ずさる。もう早くこの部屋を出たい。

「そろそろ」

「ああ、ごめんなさい。だけど、日村さんちの天使ちゃんって気がついたら、言わずにはいられなくて」

「他の人には言わないでください」

幸子はまた大きな声を出した。

「言わない、言わない。私がそういうことをぺらぺら話す人間だとは思って欲しくないわ。私は個人情報は守るし、取材対象者を許可なく明かしたりしたことは、一度もない人間よ」

何を言っているのか、すべてはよくわからなかったが、もう一度確認した。

「絶対に言わないでください」

「もちろん、ただ……」

「すみません。仕事があるので」

幸子はまだ話したそうにしていたが、それを振り切るように部屋を出た。

「また、お話、聞かせてね」

背中に、幸子の声が追いかけてきた。

部屋を出ると、山田が一〇六号室から出てくるところだった。

「すみません！」

彼女は首を振った。

「お客さんに話しかけられたら、しかたないよ。大丈夫だった？」

心配そうに尋ねた。

「はい」

「なんの話だったの？　怒られたりした？」

今度は天使が首を振った。

「ちょっと……むか……むかつくことはないかって聞かれた」

昔のことを聞かれた、と言いそうになって慌てて言い直す。

「むかつくこと？」

「仕事でむかつくこととかないかって」

「ああ」

うなずきながら、山田はいぶかしげな顔をしている。それはそうだろう。校長のような幸子が「むかつく」という言葉を使うこと自体が不自然だ。

「むかつくって言うか、困ることとかないかって、なんか、心配してくれて」

「ああそういうこと」

やっと山田が少し笑った。

「気に入られたのかもよ」

「さあ、どうだか」

彼女と並んで次の部屋に向かいながら、思う。

絶対、過去のこと、特にテレビのことはここの人には知られたくない。それを知られて、ろくな目に遭ったことがない。最初は根掘り葉掘り、その頃のことを聞かれる。少しは仲良くしてくれるのかとできるだけ頑張って答えるのに、聞くことがなくなると、皆、天使から去っていく。それだけならまだましで、時にはそれを周りに言いふらされ、そして、最後には仲間はずれにされた。

あんなことはもう二度とくり返したくなかった。


天使が青木のお兄ちゃんが好きだったのはイケメンだったこと以上に、彼らが家にいると両親や兄姉たちが比較的穏やかだったからかもしれない、と今は思う。

さすがにテレビカメラの前で十にもならない娘を平手打ちしたり、小一時間、怒鳴りつけたりはしないいし、父もパチンコ通いやアルコールを多少控えていた。青木のお兄ちゃんはいつも静かで安定していた。彼の近くにいれば、いつも安心だった。

撮影は年二回、上半期下半期に一ヶ月ほどにわたって行われ、お盆と年末あたりに放送された。だいたい前期は三月か四月頃、後期は九月か十月くらいになると彼らは来た。

最初は、彼らが来ると「春だなあ」「秋だなあ」と思うくらいだったが、だんだん、それを指折り数えて待つようになった。

それが急に来なくなったのが、天使が小学校一年生の春休みの時だった。

なんだか、最近、両親がいつもひそひそ話しているかと思えば、次は派手に大喧嘩する……ということが続き、とはいえ、それはめずらしいことでもないので、気にせずにいたら、突然、まったく知らない人たちが家にやってきた。

三月の最後の日曜日、両親から子供たち全員が家にいるように、と強く言いつけられて、上の兄姉たち以外はそろっていた。

「こんにちはー！」

語尾を長く伸ばすような挨拶で入ってきたのは、見たこともない男女の一団で、天使たちは呆然と彼らを見ていた。

彼らは青木のお兄ちゃんたちよりも少し年上だった。三十代のカメラマンと四十代のプロデューサー、ディレクター、……それに、若い男女のＡＤ。

彼らは民放キー局の子会社のテレビ制作会社の人間だと名乗った。

父と母は彼らと会ったことがあるようで、二人ともまったく動じずに「どうぞ」と家に上げた。

「この人たちがこれからは取材してくれることになったから」

母は簡単に説明した。

子供たちは顔を見合わせた。

「なんで？　青木さんとか来ないの？」

天使と同じように彼らになついていたすぐ上の姉、衣歩が尋ねた。

「違う会社になったの」

制作会社の人間が口を開く前に母が言った。

「これから、君たちの毎日の生活を撮らせてもらう、宅間《たくま》です」

白いシャツにベージュのズボンをはいた四十代のディレクターが深々と頭を下げた。着ているものや雰囲気は「彩の国テレビ」のディレクターとそう違わなかった。

「できるだけ自然な姿を見せてもらいたいから、僕たちのことなんて気にしないで、いつものように行動してくださいね」

宅間は何かを丸く包み込むように手を動かしながら言った。

「僕たちはいないと思ってね。本当にいつもの姿でいいんだから」

「いないって言っても、いるじゃん」

亜太夢が肩をすくめて笑った。それで、亜太夢など下の兄姉たちは皆げらげらと笑った。しかし、両親はどこかすまし顔で何も言わなかった。

普段なら、「生意気言うんじゃないよ」と言って、亜太夢の頭を引っぱたいたことだろう。笑いながら天使は思う。テレビカメラが入ると母があたしたちを引っぱたかない。これこそが「普通じゃない」のに。

「上のお子さんたちはいらっしゃらないんですか」

一人だけ背広を着ているプロデューサーが尋ねた。彼はその日の挨拶だけで、次の日からはあまり家に来ないと最初に自己紹介していた。

「ああ、就職したりアルバイトに行ったり」

母が面倒くさそうに答えた。

「じゃあ、お帰りになったらお話を撮らせてもらうことはできますか」

彼はなおも食い下がった。

確かに、「仲良し日村さん一家」は初期の頃、大天使、堕天使の成長が大きなポイントだったからだ。彼がそこにこだわるのも無理はなかった。

「最近の番組に、お二人はあまり出てなかったですよね」

「あの子たちも成長して、あんまりテレビに出たがってないんだよねえ」

「そこをなんとか」

「まあ、聞いてみるよ」

「絶対に、よろしくお願いします。できないようだったら、私から説得させてください」

「……わかったよ」

母はなんでも自分で仕切りたい人だから、ちょっとムッとしていたけれど、東京のテレビの人だからか、それ以上は怒らなかった。

この話し合いが、すべて、終わりの始まりとなった。

子供の頃は青木のお兄ちゃんにもう一度会いたいとずっと思っていたけど、今はそれが二度とないということはわかっている。


天使が「日村さん一家」だということがわかってから、幸子は天使に話しかけてくるようになった。

数日に一回は「ちょっと日村さん、残ってよ」と呼び止める。

一緒にいる山田に過去のことがばれないかひやひやするが、「大丈夫、人はそんなに他人のことなんか気にしてないわよ」と彼女はすまして言った。

「阿部さんは気がついたじゃないですか」

「それはあれ、私は仕事が特殊だからね。職業柄いつも人のことが気になる。観察ばっかりしてる。人間観察が趣味だし」

どこか、得意そうだったし、なぜか現在進行形だった。

確かに、山田は「阿部さんは日村さんがお気に入りなんだね」と言うだけで、特に何かに気づいた雰囲気はなかった。ただ「お気に入り」と言う時の口調が少し気になった。ちょっとねっとりしていた。

でも、山田の性格なら、もしも何かあればすぐに尋ねてくるだろう、と思っていた。開けっぴろげで、一定の信頼関係が築けていると信じていた。

幸子はだいたい、デスクで書き物をしている。山田が部屋を出て行くと、くるっとこちらを向いて、缶や箱に入った菓子を差し出した。そこには干菓子やあられ、こんぺいとうなどが詰まっていた。

「吹き寄せ、と言うのよ」

最初に差し出した時に教えてくれた。

「お茶の時に使ったり、お祝い事で贈ったりするの。昔からあるお菓子なのよ」

さあ、というように差し出した器を揺すった。

「いいです」

天使は手を振って断った。

「あら、そう」

一度断れば、幸子はそれ以上勧めてこなかった。それでも、一応、形だけは毎回、誘ってくるのだった。

幸子自身はそこから一つだけ菓子を口に入れた。

たぶん、それらの菓子は彼女のたった一つの贅沢《ぜいたく》なんだろう、と予想できた。

ここの年寄りたちは豊かそうだし、実際、天使なんかよりは金持ちなんだろうが、老い先を心配してか、決して無駄遣いはしない。特に、光子なんかはそれが徹底している。

天使にはその吹き寄せが幸子自身によく似ている、と思った。一見、色とりどりで華やかだし、能書きが立派で権威もありそうだけど、口に入れたらどれも大しておいしくない。

「私、昔はお茶をやっていたの」

吹き寄せの缶から出した、干菓子を口に入れて舌で転がしながら幸子は言った。

「母に習わされてね。一応、師範代まで行った」

「そうですか」

「吹き寄せは母の好物でもあるの」

幸子はだいたい思い出話をした。どうしてかはわからないけど、天使にそれを話したいみたいだった。

「母は、私にいい奥さんになって欲しかったのね。お茶やお花ができて、お見合い結婚をして、サラリーマンの専業主婦になって、郊外の家で子供を二人育てるような」

「はあ」

「だけど、私はそれを言われれば言われるほど反発してしまって……高校を卒業して母が許した進学先は女子大だけだったから、一生懸命勉強して、最高の女子大に行ってやったの。

お茶《ちゃ》の水《みず》に」

「すごいですね」

天使でも、お茶の水女子大学がすごい学校だということくらいは知っている。

「卒業後は母の反対を押し切って、出版社に入った。でもいくら頑張っても、母は満足しなくてね。帰郷すると嫌な顔をして『幸子、お前、いつになったら結婚するの?』って」

幸子はそこでけらけら笑ったが、妙に甲高《かんだか》かった。

「会社でいくら出世してもまるで喜んでくれない。だけど、母があなたたち家族の番組に夢中になっているのを見てよくわかったわ……母が私に望んでいたのは社会的成功なんかじゃない、心から望んでいたのは、あなたのお母さんのような人生なんだって」

「え?」

急に、思いがけないところで自分の母親が出てきてびっくりする。

「だらしなくて、家事もいいかげん、ただ毎日を必死に生きていくだけ。だけど、孫をたくさん産んでくれる。そんな女が、母の理想だった。そして、その女の子供たちに囲まれて生きる老後が、彼女のささやかな夢だった。自分が私一人しか産めなかったから、それも憧れだったのかもね……私もわかっていたはずなの。母がそういうことを望んでいるって……でも心の奥底では、表面上、立場上、口では『結婚しろ』『孫を見せてくれ』って言っても、努力すれば私のことも認めてくれるんじゃないかって。いいえ、本心ではきっと認めてくれているんだけど、あの人、口が悪いからそれが言えないだけなんだって、信じてた。だけど、あなたたちの番組をビデオに録《と》って、何度も何度もくり返し観て、時にはテレビ局にファンレターまで書いている母を見て、そんなのただの自分の希望的観測だったんだって知った。母は本当に心から私のことが嫌いだったし、私の仕事が嫌いだったし、私のことが恥ずかしかった。何も認めてくれてなかった」

独り言のように話していた幸子は、顔を上げた。

「届いた?」

「へ?」

「私の母からの手紙……ファンレター」

「さあ、どうでしょう」

手紙は全国から届いていた。応援するもの、ひどい罵詈雑言《ばりぞうごん》を書き連ねたもの、時には腐りかかった食べ物や着古した衣服など……ありとあらゆるものが届いた。差出人の名前なんて覚えていない。

「だって、母はたくさん書いていたのよ。何通も何通も。東京に住んでいた私には一つもくれなかったのに」

「たくさん来ていたので」

一瞬、目つきがするどくなった幸子だったが、はあっとため息をつくと、また口調が戻った。

「そうよね。大人気だったものね、日村さん一家は……」

「すみません。もう、行っていいですか。山田さんが一人で掃除しているので」

「ああ、ああ、ごめんなさい。もういいわよ」

幸子がやっと解放してくれて、天使は逃げるように部屋を出た。

本当にもううんざりだと思った。一日も早く、光子に近づいて、こんな場所はおさらばしなければならない。しかし、その方法も見つからない。

天使は一〇五号室の前にアメニティやリネンが入ったカートが置かれているのを見て、慌てて近づく。幸子と話している間に一〇六号室の田原浩三の部屋は終わってしまったようだ。

一〇五号室はかなり足腰が弱っている、今野寿文《こんのとしふみ》の部屋だった。八十歳は過ぎている男だった。

今野は、東京に住んでいる家族たちにここに入れられている、と聞いていた。どういう家族なのかわからないが、一緒に住めない事情があり、でも老人ホームに入れるにはまだ少し元気な彼をここに捨てていったらしい。彼らはそれきり一度も会いにきたことはない。

彼は天使たちが来ると、掃除以外の用を何かと言いつけてくる。身体が自由にならないからしかたがないのだろうが、どこか、自分たちを使用人のように思っているようであまりいい気持ちはしなかった。時には、うまく立ち上がることすらできない彼を、山田と二人でソファに移動させ、それからベッドメークをすることもある。ほとんど、介護に近い仕事だった。人数が必要なこともあるので、天使が一番必要とされる場所でもあった。

天使は「山田さん、すみません！」とできるだけ大声で謝りながら部屋に入った。ちょうど、山田が彼の両脇に手を入れて、ソファまで運んだところだった。

「ううん、大丈夫」

天使が駆け寄って「阿部さんの話が長引いちゃって」と言いながら手伝うと、山田が今野の後ろで軽く首を振った。お客さんの前で、他の客の話はするな、ということだろう。

「あの婆さん、話が長いからな」

しかし、今野には聞こえてしまったようで、うおっふぉふぉっ、と咳き込むように笑った。そんな身の上なのに、彼は不思議と明るかった。それにここの人たちにとって、他の老人の悪口や噂話は嫌なものじゃないらしい、ということはずっと前に知ったことだ。

「あれは昔、自分は大会社で偉かったんだって自慢ばっかりだから」

天使が返事に困っていると、山田が笑った。

「日村さん、阿部さんにすっかり気に入られてるんですよ」

「そうかい、そりゃ面倒だ」

天使も少し遅れて苦笑いしながら、山田と協力してベッドのシーツを剝《は》がす。

「今野さんは今日はおかげんはいかがですか。脚とか痛くないですか」

山田が話を変えた。老人というのは自分の身体や健康の話が何よりも好きで、悪口の矛先を変えるのはそれしかないのだということもまたここで知ったことだ。

「ん？　脚？　うん、いつもと変わりないよ。いつだって痛いから」

「大変ですねえ」

「うんと痛いか、普通に痛いか、の違い。医者は手術してもいいって言うんだけど、この歳で手術するのもねえ。痛いのやだし、面倒だし、病院に入るのもおっくうだし」

「ですよねえ」

彼らと本気で話してもしかたがない。毎日同じことをくり返していて話が進まないから、肯定的な相づちを打つくらいしかすることがない。

「おれは書類が嫌いなんだよね。あれ、本当に嫌になっちゃうの。病院なんかに行ったら、いろいろ書かなくちゃならないだろう。目が悪いのに」

今野は実はあまり字が読めず、書けないのではないか、とホテルの従業員の間で噂になっていた。なんでもここに来た時、宿帳は彼の家族が書き、それから、彼が自分で字を書いているのを見たものは誰もいない。掲示板やホテルの要項に書かれていることもほとんど無視している。それが目が悪いからなのか、字が読めないからなのか、ずぼらだからなのかは誰にも判断できなかった。

掃除やベッドメーキングが終わると、彼をソファからまたベッドに移して、清掃は終わりになった。彼はベッドに横になったまま、出て行く天使たちに手を振って目をつぶった。このまま眠るのだろう。

彼は一日に一回、近所から店屋物をとって食事を済ませている。時々別の老人から食べ物をもらったりしているところも見かけた。

「今野さん、老人ホームに行った方がいいんじゃないですかねえ」

廊下に出た時、思わず、独り言のようにつぶやいてしまった。

「それはダメダメ」

山田は両手の人差し指で×印を作って見せた。てっきり、また噂話を注意されたのかと思ったら、そうではなかった。

「支配人が一度、親類を呼んで説得したけど、あの人ここがいいって言ってた」

「へえ」

「ここで死にたいって何度も言ってたよ。ここで死なれちゃ困りますよ、って支配人が冗談ぽく答えてたけど、顔が引きつってた」

「山田さんもいたんですか」

「うん。正直、ホテル側としては今野さんのことはそろそろなんとかしないとって思っているんだろうけど、どうしたらいいのかわからなくてなんとなく放置してる感じじゃないのかねえ。まあ、いてもらってる間は、お金が入ってくるし。支配人はあの人がお漏らしするようになったら、家族と相談して施設に入れようって」

そう答えながら、山田はまた次の部屋のドアを叩いた。

母という女がどういう人間なのか、天使はよく考えたこともなかった。

少なくとも阿部幸子が憧れるような女ではなかったはずだったし、憧れるような家庭でもなかった。

実家に住んでいた頃、母に話しかけることはほとんどできなかった。母は台所にいて何かを作っているか、イライラしているか、父や兄姉たちを怒鳴っているかしていた。話しかけると、「うるさい！　後にして！」と言われた。

平日、保育園や学校から帰ると、母の機嫌のいい時には焼きそばか焼きうどんが待っていた。それを食べていると、兄や姉たちも戻ってくる。その頃にはご飯が炊き上がり、野菜と肉の炒め物と味噌汁ができあがった。炊飯器は一升炊きのものを一日一回しか炊かないので、食べ盛りの子供たちと大人が二人いる家庭ではいつも足りなかった。部活帰りの兄姉は競ってそれらを奪い合い、天使たち小さな子供は「もう焼きそば食べただろ」と言われて、ご飯と納豆だけですますことも多かった。

焼きそばが出てくるのはとても恵まれた時だった。ほとんどの場合、母は機嫌が悪く、一日中テレビの前に寝そべってじっと再放送のドラマやニュースバラエティーを観ていた。

お腹《なか》が空《す》いただとか、晩ご飯何？　と聞くと、さらに機嫌が悪くなって、「誰が作ってくれるんだよ？　お前か？　あたしか？　お前ができるならやってみろ。できないなら黙ってな」と理不尽な怒りをぶつけられるので、天使や亜太夢、衣歩はじっと黙って母の足下に座り、空きっ腹を抱えて、じっと耐えた。運が良ければ、そうしているうちに母の気が変わって何か作ってくれるかもしれない。

そのうちまだ実家に住んでいる、部活動を終えた上の兄姉たちが帰ってくる。彼らはもう少し母に強くて「ご飯ないの？」「ご飯、何？」と聞いてくれる。

そこで母が機嫌を直していれば冷蔵庫をのぞいて何か作ってくれるし、まだ直っていないと、彼らを無視するか、「冷蔵庫の中身でなんか作りな。子供じゃないんだから」と言った。

兄や姉も虫の居所が悪いと、「飯ぐらい作りなよ、母親なんだから！」などと怒鳴り、そこで家族喧嘩が始まった。

「ふざけんな。お前、誰に育ててもらったと思ってるんだよ！　生意気言うな。子供のくせに！　ママの大変さなんてわかんないだろ！　あたしは疲れてるの！　朝からずっと働いてるの！　あんたたちみたいに遊んでいたわけじゃないの！」

「りょうこちゃんのうちも、まりなのうちも、お母さんがご飯を作ってくれるよ！　うちみたいにママが寝てばっかりいない！」

「そのうちには七人もガキがいないだろ！」

「そんなこと知らないよ！　あたしは好きでこんな家に生まれてきたんじゃない！」
「よくもそんなことが言えたもんだ。だったら、他の家に行きな」
「行くよ、行けたらすぐに行くよ。行けないからしかたなく帰ってきたんだろ」
「じゃあ、すぐに家を出ていけ。今すぐ出ていけ。もう顔も見たくない。死ね！　死ね！　死ね！」

死ねと言われると、姉はさすがに黙るか、泣き出した。

この時間が天使にとっては一番つらい時間だった。ずっといつ終わるとも知れない喧嘩を首をすくめて耐えた。なんで、我天使は素直にママに謝らないんだろう、と思っていた。

喧嘩の後、うまくすると我天使が焼きそばか焼きうどんを作りそれを天使たちにも分けてくれた。でも、たいていはほんのちょっぴりだったし、何もないこともあった。そういう時は母や兄姉に見つからないように台所や冷蔵庫を探して、食べられるものならなんでも口に入れる。炊飯器を開けて、少しだけ残っている臭う白飯を食べたりもした。

全員で一緒にご飯を食べる、ということはほとんどなかった。だいたい、ダイニングキッチンには全員が座れるようなテーブルはなかった。年齢がずれていたこともあり、皆、少しずつ時間が違っていたので普段はそう不便に思わなかった。リビングの方にソファとテーブルがあったので、ダイニングのテーブルからあぶれたらそこでご飯を食べることもあった。

天使も兄姉たちも皆、箸や茶碗《ちゃわん》の持ち方がおかしかった。どちらも適当に握るように持った。誰も教えてくれなかったし、注意されることもなかった。それに気がついたのは家を出てからだった。

テレビ局が来てどうしても全員でご飯を食べるシーンが必要になると、局のお金で外でご飯を食べるか、食卓とテーブルで分かれて食べることになった。

テレビ局の撮影が入っていると、母が曲がりなりにも毎日ご飯を作ってくれたから、それだけでも嬉《うれ》しかった。

大きくなってから、母が『日村さんちの大家族　あったかご飯』という料理の本を出していることに気づいた。いったい、どうやって母がそんなものを出せたのか、まったくわからない。あの人は焼きそばか、焼きうどんか、肉野菜炒めしか作れなかったはずだ。

母がしないのは料理だけではない。掃除や洗濯もその調子で、家の中はいつもごちゃごちゃしていた。毎日のように、朝は兄や姉たちの体操着や上履きが洗っていないと誰かの泣き声や怒鳴り声が響いていた。

天使が小学生になった頃、洗濯乾燥機を買う、というテーマで番組が作られたことがあり――父が母のためにそれを買うため、自分の小遣いを貯めるという内容だった――、一応、大型の洗濯乾燥機があった。洗濯が終わったあと、誰かが乾燥機に入れておくと乾いたものが出てきた。しかし、それもたいていは生乾きのまま、廊下やダイニングにまき散らされたように放置されていた。皆、自分のものをより分けて部屋に持って行くことになっていた。

家事はすべてそんな感じに適当で、部屋もキッチンもすべてが、いつも埃っぽかった。

「ねえ、日村さん、ちょっと残ってよ」

幸子からそんなふうに声をかけられるのは、もう何度目かも忘れるくらいになっていた。

山田も心得たもので、ほとんど何も言わず、軽く頭を下げただけで出て行った。その後ろ姿に「山田さん、本当にすみません」と言って、大げさに頭を下げた。彼女は「いいの、いいの」というふうに手を振ったが、天使は幸子に対する嫌みのつもりだった。

しかし、振り返ると、幸子はまったく気づいていないようで、いつものようにすっきりとした顔をしている。

「なんですか」

「……あのこと、教えてくれない？」

「あのこと？」

幸子は意味ありげな表情でうなずいた。それだけ言えば天使が理解できると疑いもなく信じているようだった。

「あのことってなんですか」

「あのこと……というか、あの時のことね。『仲良し日村さん一家』が終わった時、いろんな噂が流れたじゃない……家のこととか、お母さんのこととか」

「あ……」

「本当は何があったの？　週刊誌なんかではいろいろ書かれてたけど」

自然にうなだれてしまった。

あの時……彼女が言うようにいろんな噂が飛び交った。その中心にいたはずの天使たちでさえ、本当のところ何が起こったのか、誰がしゃべったのか、誰が何をしたのか、あまりよくわかっていないのだった。

「あなたは何も悪くないはずよ。だって、まだ小さかったのだし、家族の中でもあなたが一番年下だったんでしょ。いくつだったの」

「終わったのは……七歳の時です」

「七歳！　じゃあ、本当に子供だったのねえ。何があったの？」

天使が幸子の顔を見返すと、彼女は小さくうなずいて微笑《ほほえ》んで見せた。まったく悪びれもせず、むしろ、自分がいいことをしているみたいに。

「わかりません」

「私が聞いている意味がわからないの？　だから、ほら、番組が終わったでしょ。地方局の制作から民放キー局の制作会社に変わって、それからすぐに」

「いえ、何が起きたかがわからない、ということです」

「ああ」

幸子は急に無表情になり、デスクで頬づえをついた。そのままボールペンを手に取って歯と歯の間に入れ、カタカタと鳴らした。

「あたしは小さかったし……」

また、自然と頭が下がった。別に悪いなんて思っていない。この人に話す義務なんてない、ということは天使にもよくわかっていた。どうせ、彼女のちょっとした好奇心を満たしてやるだけのことなのだから。

それでも、家のことを聞かれると、天使はどこか自分がすべきことをしなければならない、何か謝罪をしなければならない、世間から隠れなければならないような気持ちになる。

「……思い出してみない？」

「え」

顔を上げると、幸子がのぞき込むようにこちらを見ていた。

「私と一緒に思い出してみない？」

「何をですか。なんで、番組が終了したか、ということをですか」

「ううん、違う」

幸子はまた、自分の前にあった雑誌を手に取った。広げて天使が見えるように差し出した。

「ここに私の署名記事がある」

「署名記事？」

「私の名前で書いた記事ってこと。記事の最後に私の名前があるの。ほら、阿部幸子って書いてあるでしょ」

急に何を言い出したのかよくわからなかったが、ちらりと彼女の手元を見た。確かに署名がある。

「私、前に母とのこと、話したでしょ。母があなたたち家族に夢中になっていることを知ったあと、会社を退職したの。もう、やめよう、と思って。どうせどんなに頑張っても母は喜んでくれないし。まあ、だから、私が退職したのはあなたたちのせいでもあるの」

彼女は天使の顔をじっと見た。

だからなんなんだろう。文句でも言いたいのだろうか。

「それで、フリーライターになったの。収入はそれまでの何分の一かになってしまったし、安定もしてなかった。それでも、ある程度貯金もあって、マンションも買ってたしね。好きなことが書ければいいと思ってたし、実際、何冊か本も出せたけど……」

幸子は軽く唇を噛む。

「賞も取れなかったし、本も大して売れなかった。そのうちに母が死んだ。その時やっと気がついたの。結局、ライターに転職したのも、母に認められたいからだったのかなって。会社での成果や出世は、会社勤めをしたことのない母にはわからない。だけど、ベストセラーを出した、賞を取った、ということなら彼女にもわかる」

いったい、何を言いたいんだろう。

「そう思ったら、本当に嫌になって、マンションも仕事も何もかも整理して、ここに移ることにしたの」

「そうですか」

やっと話の終わりが見えてきたような気がして、天使は相づちを打った。

「あなたを見て、いろいろ思い出した」

「はあ」

「私、また、本を書きたいと思ってるの。今度は本当の本、本当に自分がやりたいこと、書きたいことを書く」

彼女がこちらをうかがうように見たので、天使は慌ててうなずいた。

「いいんじゃないですか」

「あなたのことを書かせて」

「は？」

話が思いがけない方にまた転がる。

「あなたの話を聞かせて欲しいの」

どう答えていいのかわからなかったが、とにかく面倒なことが起こっていることだけはわかった。

——仲良し日村さん一家の謎に満ちた収入源とヤンキーゆうこママの奔放な下半身。

またこの季節がやってきた。あの番組を楽しみにしている読者も多いはずだ。帰省した実家でこの番組を観るのが習慣だという人もいるだろう。

「改編期にテレビ局で特集番組を流すのが恒例となっていますが、ここ数年、年末とお盆の時期は『仲良し日村さん一家』の独擅場《どくせんじょう》ですね。最初は制作元の埼玉の放送局のみでの放送でしたが口コミとネットで評判が広がり、五年前からは民放キー局での放送も始まりました。過去作も次々と再放送され、いずれも高い視聴率を取っています」(テレビ局社員)

説明するまでもなく、ちょっとヤンキー気味で言葉は乱暴だけど、心優しい父と母に見守られた七人の子供たちの成長する様子に密着した『仲良し日村さん一家』は大人気コンテンツだ。また、『彩の国テレビ』のコーディーこと甲田ディレクターやカメラマンの青木のお兄ちゃんのキャラ、彼らと子供たちとの掛け合いもよく、それを楽しみにしているという視聴者も多いだろう。

しかし、この人気番組にこの秋、激震が走った。

「長く、家族の撮影を担当していた『彩の国テレビ』から、制作が民放キー局Aに変わったんです。それも、『彩の国テレビ』の系列のBではなく、まったく関係ないテレビ局ですからね。ずっとこの企画を育ててきた『彩の国テレビ』もBもおかんむりですよ。スタッフが変わることで番組の色が変化することを心配する視聴者もいます」（同）

しかし、彼らを見出《みいだ》し、ここまでの人気コンテンツに育ててくれた地元テレビ局を裏切って、民放キー局に移った理由とはなんだろう。

「はっきりした理由は発表されていません。母親で番組のキーマンでもある、ゆうこママはブログをやっていて、こちらも数十万人の読者を抱える人気ブログですが、そこのところはまったく説明されていません。これまで家族のことはなんでも開けっぴろげに包み隠さず語ってきたゆうこママですから、この沈黙は不自然でもあります」（同）

しかし、われわれ取材班が日村さん一家を取材するうちに、この「電撃移籍」に関するキナ臭い噂を耳にすることになった。

「理由はずばり、金ですよ。一説には数百万のギャラが日村さん一家に提示された、とも聞いています。これまで『彩の国テレビ』からも一種の迷惑料として、数十万が支払われている、という噂はありましたが、それが一気に十倍以上となったのですから、日村さんとしては笑いが止まらない話でしょう。さらに、一家には視聴率に応じて一定の成功フィーが払われる、という噂もあります」（事情通）

いやはや、とんでもない話だが、金と言えば、日村さん一家にはずっと金に関する噂がささやかれていた。

それはまさに「七人もの子供がいる日村さんの家の収入はどうなっているのか」という謎だ。

父親の日村氏は一応、昼間、家を留守にし夕方帰ってくる様子が何度か撮影されている。子供たちも「お帰りなさい」などと声をかけており、一家の主《あるじ》が仕事を終えて帰ってきた様子に見えるが、いったい、どこに勤めているのだろうか。

取材班はこの十年以上に及ぶ、番組の録画をすべて視聴してみた。しかし、日村氏が自分の仕事について言及しているシーンはほとんどない。第一回の放送では「建築関係」と答え、また、第二回でディレクターが詳しく話を聞こうとすると「勤め先に迷惑がかかるから」と言葉を濁し、その後、一切言及がないのだ。また、家に帰ってきた氏に対してゆうこママが「またパチンコしてきたの！」などと怒ってケンカになるシーンは何度もあり、平日昼間はパチンコに行っている様子が映されている。皮肉なことに、このケンカがまた、番組の名物となっている。

では、氏は今も変わらず、建築関係の仕事に就いているのだろうか。取材班は地元の建築会社につぶさに聞き込みしてみたが、いずれも日村氏を雇っている、また、雇っている会社を知っている、と答えた会社はなかった。我々の取材の及ばない会社で働いているのだろうか。

「いや、彼が建築会社で働いていたのは十代と二十代の後半くらいまでですよ。子供が四人になった頃、腰を痛めてやめたと聞いています。今も再就職したという話は聞いていません」（日村氏の地元の友人）

なるほど、それでは別の業界の仕事をしているのかもしれない。さらに彼の友人やそのまた友人に聞いてみてもらったが、知っている人はいなかった。ゆうこママが怒っているところからも、まさか、パチプロということもないだろう。

その調査の途中で、我々はまったく新しい情報を知ることとなった。一家をよく知る、地元の知人が匿名を絶対条件に答えてくれた。

「あの一家は生活保護だよ。昔からずっとそう。皆、知ってるよ。七人の子供たちの同級生で知らないやつはいないんじゃないの」

驚くべきことに、日村一家は四人目の子供が生まれた頃、日村氏が腰を痛め、それからずっと生活保護を受けているらしい。それから、日村氏もゆうこママもどこかに勤めたり、働いたことは一切ないと言う。

「そのせいで兄貴たちはずいぶん、悪い奴らにいじめられていたよ。だから間違いない。でも、テレビに出るようになって誰も手出しができなくなった。テレビであいつにいじめられてるなんて、言われたら困るもん（笑）」（前出・匿名の知人）

テレビに出ることになっていじめられなくなったのなら結構なことだが、生活保護には一定の条件があるはずだ。

収入があれば、その額を月々の支給額から引かねばならない。日村家は父と母、そして子供七人だが、十八歳以上の子供には生活保護は支給されない。また現在、高校を卒業した子供たちは家を出ているので、七人分もらっているわけではないだろう。とりあえず、夫婦と子供四人分として試算すると、最低でも三十万円以上の金が、月々日村家に支給されていることになる。年間では三百六十万円で、これは民放キー局から彼らに支払われるとされる額とほぼ同額だ。このことはどうなっているのだろう。

「個々の事例についてはプライバシーの問題もあり、お答えできませんが、収入の事実がわかれば個別に対処いたします」（管轄の福祉事務所）

問い合わせをした福祉事務所からはけんもほろろの答えしか返ってこなかった。しかし、前出の事情通は声をひそめる。

「一家の収入源についての噂はずっとあり、別のキー局もいくつか手を伸ばしていたが事前の『身体検査』でアウトになったと聞いている。これまでのように地方局が作った番組を流す、という体《てい》ではそう大きく追及されなかったこともキー局制作ということになれば人々の見る目も厳しくなるからね。だから、Aは火中の栗を拾ったということでしょう。Aは何年も視聴率三冠から遠のいており、焦りもあったようです。また、『生活保護の何が悪い』と開き直るという手もあります。しかし、これが不正受給ということになれば話は変わってきます。某芸能人の親が、芸能人に十分な収入がありながら生活保護を受けていたということで謝罪に追い込まれたという騒動もあり、近年、生活保護に向けられる目は以前より厳しいのです」

日村家の収入と言えば、他の噂もある。

「ゆうこママのブログ収入です。これまた数十万PVを稼ぐとなれば、年間数十万、いや、数百万の収入を見込めるというのは世の中の定説になっています。ブログを運営しているネット関連会社Cは表向きそれを否定していますが、なんらかの見返りがある可能性があることは確かです。そうでなかったら、有名人や芸能人がCのブログサイトにばかり集まっているのは不自然じゃないですか」（同）

ここまでは日村一家の収入面についての噂だが、彼らにはまだ他にも問題があるのだ。

「これもまた、ずっとテレビ局界隈《かいわい》では噂になっていたことですが、ゆうこママとコーディーが付き合っていた、不倫関係にあったとまことしやかにささやかれています」（同）

なんと、七人もの子供がいる女性が不倫とはにわかには信じられないが……。

「ゆうこママはあのあたりでは有名なヤンキーでした。十代の頃、その美しさに校門前に出待ちがいたという伝説もあります。今でもその美貌は健在で、身体はぽっちゃりしていますが、目鼻立ちはきれいだ、と視聴者にも人気があるんです。また、彼女と直接話したことがある人によれば、なんともいえない色気があって男に頼ることがうまいのだとか。テレビ局で彼女に関わった男たちは夢中に、とまではいかなくても、皆、ファンになって彼女のためなら何かをしてあげたくなる、不思議な魅力を持った女性なんです」(同)
　また、彼女を幼い頃から知っている、という女性は言う。
「近隣で一番強い男と付き合いたい、と豪語し、ケンカで勝った男に次々乗り替えた、という話も。昔から奔放な人でした。初体験は小学生の時だと本人が話していました。相手は担任の先生だって」
　しかし、そのような女性がテレビ局の社員と付き合うだろうか。
「十分考えられますね。昔から東京に行きたい、東京でもっといい男と付き合いたいとよく言っていました。気が強く、気位の高い女なんです。地元の男は頭が悪くて嫌だ、とも。それがかなわなかったのは、長女を妊娠してしまったからだと聞きました。コーディーは早稲田大学出なんでしょ。彼女が有頂天になって彼からもらった指輪を地元のスナックでみせびらかしていた、という噂を聞いたことがあります。また、撮影中は『彩の国テレビ』のバンでよく買い物に行っている姿がこのあたりで見られましたが、その車がラブホテルに駐《と》まっているのを見たという人が何人もいます」(前出・ゆうこママの地元の知人女性)
　しかし、彼女の夫であり七人きょうだいの父親でもある、日村氏はそれに何も言わないのだろうか。
「日村氏も昔はこのあたりで有名なヤンキーでしたよ。地域を牛耳《ぎゅうじ》っている『総長』なんて呼ばれていたこともありました。彼もまた、若い頃は結構モテました。今は太ってしまって見る影もありませんが、ゆうこママも彼の浮気にはかなり悩まされたはずです。今も地元には彼のファンの女性はいます。セフレくらいには不自由しないはず。不思議なことに、あの夫婦はお互いに浮気しながら結構、うまくいっているんです。『彼はモテるから』なんて彼女がのろけているらしいです」（同）

さらに、今回の民放キー局への電撃移籍には、ゆうこママのこの「奔放さ」が関係したと言われている。

「まさに、乗り替えたんだよ。東京から来たキー局の制作会社のディレクターとできたと聞いた。もちろん、金のためもあるだろうが、それが一番大きいらしい。前の男は早稲田だったけど、今度は東大なんだって言いふらしていたようだよ」（前出・匿名の知人）

いくつかの疑問点について、日村家、テレビ局A、『彩の国テレビ』宛に質問状を送ったが、期限までに答えはなかった。

今年もすでに、年末の金曜七時から三時間のスペシャル番組の放送が発表されている。日村さんたちはこの疑問にどう答えてくれるのだろうか。

3

幸子の提案に、忙しいんで……ともごもごと答えると、それならいつならいいの？　あなたの時間に合わせるからとたたみかけてきた。

「忙しいんで無理です、ダメです」

そう言いながら後ずさりし、後ろ手でドアを開いて逃げ出した。

すでに一〇四の部屋の前にリネン類が入っているカートが置いてある。部屋に飛び込んで息を切らせていると、床の掃除をしていた山田から、どうしたの？　大丈夫？　と尋ねられた。

「大丈夫です、なんでもないです」

そっけなくそれだけ答えて、浴室に入った。

その日はチェックインが始まる三時で上がりだった。正直、その時間に家に帰るのは暑いばかりで何もいいことはない。それなら、冷房の効いた部屋で、客室に何かあった時だけ駆けつけたり、廊下やフロントの掃除をする方がありがたいくらいだった。

自宅に帰って冷房をつけ、汗だらけの衣服を脱いでシャワーを浴びた。風呂上がりに、冷蔵庫に買い置きしてあったストロング系チューハイを一気に飲んで、やっと一息ついた。

アルコールが回って頭がぼんやりする中で、幸子の提案について考える。

いったい、今さら自分に何を聞こうというのか……。番組が終わった時、七歳、小学校二年生だった。自分の周りがざわざわしているのはわかったが、それがどんなことなのかは今ひとつよくわかっていなかった。

両親は毎日毎日、お互いを責めるように喧嘩していて、それだけは怖かった。すぐ上の姉の衣歩は「パパとママ、離婚したらどうしよう」と怯《おび》えていたけど、天使《えんじぇる》にはよくわからなかった。

本当につらかったのはその後だ。

たくさんの後追い記事が出て、天使の母が取材に来た記者たちに反論記事を書かせた。でも実際には思うようにいかなかった。その場では母の言葉に同調していたはずの記者たちの記事の中に、母の言い訳は何一つ載らず、むしろおもしろおかしく揚げ足を取っていた。焦った母はついに……。

あの頃のことを思い出すと天使は頭を振って記憶を消し飛ばす。思い出すことに耐えられなかった。

さらに、小学校三年生、四年生と成長するにつれ、同級生たちも天使の家の事情を知り、中には両親のことや生活保護についてはっきりと口にする者も現れた。成長すると表だって口にしなくても、なんとなく自分について人々が遠巻きに見ているような雰囲気があった。

中学生になると……。

背の低い、小さなテーブルの脇で横になっていた天使はまた耐えられなくなって、ぎゅっと目をつぶる。

あの頃のことは子供の頃のこととはまた別の意味で思い出したくない。毎日がひどいことの連続だった。それまで同級生たちはほとんどが幼い頃からの知り合いだったのに、中学になって学区が広がり、周辺の三校からそれぞれ生徒が入ってきた。入学当時、中にはわざわざ天使の教室まで、顔を見に来て指さし、ひそひそと何かを仲間うちで話したりする生徒が、同級生だけでなく二年三年の生徒にもいた。友達は一人もできなかった。

幸子はそういうことを全部「話せ」「思い出せ」と言うのか。

絶対に嫌だ、と思った。

ふと気がつくと、外は暗くなり始めている。考えているうちに日が落ちてしまった。考え事をしているつもりだったけど、もしかしたらうとうとしていたのかもしれない。立って電気をつけなければ、と思いながら身体が重く、面倒でできない。手が届くところにテレビのリモコンがあったので、代わりにつけた。

テレビの明かりで部屋の中がぼんやりと明るくなる。夕方のニュースバラエティーがそろそろ終わる時間だった。今日のニュースのおさらいと、明日の天気を観ていた。明日も暑くなるらしい。

明日……また、掃除のために幸子の部屋に行かなければならない。「残って」と言われたらどうしたらいいのか。山田だって、最近はあまりいい顔をしない。そのうち、彼女にも知られるかもしれない……。

そこまで考えて、山田に知られる可能性があるなら、彼女だけでなくホテルの他の人たちに知られるのも時間の問題かもしれない、と思う。そして、光子にも……。それは本当にやばい。できたら、避けたい。少なくとも自分がもっと彼女に近づく前には……。

もう自分にはそう時間が残っていないのだ、とやっと気づく。

天使は身を起こした。こうして、電灯をつける手間さえ惜しんで、時間を先延ばしにしていたら、本当に何かを失ってしまうかもしれない。

天使は立ち上がって、天井のライトに付いている紐《ひも》を引っ張り、電気をつける。部屋がたちまち明るくなって、一瞬、目をしばたたいた。

目を閉じかけていた天使は明るい光を見つめる。まぶしくてつらくても見つめ続ける。もう逃げられない。明るい方へ、明るい方へ……それに耐えられなければ、自分がそこにたどり着くことはできないのだ、と。

一度だけ、光の中に、その真ん中に天使がいたことがあった。

「イエッ！　イエッ！　イエッ！　イエッ！」

「ファイッ！　ファイッ！　ファイッ！　ファイッ！　ファイッ！」

「マジかよーーー！」

「キャーーー！」

あの日、さまざまな声が自分を包んでいた。店中が興奮の坩堝《るつぼ》と化したのを忘れられない。その中心にいたのが、自分だった。あの、さえない、地味だった自分。

店で着るためのドレスさえ、新調したことはなかった。「お試し入店」用の貸し出しドレスを適当に着ていた。陰でミネアポリスをはじめとした同僚たちが笑っていたのも知っている。

でもあの日は、店の中心にいた。あんなこと、「マヤカシ」で働いていた数年の間に一度しかない。

喧噪《けんそう》の中、天使は店の真ん中で、ミナヨと向かい合っていた。前に丸テーブルがあってシヨットグラスが二つ、並んでいた。

「いいんだな」

確認するように、脇に立つ店のボーイが言った。二人の顔を代わる代わる見比べる。ミナヨが大きくうなずき、天使も負けじとうなずいた。

ショットグラスにテキーラがなみなみと注がれる。店内が揺れるように沸いた。

手を伸ばそうとすると、ボーイがそれを制した。

「まだまだ」

「早いと、嫌われるよっ！　男も女も」

品のない言葉に、天使は思わずそちらをちらっと見た。その目がきつかったのだろう。

「ひえっ、怖《こえ》えの」

また彼が言って、わあっと歓声が上がる。

それでもボーイが手を上げると、自然、静まり返る。三、四十人はいる、客、ボーイ、嬢たちの視線が痛いほど突き刺さる。

これか、と天使は思った。皆に注目されるというのはこういうことなのか。

「ファイッ！」

そんなことを考えている間に、突然、かけ声がかかった。

慌ててグラスをつかみ、テキーラを飲み干す。かっと喉が焼ける。胸が熱い。胃にそれが落ちたのがはっきりわかる。

とん、とグラスを置いて、唇を手のひらでぬぐうとうわあっとさらに歓声が大きくなった。

「まだいける？」

うなずく。ミナヨも同じようにうなずいた。一杯で勝てるとは思っていなかったけど、少しがっかりした。

始まりは、店にやってきた「青年実業家」を名乗るグループだった。

普段は恵比寿《えびす》あたりで飲んでいるらしいが、今日は商談のために大宮を訪れた、と言った。

ブランドもののTシャツやポロシャツ、日に焼けた顔、高そうな時計……。ディテールがまるで双子のように似通った男たち。なんの仕事をしているのかわからないが、金回りだけは驚くほどいいらしい。財布を開けたら札束が入っていた、カードはプラチナとブラックだった、という話があっという間に店のバックヤードにまで届く。ボーイも嬢も耳打ちしあった。常連になってくれるはずもないが、できるだけしぼり取ろうと、店中が連帯した。

「しけた店だな」

その中の一番威張った男がつぶやき、席についていたミネアポリスの顔色が変わったのがウエイティングからでも見えた。

「メンター、店替えますか」

すぐに太鼓持ちのような若い男がそれに続く。彼はメンターと呼ばれているらしい。

そうすればいいのに、と天使は内心思った。あんな威張った男が店にいて、皆がその札束にぬかずいているような雰囲気は息が詰まった。どうせ、自分にそのお鉢が回ってくるわけでもない。

しかし、なぜか、彼らはそこにぐずぐずと居続けた。しばらくすると、彼らはほとんど自分たちの仲間内でしゃべっており、席についた嬢たちは手持ち無沙汰《ぶさた》で、顔に笑顔を貼り付けて、じっとたたずんでいた。

そのうちに……あれはどういう経緯だったのか、深夜一時を回った頃、彼らの間から声が上がった。

「あれ、やるか」

「いいじゃん、やろうよ」

急に彼らが活気づき、拍手がわき起こった。

「いいですよね？」

太鼓持ちが、メンターの顔色をうかがうように見ると、彼はおもむろにうなずいて、財布から札束を出した。

「えー。何々？」

メンターに耳打ちされたミネアポリスが「キャー」と悲鳴のような声を上げた。店中の視線がそこに集まる。

彼らが提案したのは「テキーラ一気飲み」だった。

今から嬢たちに一気飲みさせて、一位になったものに三十万を現金でやる、と高らかに宣言したのだ。

「やるひとー⁉」

太鼓持ちが声を上げ、嬢たちはお互い顔を見合わせた。そこで、手を上げたのは、結局、天使とミナヨだった。

彼らには一目見て、天使たちが店の中の最下位のキャバ嬢だとわかったに違いない。端にいたし、ドレスは身体に合っていない借り物だ。それがまた、彼らの心に火をつけたようだった。二度と来ない、場末のキャバクラだ。後腐れなく、いたぶれるものを見つけた気持ちになったのかもしれない。

「優美ちゃん、ミナヨちゃん、頑張って！」

今まで、誰もこちらを見ていなかったのに、急に彼らは天使たちを大声で応援し始めた。それで、天使は後に引けなくなった。本当はまだ未成年だったのに。

いや、引く気はなかった。三十万が欲しかった。

当時、天使は家賃を滞納していた。次の月も滞納するようなら家を出て行って欲しいと管理会社から言われていた。新しいバッグも欲しかったし、ドレスもいい加減、一枚くらいは買わなくては、と思っていた。

とにかく、金が欲しかった。

またグラスにとくとく、とテキーラが注がれる。ほんの少しこぼれて、テーブルが濡《ぬ》れた。ミナヨの前のグラスはこぼれる前に瓶の口が離れた。サーブしているのは、フロアのサブマネージャーだ。前からミナヨを少しひいきしている。こぼれないようにしただけかもしれないが、なんだかイライラする。これが終わったら、彼女を口説くつもりなのかもしれない。

「ファイッ！」

声がかかる。同じように持ち上げて、胃の中に放り込んだ。

飲み干して、にやっと笑ってしまう。皆に見られていることへの照れ隠しでもあったのだが、不敵にも見えたのだろう。「かっけえ」という声がどこからともなく聞こえた。身体がふわふわする。アルコールのためばかりではないだろう。

「どうする？　もう一杯行く？」

「やります！」

気がつくと、大きな声で言っていて、また、皆が大笑いする。いつもは声を出さない自分の声が店に響いた。すでに酔っている。

「あたしもやるっ」

ミナヨも声を上げた。

テキーラが注がれ、今度は声がかかる前に飲み干した。

目の前のミナヨもグラスを置いていた。彼女もまた、クリアしたらしい。これでお互い、三杯だ。ミナヨの身体がぐらっと揺れて、悲鳴が上がるが、彼女はかろうじてテーブルをつかんで立ち直った。

「大丈夫？」

サブマネージャーが尋ねる。ミナヨはうなずいた。

本当だろうか。気がつくと、彼女は顔色が真っ白になっていた。ライトの加減かも知れないけど、誰も止めないのだろうか。

四杯目、五杯目は同じように進んだ。ミナヨは少しふらつきながら、負けを認めない。六杯目が注がれた。

だんだん、杯と杯の間隔が早くなっている気がした。最初は興奮していた店内も、間延びしてきている。皆、少し飽き始めているのを感じた。

グラスを持つ自分の手が少し震えている。しかし、目を上げると、ミナヨの手の方がぶるぶると震えていた。

その時だった。

「やめな！」

店の中に女の怒号が響き渡った。

「え」

「やめな。やめなって言ってるんだよ！」

顔を上げて驚いた。

気がついていなかったけど、そこにあの老女……綾小路光子が立っていたのだった。おお、というため息とも、歓声ともつかない声が皆の間からもれた。

今、この場所に一番似合わないのが老婆だった。老人ならまだわかる。キャバクラで金を使う年老いた男はたくさんいる。しかし老婆は……。これほど場違いな存在もない。

光子はまるでそこに魔法のように現れた。

もしかしたら、たまたま裏口から入ったのかもしれない。彼女はビルのオーナーだから。たぶん、月末で家賃を回収しに来たのだろう。

「誰？」

メンターがいぶかしげに、キャバ嬢やボーイ、店長を見回す。そこにはどこか不安そうな色があった。あまりにも思いがけないことが起きて、怒るより先に驚いているようだった。

店長が走り出てきて、光子を制した。

「綾小路さん、ちょっとすみません。ここは……」

「やめなって言ってるんだよ。ここはあたしの店だ」

それは、ここを営業しているという意味の「あたしの店」ではなくて、たぶん、店舗の大家としての「あたしの店」という意味だったのだろう。

「あたしのものの中でこんなことはさせられない」

「……いや、こっちがやってるんだよ」

メンツを潰されたメンターが立ち上がった。光子に向き直る。

「ババアは引っ込んでろ」

すると、団体はわあっと笑った。

「……綾小路さん、ここは一つ……」

店長が絵に描いたような揉み手をしながら光子の前に立った。

「オーナーに話しておきますから」

ミナヨの方を指さして、光子が言った。

「こんなこと許されるのかい。あの子はもうふらふらじゃないか。こんなこと続けたら死人が出る」

「お前、もうやめるのか」

メンターが光子を無視して、ミナヨに言った。

「お前がやめるなら、金はこいつのものになるけど、いいのか」

メンターは天使に顎をしゃくった。

「やだ。やる」とミナヨは宣言した。

彼は光子に誇らしげに言った。

「やるってさ。こいつらがやるって言ってるんだ。個人の自由だ」

「わかった」

光子はうなずいた。

「今、ここでやめるなら、あたしは二人に二十万ずつやる」

「え」

その声は自分が出したものか、ミナヨが出したものかわからなかった。どちらでもいいくらい、同じ声が出た。

店内もざわついた。

「二人にそれぞれ二十万ずつだ。今ここでやめるだけで。死ななくていいんだよ」

「ババア、お前」

メンターは毒づいたが、今度は、光子が彼のことを無視した。彼女はじっと天使たちを見た。

「どうする？　ここで終わらせて、二十万もらうか。どちらかが死ぬまで飲んで、三十万もらうか」

メンター、ボーイ、店長の視線は険しかった。怖いと言ってもよかった。彼らは自分のメンツを、ひいては男のメンツを潰すなと言っていた。その時、ここで三人は乱入した老婆に対抗する共犯者になった。天使はミナヨの目を見た。すがりつくような目をしていた。それを見て、自分はもう一杯ならいけるかもしれない、と思った。もう一度店長を見ると、やっぱり険しい目でこちらを見ていた。彼は初めて来た上客に気を遣っているのだろうと思った。それでも天使はそこから目をそらした。

「二十万、もらいます」

うわあっと店が沸いた。笑い声、嘲笑やどこか安心したものや、いろんな声が交じっていた。

ミナヨは返事はしなかったが、ただ、うなずいた。肯定のようだった。

「あたしのバッグを持ってきておくれ」

光子が右手を上げると、ボーイが転がるように走ってきてそれを渡した。

ビーズでできた銀色のバッグだった。昔、おばあちゃんが結婚式に持っていたような、小さくて古くさいバッグだった。

光子はそこから札束を出して、ゆっくり二十枚ずつ数えて、天使とミナヨに渡した。そして、店長に合図をして、帰り仕度を始めた。店中に祭りが終わったことを知った人々の「あーあ」というため息が自然に流れた。

「ばあさん、楽しかったよ」

何かを取り戻そうとしているのか、店を出ようとしている光子にメンターが立ち上がって握手を求めた。

彼女はそれを軽く、仕方なさそうに握って「きれいな遊び方しなよ、にいさん」と言って出て行った。

次の日の午前中、光子の部屋を掃除したあと、いつものように一〇七号室の幸子の部屋の前に山田と一緒に立った。

山田がノックをして、幸子が「どうぞ」と言った。がちゃりとノブを回して中に入る。山田の身体が完全に部屋の中に入り、天使が続いて入る時……。

「すみません」

天使は前の山田にささやいた。

「ちょっと、トイレの洗剤が少なくなっているので、取ってきます」

その容器を手に取って、見せるように振った。実際、それは底の方に少したまるくらいしか、量がなかった。

「あら、それだけだった？」

山田が首をかしげる。彼女は几帳面《きちょうめん》だから、朝、仕事が始まる前に量にはいつも気をつけている。だから、驚いたのだろう。

「はい」

何食わぬ顔でうなずき、彼女の返事を聞かずに飛び出した。

この一瞬しかないと思っていた。本当は、洗剤の中身を減らしたのは天使自身で、光子のトイレを掃除している時に中身を空けてしまっていた。

一〇七の部屋のドアが完全に閉まるのを確認して、一〇八の部屋の前に立つ。とんとん、とノックをして、返事が来る前にドアノブに手をかけると、それはがちゃりと開いた。掃除のあと、すぐだったから鍵が開いていた。身を滑り込ませるように、すっと中に入る。

「なに？　誰!?」

中にはぽかんとした顔をした光子が、デスクの前でコッペパンを握っていた。

「忘れ物？」

「あたし……」

天使は一瞬戸惑った。何から話していいのか、どこから話していいのか……。

「あたしのこと、覚えてないですか」

「は？」

光子はいぶかしげにこちらを見た。

「あんた……？」

「あたし、『マヤカシ』で働いていました。優美、といいます」

「マヤカシ……」

「大宮の店です。キャバクラの」

「……店の名前は覚えてるよ。まだそこまでぼけてない。あたしのビルに入ってた店だね」

「マヤカシで何度か、綾小路さんと話しました」

「そうかい、へえ」

最初は驚いていたものの、すぐに理解したらしく、光子はパンをかじった。具は見えない。

甘い香りが漂っているから、ジャムがはさんであるのかもしれない。

「それがどうした？　思い出話でもしたいの？」

「いえ……あのビル、どうなったんですか。今も綾小路さんが持ってるんですか」

「何年前の話だよ……とっくに……」

光子は一瞬言葉を詰まらせ、目を空中に泳がせた。

「あんたに関係ないだろう。説明する必要もない」

「すみません」

いや、こんな思い出話をしている暇はない。天使に残されているのは、洗剤を取ってくる時間だけなのだ。

「覚えていますか。あたし、綾小路さんのテーブルについたことがあるんですけど」

「だから、何年前の話をしてるんだよ。若い女の子の顔なんて皆、同じだからわからないよ」

「いえ、そうじゃなくて、あたしのことじゃなくて……その時、綾小路さんは言ったんです。ここにいる若い子だって金持ちになれる、誰でもできる、その方法を知ってるって……」

「そんなこと、言ったかね」

「はっきり言いました。それで、あたしでもなれますか、って言ったら、なれるって。それって、身体を売るってことですか、って聞いたら、げらげら笑って、そんなんじゃない、ただ、少しは努力する必要があるけど、そんな怪しげなことをする必要はないって」

「ふーん」

「覚えてますか」

「まあ、酒の席だからあんまり覚えてないけど、そんなこと、言ったかもね」

光子はつまらなそうにうなずく。

「あれって本当ですか」

「何が」

「お金持ちになれる方法を知ってるって」

光子はやっと顔を上げて、天使の顔をじっと見た。

「だったら、どうした」

「教えていただけませんか」

「え」

「あたしにその方法……教えてください。あたし、知りたいんです。お金持ちになりたいんです」

気がつくと、天使は洗剤の容器を握って、叫んでいた。

「お願いです、それを……」

「やだね」

光子はそっけなく、言った。

「でも、あの時、教えてもいいって言ったじゃないですか」

「じゃあ、その時はそういう気分だったんだろう。その時に聞いたらよかったんじゃないか。でも、今は違う」

「どうしてですか、なんで、今は違うんですか」

「もう、あたしも若くないし、面倒くさい」

「そんな……」

「あと何より仕事中なのにサボって、だまし討ちみたいに来るような子は好きじゃないんだよ」

光子は本当に面倒くさそうに手を振った。

「出て行って」

「それは謝ります。でも、他に話せる時はないし。ずっと話したかったけど、機会がなくて」

「……もしかして、あんた、あたしに近づくためにホテルに来たの？　あたしにそれを聞くためにこの仕事を始めたとか？」

天使は黙った。もしも、それがばれて、今の仕事をやめさせられたら困るし、光子との接点もなくなってしまう。

「あきれた子だね、気味が悪い。さっさと出て行って。そうじゃなかったら、支配人にこのこと、言いつけるよ」

天使の弱みを瞬時に判断して、脅すところはさすがだと思った。

「何より、楽して稼ごうってやつにあたしの方法を教えたってできるわけない」

光子がパンを食べながら、小さくささやくのが聞こえた。

「お願いします。あたし、他になんの方法もないんです。今の人生から抜け出す手は」

一瞬、光子は目をそらした。何かを考えているようだった。しかし、やっぱり首を振った。

「さあ、出て行って。あたしが大声を出す前に」

しかたなく、天使はしぶしぶ部屋を出た。


次の朝、八時にホテルの正面玄関から出勤すると、まだ開いていないフロントの脇に阿部幸子が立っていた。

暑さはまだ続いていたが、館内は冷房で冷え切っている。幸子は大ぶりのカーディガンを羽織り、前をかき合わせるように両手でつかんでいた。こちらを見据えている目つきに、どきりと胸が鳴る。

「おはよう」

彼女は天使を見つめながら言った。自分を待っていたことは一目瞭然だった。

昨日は彼女の部屋には入らなかった。光子の部屋で話して、洗剤を取りに行っていたら、もう終わっていたのだ。それもねらいだった。

彼女がここにいるのは、昨日、部屋の掃除に行かなかったことと無関係ではないかもしれない。いったい何を言われるのか、怯えながら次の言葉を待った。

「あとで、私の部屋に来てちょうだい」

「あとって……掃除で行きますけど……」

幸子は断固、とした様子で首を振る。

「そういうことじゃなくて、掃除のあと、仕事が終わったら来てちょうだい」

「……今日は用事が」

とっさに嘘を言うことができた。

幸子はその言葉を予想していたように、カーディガンの打ち合わせを握っていた手を離すと、天使に近づき、手を取って何かを握らせた。手を広げると四つに折った千円札が入っていた。

「これ、なんですか」

天使が尋ねると、何も答えず、ただ、じっとこちらを見てからきびすを返し、自分の部屋の方に歩いて行ってしまった。彼女が立ち去った後、顔を上げると、そこにはいつものようにガブリエルとそこにひざまずくマリアのステンドグラスがあった。天使は怖くなって、早足でそこを去った。

　更衣室で着替えながら、そっと手に握らされた千円札を広げる。それは彼女にずっと握られていたと見えて、くちゃくちゃになって少し湿っていた。理由はよくわからないけど、これはくれるということなのかもしれない。千円あれば、今夜はどこかの店でちょっと豪華な定食くらい食べられる。ファミレスでハンバーグも食べられる。ケンタッキーで久しぶりにフライドチキンのセットも買える。そう思えば、ラッキーだという気がした。

　財布に入れようとして、手を止めた。これを入れてしまったら、なんでも幸子の言うことを聞かなくてはならないのだろうか。たった千円でそんなことをしなければならないのか。さっきまで大きな魅力のある千円だと思っていたけど、急にみすぼらしく感じられた。天使はそれを制服のポケットに入れた。何かあったら、すぐ返せるように。

　その後、山田と一緒に掃除に入った時も幸子はデスクの前に座って何か書き物をしていて、掃除いいですか、という問いに「どうぞ」と答えた他は何も言わなかった。

　天使は千円札の威力以上に、彼女の妙な覚悟を感じ取った。山田に気づかれず、お金を返すタイミングはなかった。仕事のあと、いやいやながらも足を運ぶしかなかった。

　午後三時のチェックインが始まると、その日の仕事はほぼ終わったので、制服から私服に着替えて、天使はしかたなく幸子の部屋のドアをノックした。もちろん、千円札は制服から私服のデニムのポケットに移し替えていた。

「どうぞ！」

待ち構えたように、幸子はドアを開けた。いつもは椅子に座っていて、ドアはこちらに開けさせるのに、彼女はそこに立っていた。

「……あ」

老人なのに背の高い幸子に気圧《けお》される。しかし、彼女は天使の気持ちにはまったく気づかないようで今にも手を引きそうなくらいいそいそと迎え入れた。

「来てくれてありがとう。さあ、こちらにかけて。お茶でも飲む？」

まるで、幸子の自宅に招かれたように、椅子を勧められた。

「いえ」

「じゃあ、私はコーヒーをいただくわね。多めに作るから、欲しかったら言って」

幸子は部屋に自前のコーヒーメーカーを置いている。簡易的な小さなものだが、時々、朝、良い香りをさせていた。

「あの……なんでしょうか」

椅子の横に立って、天使は尋ねた。

「あたし、急いでるんですが」

「ちょっと待って。ねえ、座ってよ」

「いえ……」

千円もらったということは、時給の一時間分くらいはここにいなければならないのだろうか、と考える。しかし、あれは勝手に彼女が渡してきたものだ。

どうしても、ここに残れ、話をしろ、というなら返せばいい。そう考えると、気持ちが少し落ち着いた。

わけを聞くまでは座れない。そんな決意で、幸子の顔を見た。

彼女はコーヒーカップを手に持つと、デスクの前に座った。脚を組んで、天使の顔を見る。

「時給を払うわ」

「え」

ある程度予測していた展開になったのに、言葉にされるとやっぱり驚く。

「仕事終わりに、一、二時間、ここで話してくれればいいの。昔のことを」

「え、だから」

覚えてないんです、と答えようとして、手で制された。

「雑談しながら、一緒に考えましょう。思い出せることもあるかもしれない。私はそれに時給を払う」

お金が支払われることに思った以上に心が揺れる。

今、清掃の時給は千円くらいだ。休みは週に一日。一日にだいたい、九時から十五時まで働いて、一時間の昼休憩を取ると五時間、週の半分は十五時以降も、夕方まで廊下やフロント周りなどの掃除、客に呼び出された時に備えて残る。だいたい、一ヶ月百六十時間から百七十時間くらい働いて、時給は千円、一割引かれて、十五万前後もらえる。

そこにいくらかプラスされるのがありがたくないわけはない。

「さすがに、一時間で千円は払えないけど、時々、仕事終わりにここに来てくれたら、とりあえず、千円は渡す。それで一時間半か二時間くらい話してくれたら……」

一ヶ月に五回くらい、この女の話に付き合えば、五千円ももらえるのか、と思った。きっと、税金を引かれたりもしないのだろう。

「ね、どう？　考えてみてくれる？」

天使は小さくうなずいた。

「それに……あなたが来てくれなかったら、私、誰かにこのこと、聞いてしまうかもしれない」

「聞く？　え？　どういう意味ですか」

「このこと、誰か、覚えてる？　昔、日村さん一家ってテレビ番組あったの、覚えてる？って。ホテルの人とかに」

「そんな」

この人は脅しているのだ、自分を。

「だって、本にするのに、誰かに話を聞かなくちゃならないし。でも、あなたは話してくれないみたいだし」

そして、幸子はにっと笑った。

「でも、あなたがちゃんと話してくれれば、そんなことはしない」

「……思い出したくないこともあるんです」

天使はやっと言葉を振り絞るように言った。

「思い出したくないこと？」

「話したくないこともあるんです。幸子さんみたいな人にはわからないかもしれないけど」

すると幸子はぎょっとしたような顔になった。天使の言葉が予想以上に刺さってしまったようだった。

「ごめんなさい……私、そんなつもりじゃ」

「幸子さんにはわからない。幸子さんのようなエリートには……」

そう言うと、幸子はおもしろいように戸惑い、謝った。

「ごめんなさい。本当にごめんなさい」

幸子を結構、簡単に操れるとわかって、天使は気持ちを変えた。

「……思い出したくないことや話したくないことは言わなくていいなら……」

適当に話し相手をして、千円もらえるなら悪くない。

「もちろんよ！　むしろ、私は最初からそのつもりだったのよ！」

幸子は渡りに船と、大きくうなずいた。

「話したいことだけでいい。絶対、無理強《じ》いはしない」

「……わかりました」

しぶしぶ、という感じでうなずいた。

天使は口で言うほど嫌でない自分に気がついていた。


「この間はありがとうございました」

五年前、天使が光子の隣に座ると、彼女はちらっとこちらを見た。

「なんだっけ」

「先月……助けてもらった……テキーラの一気飲みで」

「ああ」

光子はからからと笑った。あの頃はまだ、彼女はもう少し陽気だった。気難しいのは同じくらいかもしれないけど、ずっと元気だった。

たった、五年しか経っていないのに。

「なんだか、鶴みたいだね」

「鶴？」

「……あの時、助けてもらった鶴のおつうです、ってね。知らないの？」

また、笑ったけど、そこにいた店長もボーイたちもよくわからなかったみたいで、きょとんとした顔をしていた。

そんな皆の顔がおもしろかったのか、彼女はまたげらげら笑い声を上げた。あの夜は機嫌が良いみたいだった。

「この子……優美はいつもやる気ない子なんですけど、今日は絶対、綾小路さんの隣に座らせてくれ、お礼を言いたいからって自分から志願してきたんですよ」

店長が光子におもねるように説明した。

「ふーん、そうかい」

「そうなんです！」

優美こと、天使はヘッドバンギングみたいに、激しく首を振った。本当は聞きたかったのだ。なぜ、あの時、自分たちを助けてくれたのか、二十万までくれたのか、そして、なぜそんなに強いのか、女なのに……。

「そりゃ、殊勝なことだ……何、あんた、やる気ないの」

急に尋ねられて、天使はとっさに嘘をつくこともできず、思わずうなずいた。

「へえ、そうかい。正直だね、こりゃいいや」

光子はまた大きな声で笑う。その日は本当に機嫌が良かった。

「なんで、やる気出さないの。やる気出せば結構稼げるんだろう？　この業界も」

天使が口を開こうとすると、店長が遮《さえぎ》るように言った。

「キャバ嬢のほとんどはこの優美みたいな子ばっかりですよ。とにかく、時給がもらえればって、店にたむろしてる」

「そうなの？　皆、ナンバーワンを競ってるんじゃないの？」

「そうだといいんですけどね。ドラマや漫画みたいなことにはならないんですよ」

光子は天使の顔を見て、「そうなの？」と尋ねた。

天使は店長と光子の顔をかわりばんこに見てまたうなずいた。

「金が欲しいんじゃないの？　金が欲しいから、この間は命をかけて酒を飲んだんだろう？」

「まあ……そうっすけど」

「優美、言葉遣い」

店長が注意した。

「いいよ。金が欲しいのにどうして頑張らないの」

「男の人と話すのが下手で」

「男と話すのが下手なのに、なんで、この店に来たの？」

「他に働けるところもないから……」

「話ができないなら、風俗は？」

天使は首を振った。

「嫌な人の身体に触ると、おえってなっちゃう」

「……あたしもそうだよ」

小さな声で、天使にだけ聞こえるようにささやいた。

「やったこと、あるんですか」

光子は笑うだけで答えなかった。

「意外ですねえ。綾小路さんが優美と話が合うなんて」

二人がひそひそ話している様子に、店長が口をはさんだ。

光子は彼の方を見ながら、ソファにふんぞり返った。

「……あたしがこの子たちくらい若かったら、無一文からでもいくらでも金持ちになれるのに」

「え」

店長が反応する前に、天使の声がもれた。

「そうなんですか！　まあ、綾小路さんならいくらでもできるでしょうね」

店長はおべんちゃらを言いながら、店内に視線を泳がせていた。自分の目が行き渡らないところで、何か起きないか心配しているようだった。

「本当だよ。若かったらなんでもできる。誰でもできる。実際あたしだってそうだったし」

「いや、綾小路さんにしかできませんよ」

「あたしだって、学校もろくに出てないし、子供かかえて、ここまできたんだからね」

「……あたしにもできますか」

天使は光子に言った。

「ん？」

「……あの、お金持ちになるの、あたしにもできますか」

光子はじっと天使を見た。

「できるよ」

「本当ですか」

大きくうなずく。

「本当だよ。若いと言ったって、身体や顔の若さじゃないよ。年月がいる、ってこと。時間をかけ、努力をすれば誰でもある程度は金持ちになれるからね」

「本当ですか！　それ教えてください。あたし……」

「いらっしゃいませー」

そこにミナヨが割って入ってきた。彼女は身体をバウンドさせるように、光子の隣に座った。

「この間はありがとうございました！　何話してるんですか。あたしにも教えてくださいよ」

店長が店の中を鋭い視線で見ていたのは、彼女を探すためだった。天使と一緒に座らせて、この間のお礼を言わせるために。

いずれにしろ、光子はミナヨと話し出した。今住んでいる場所が割に近いということがわかって、話はそちらに流れていった。

そのまま、お金持ちになる方法について話をする機会は来なかった。なぜ、助けてくれたのかも聞けなかった。

幸子に話をする、ということを決めてから三日後、三時過ぎに彼女の部屋のドアを叩くと、コーヒーの匂いがした。

あれから、掃除の終わりに彼女が訳あり顔で「ね、日村さん、残ってよ」と言うこともなくなった。これは地味にストレスの減少となった。いつも、いつ「残ってよ」と言われるかわからず、びくびくしていたのだ。

幸子とはＬＩＮＥ交換をしていた。今日三時過ぎに行きます、と送ると「ＯＫ」という簡単なスタンプが返ってくる。

彼女は窓際に置いてあった、小さなテーブルと椅子をベッドの脇に動かしていた。自分がデスクの前に座って横を向けば、天使とテーブルをはさんで向かい合わせになるようになっていた。

「その服もかわいいわね」

幸子は目を細めるようにして天使を見た。

天使は自分の服装を改めて上から見下ろした。そろそろ裾がすり切れそうなデニムに前開きのピンクのパーカはいつ買ったのか覚えていないくらい長く着ている。今朝は少し冷えたので手近にあったものを羽織ってきた。手にはエコバッグ兼用のキャンバス生地のトートバッグ。

ここに勤めるようになってから、着いたら制服に着替えるし、周りも主婦や老女のパートばかりなのでまったくファッションにかまわなくなった。決して、若い男を意識しようというのではない。同じ年頃の女がいても、もう少し気を遣っただろう。ポイントは性別ではなく、年齢だ。

このピンクのパーカはいったい、いつから着ているのだろう、自分で買った覚えもない……と考えていると、とん、と音がした。幸子がコーヒーを目の前のテーブルに置いてくれたのだった。デスクの前の椅子に座ると彼女は言った。

「まずはなんという名前をつけたらいいかしらね」

「名前？　なんの名前ですか？」

「これよ。まさに今のこれ。この時間をなんて呼ぶか……ミーティング？　インタビュー？ディスカッション？　それとも、カウンセリング？」

「なんでもいいです」

「まあ、ミーティングにするか、言いやすいから」

彼女は少しはしゃいでいるように思えた。それは天使を少し不安にさせた。

幸子はデスクにノートを広げて、こちらを見た。身体がねじれるようになるがあまり気にしてないようだった。

しばらく、どちらも口を開かなかった。

「どうしたらいいんです？　こういう時は」

たまらなくなって、天使が尋ねた。

「何か聞きたいことがあるんですよね」

そう言って呼んだはずなのに、何も言わない幸子に不安といらだちをかき立てられた。

「ごめんなさい、そうよねえ」

幸子も少し考えるようにした。彼女が素直に謝ったことで、少しほっとする。

「何から話したらいいですか」

「そうねえ」

彼女はまた口の中に筆記用具を入れて、歯と歯にぶつけてかたかた言わせた。

「前にはテレビ番組がなくなった経緯を聞きたいって言ったけど、あなた、何も覚えてないんでしょ」

「はい」

何も覚えていないというより、起こっていたこと自体が少ないという感じなのだが、うまく説明できなさそうなので黙っていた。

「だったら、まずはなんでも覚えていることから話してくれていいわ。いろいろなんでも覚えてることから話して、私が疑問に思ったことは質問させてもらう」

「あたしが話したいことでいいってことですか」

「そうね、今はね。そうしているうちにいろいろ思い出すっていうのはよくあることだし。なんでも素直に話して。わからないことがあったら聞くけど」

「はい」

「録音させてもらうね」

「え、録音？」

幸子はいつの間にか、はがきくらいのサイズの機械を出して、テーブルの上に置くとスイッチを入れた。

「それ、必ず、録《と》るんですか」

なんとなく不安を覚えて尋ねる。録音や録画は後に残るからネットに流されたら消えることはない。それは短く薄い人生経験の中で、天使が学んだ数少ない教訓の一つだった。

「ええ、取材ってそういうものなのよ」

そう答えた後で、天使の表情を見て幸子は慌てて言った。

「とは言え、私はあんまり録音には頼らない派。今の時間に聞けたことで印象に残ったことをメモさせてもらって、後で見直しながら文章を考えるの。録音は細かいところとか、確認する時だけに使うから」

「そうですか……」

それくらいならまあいいか、とうなずいた。機械の脇にある小さな点が赤く光るのを見ながら、天使は考えた。

なんでも話していいわ、だって。そんなことを言われたのは初めての気がする。

いや、そんなことはないか。テレビ局の人もそれに近いことは言っていたから。いずれにしろ、そんなことを言われてもうまく話せないのだ。話したいこと……そう言われると、言葉が脳からすべて飛んでいってしまって真っ白になっている気がした。

天使がじっと黙っている……決してサボっているわけではなく、本当に話すことがなくて考えているのを見て、幸子は少しだけ笑った。

「本当に何を言いたいのかわからないみたいね」

「はい」

「じゃあ……話しやすそうなことから聞こうか。子供の時、何が一番楽しかった？　一番好きだったことは何？」

言ったそばから、幸子は自分の言葉に笑った。

「どうしたんですか」

「いいえ、なんだか、初デートのカップルみたいな質問だな、と思って。初めてのデートでは、子供の頃、何が好きだったか聞いてみましょう。それで、話が弾めば、お互いが特別な相手だと思えます……」

あはははは、と今度は本格的に笑った。

「そういう記事をたくさん書いたのよ。食べ物の好き嫌いが合う人と付き合うのが一番です、とか」

「……買い物に行くのが好きでした」

「え、はい？　買い物？」

まだ笑いのかけらを口の端につけたまま、幸子は聞き返してきた。

「はい」

「買い物？　なんの買い物？」

「ご飯です。食べ物。スーパー、近所のイオンに行くの。家族が多いから、全員は行けないの……です」

「埼玉の奥の方だったよね。じゃあ、買い物は車で行ったの？」

幸子はペンを置いて、こちらを向いた。

「言葉遣いは気にしないで。話しやすい言葉でいいから。ため口でも、乱暴な言葉でも、私は何も気にしない。むしろ、その方がいいの。あなたの生の感情が聞けるから」

天使はまたうなずいて答えた。

「ううん、車は家になかった」

幸子は何かを思い出したようにはっとしたが何も言わず、ペンを動かした。

「隣のうちに貸してもらえることもあったけど、そういう時はもっと特別でした。車に乗れるから……でも、普段は自転車。その日、一番いい子にしてる子が行けるの。それはママが決めるの。小さい時はママの自転車の後ろに乗せてもらわないといけなくて、それはあたしか衣歩か亜太夢の誰か一人だから、いつも喧嘩になった。だけど、大きな喧嘩をすると誰も連れて行ってもらえないので、ママから見えないところで喧嘩した。買い物は皆行きたいの。だけど、行けるのは三人くらい。大きいお姉ちゃんやお兄ちゃんは中学になると夜まで帰ってこないから、休みの日くらいしか行かない。残りの人で喧嘩になった。ママが『買い物行こうかな、誰か行く人?』って聞くと、皆、『はい、はい、はい』って手を上げるの。自転車に一人で乗れるようになると、買い物に連れて行ってもらえることが多くなるから、早く自転車に乗りたかった」

「イオンが楽しかったの?」

「楽しかった。ママが一番大きいカートに二個カゴを置いて、ぽんぽん食べ物を入れるの。

それを見てるだけで楽しかった」

「何か買ってもらえたりするの？」

「ううん、そんなことはほとんどないけど……お菓子を買う時、好きな物を選ばせてもらえることはあったかな。お菓子は皆で分けられるのでなくちゃいけないの。時々、天使、こっちとこっち、どっちがいい？ってポテトチップスの種類を聞かれたり……」

「イオンでは食べ物だけ、買うの？」

「あと、ドラッグストアでトイレットペーパーとか買ったけど、ほとんどは食べ物かな。あと、ママがお腹空いてたり、機嫌がいいと、イオンのご飯を食べるところで、ソフトクリーム食べたり」

「ああ、そういうのが楽しかったんだね」

「時々だけど、すごく嬉しかった。だけど、人がたくさんいると行けないの」

「どうして？」

「ママが、うちはあんまり贅沢しちゃいけないって。贅沢しているところを人に見られたら、役所からおっかない人が来るって」

幸子は小さく息を吸った。少しためらった様子だったが、意を決したように尋ねた。

「そういうことはいつも話に出ていたの？」

「うん」

「子供がたくさんいるのに、車がないのもそのせいだったのかな」

「たぶん、そう。本当はなんか、車が持てる方法もあるんだけど、すごく手続きとかむずかしいし、近所の人に見られるとまたなんか言われるから買えないんだって、ママが言ってた」

「お父さんたちが働いてないことはどうして知ったの」

「どうしてって……皆知ってるよ」

「皆って、家族の皆？」

「そう、皆。友達も隣の人とかも」

「日村さんはそれをいつ頃知ったの？」

「さあ、ずっと知ってたよ。小さい頃から。家に民生委員さん来るし」

「ああ、そうか。お父さんやお母さんはそれを隠そうとはしてなかった？」

天使は思わず、笑った。ここに来て初めて笑ったような気がした。

「隠すって……だって皆、知ってたから」

話し始めてから、幸子はノートに時折メモを取った。親のことを話すと幸子のペンが激しく動いている感じがした。


一階の老人はもう一人いた。

一〇四号室に大木利春《おおきとしはる》という七十三歳の株式トレーダーが住んでいた。彼は良くも悪くも、一番手がかからない客だった。朝、掃除に入ると、デスクに三台のデスクトップ型のパソコンを並べて、何やらじっと打ち込んだり、じっと見たりしていた。

「おはようございます。掃除いいですか」

「どうぞ」

九時から十一時半までが午前中の株式市場が開いている時間で、十一時半から十二時半が休みでお昼を食べる。だから、午前中の十一時半までに掃除を終わらせてくれ、というのが彼の頼みだった。

十一時半を過ぎると、彼はホテルを出て近所の古い喫茶店に行き、そこのランチを食べ、食後のコーヒーを飲んで戻ってくる。十二時半から午後三時までが後場《ごば》と言う午後の市場で、その三時から深夜十一時頃までは寝ているので何があっても起こさないという決まりになっていた。そのくらいの時間からはアメリカの株式市場が開くらしい。そして、また朝まで取引をして、日本市場が開く九時まで仮眠を取る。ランチ以外の食事は、やはり買ってきたものを食べているが、そう量は多くないようだ。

彼はとても背が小さかった。背中も丸まっているから、歳を取ってから縮んだのかもしれない。でも、その背中をまっすぐにさせてもたぶん百五十センチはないだろう。長袖か半袖のポロシャツにスラックス、というのもいつも同じ服装をしている。外に行く時はそれにジャケットを羽織る。

時々、後場の後に外出して図書館に行き、本を借りて帰ってくる。デスクの上に載っているのを見ると、ほとんどが経済関係の本と時代ものの小説だった。

ここに滞在している年寄りの中で、彼が一番まともかもしれなかった。機嫌良くも見えなかったが、機嫌悪そうにしていることもほとんどなかった。ご飯も外に食べに行くから、ホテルの中の人間以外とも接点があるようだった。

「一番金を持っているんじゃないかねえ」と清掃の老女たちは噂していた。

彼女たちほどあからさまな言葉ではないけど、山田は大木の金について、「今も稼ぎがあるから、外でもご飯を食べられるんだろうね」という言い方で表した。

「毎日、精が出ますね」

天使がトイレの掃除をしていると、山田のそんな声が聞こえた。

「これが仕事だからねえ」

かちゃかちゃかちゃというパソコンのキーを叩く音も重ねて聞こえた。

「パソコン、うまいですね」

「これはただ、証券会社のページで取引してるだけ。うまいも何もないよ」

ホテルの中には客が使えるフリーｗｉ‐ｆｉがあり、普通にスマートフォンを使うくらいなら問題ない。しかし、専用の回線を引いて欲しいと大木にだけは支配人が頼んだらしい。

少しだけもめたけど、大木はわりにすんなりとそれを受け入れたそうだ。いずれにしろ、フリーWi-Fiくらいの安定しない回線では、株式取引には足りないらしい。

「今、株価は上がっているんでしょう。私も教えてもらおうかしら」

その問いに対する大木の答えを聞きたくて、トイレットペーパーの替えを探すふりをしてトイレの外に出て、彼らの顔を見た。

彼はうっすらと笑っていた。たぶん、そういうことはいつも言われて慣れているのだろうし、山田がたいして本気ではないのもわかっているのだろう。

「今、貯金ある？　貯金て言ってもお子さんの教育資金とかじゃなくて、なくなってもいいお金、余剰資金……」

「あるわけないじゃないですか。余剰資金どころか、学資さえも心配なのに」

あはははは、と山田は笑った。

「じゃあ、やらない方がいい」

大木はぴしゃりと言った。

「でしょうねえ。私なんかじゃダメですよねえ」

彼の口調を気にするふうでもなく、山田は手を動かしている。

「……ダメと言うことはないんだけど、どんな投資もすべてを失う可能性があるからね」

大木の口調に柔らかさが戻った。山田ののんびりとした声に気持ちを和らげたのかもしれない。

天使はトイレの中に戻って、予備のトイレットペーパーを積み上げた。声はまだ聞こえてきた。

「大木さんはお金持ちなんでしょう。いつもきれいなシャツを着てるし、外食よくしてますよね」

「外食ったって、ランチとかだけだよ。服は株主優待で買えるものを着てるだけ」

「株主優待って、時々テレビでやってますよね」

「山田さんも知ってるのか。ずいぶん、浸透したねえ」

「たくさん持ってるんですか。大木さんも」

「いや、一時期はいろいろ持ってたけど、今はほんのちょっと。ここで使えるものだけ。近所の牛丼屋とか駅前のスーツ屋とか、喫茶店とかね」

「それだけでもすごいじゃないですか。株って何十万もするんでしょ。大木さんはお金持ちなんですねえ」

「金はあるけど、全部種銭で、株で稼ぐための金、ある意味道具みたいなものだから、自由に使える金じゃないんだよ。ネット上の数字でしかない。だから、ないのも同じだよ」

「じゃあ、いつか、株をやめて、そのお金を使う時もくるんですか」

「たぶん、やめないだろうね。少額の取引だけでもずっとやると思う。それがなかったら、生きがいがないからね」

ここに来たばかりの時、彼が株式投資をしていると聞いて、もしも、光子に近づくことができなかったら、彼に株を教えてもらえないか、と思ったこともあった。けれど、聞けば聞くほど、株というのは自分には無理だろうな、と思った。


今日も幸子の部屋に行かなきゃいけないんだよな……、朝、布団の中で起きると天使はそれを思い出した。

「めんどいな」

そう口にしながら、布団を適当にたたむ。ベッドをそろそろ買ってもいいんじゃないかと思った。

部屋の隅にある、引き出し付きのカラーボックスの一番下を引き出す。そこに銀行の封筒……ATMの脇に置いてあるもの……があって、その中身を確認した。

「一、二、三、四……四千円か……」

それは幸子からもらった金だった。今日行けば五千円になる。

清掃のバイトは振り込みだから、現金でもらえる金は久しぶりだった。このくらいあれば、安いシングルベッドなら買えるんじゃないか。

「だけど、ベッドは引っ越しの時大変なんだよなあ」

引っ越す計画も金もないのに、以前、キャバクラの同僚に聞いた話を思い出す。当時はそんな言葉に引っ張られて買わなかった。心のどこかで、もっと稼げるようになったり、恋人ができたりして、高い部屋に越せる日が来るかもしれないと思っていた。そして、そのあとは金がなかった。

ベッドなら布団は敷きっぱなしでいいし、家に帰った時すぐに寝転べる。布団だって敷きっぱなしのことも少なくない。ただベッドがあれば、少しは部屋が部屋らしくなり、ごちゃごちゃした感じがなくなりそうな気がする。

そのうちベッドがいくらくらいするのか見てこよう、と思った。

今日は幸子の部屋に行かなくてはならないから無理だけど。

「あーあ」

ため息をつきながら歯を磨いた。

しかし、自分がそれほど彼女と会うのを嫌がっているわけでもないことに気がついている。話したくないことは話さなくていいなら、むしろお金をもらえるだけでありがたい。

記事が出た子供の頃のことはあまりよく思い出せないと言って話していない。それでも、幸子に促されて、ぽつぽつといくつかのことだけをしゃべっていた。

「小学校、中学校、幼稚園……」

一昨日は幸子が、天使の記憶を刺激しようとしているのか、とりとめもなくつぶやいた。

「幼稚園じゃないです、保育園です」

「ああ、そうなの」

しかし、そう答えても保育園の記憶は何もなかった。天使は自分が、保育園の通園用のショルダーバッグの紐を握ったまま、真っ白な保育園の前に立ち尽くしているような気持ちになった。その想像の中で自分が握っている紐……ショルダーバッグを見下ろす。それもパーカと同じピンクだった。薄いピンクの地に花や小熊や猫の柄がプリントされているビニールバッグだ。それを見ていたら、自然と笑顔がこみ上げてきた。

「バッグ、買ってもらいました」

やっと思い出せた。

「バッグ？」

「保育園のバッグです」

「ああ、どういうバッグなの？」

天使は色や模様を説明したあと、「すごくかわいいんです」と言い添えた。

「そう。本当にそのバッグが好きだったんだね」

バッグを好き？　そういうことはあまり考えたことがなかった。

「そうかもしれない。すごくかわいかったから」

「買ってもらったの？　お母さんと一緒に選んだの？」

「ううん、たぶん、その日は買い物には行けなくて、他の兄姉たちが行ったんです。でも、ママが買ってきてくれて、『はい、これ』って渡してくれた」

「そう」

「保育園のバッグ、皆はお下がりだったんです。衣歩も亜太夢もお兄ちゃんやお姉ちゃんのお下がりを使ってたけど、あたしのはちょうどいいのがなくて。たぶん、お下がりは皆ぼろぼろになっちゃってたんだと思う。それで、新しいのを買ってもらったんです。衣歩にはすごく羨《うらや》ましがられた……っていうか、ほとんど憎まれてました。何度も盗《と》られそうになったり、あたしをだましてこっそり、朝持って行ってしまったり。それを取り返すのが本当に大変だった」

「勝手に持って行っちゃうの」

「はい。夜のうちにあたしが寝てると、中身を入れ替えちゃうんです」

「それはすぐに気づくでしょう」

「はい。だけど、あたしが起きた時には着替えも終えて、バッグを肩からさげてて。古い方があたしの方にあって。取り返そうとしても、こっちが自分のだって言い張るんです。平気な顔で嘘をつくんです。衣歩はそういうところが本当にやなやつでした。最後には泣きながらバッグの引っ張り合いになって、あたしバッグの紐が切れちゃうんじゃないかって心配で手を離しちゃって、そしたら、ほらやっぱりあたしのバッグだって」

「大岡越前《おおおかえちぜん》みたいだね」

幸子はちょっと笑った。

「なんですか、それ」

幸子は説明してくれた。先妻と後妻が子供を取り合って、子供を両方から引っ張ることになった、子供が痛がるのを見て実の母親の先妻は手を離してしまい、本当の母親だとわかる……。

「ね、バッグが本当に心配になるところ、真の持ち主が日村さんだからよ」

「本当だ」

天使も笑った。

「でも、バッグはどうなったの?」

「最後は姉たちや親が衣歩から取り上げて、あたしに返してくれるんですけど、あんまり何度も衣歩が盗って、毎朝のように喧嘩になるんで、ママが『じゃあ、もう、それは衣歩にあげな』って言って……」

「え、取られちゃったの?」

天使は激しく頭を振った。

「それはどうしても許せなくて、あたし、大声で泣いたんです。本当にあれほど泣いたのはあの時だけでした。それもずうっと何時間も。最後には声がかれちゃって出なくなって、それでも泣いて」

「まあ、かわいそうに」

「さすがに親もかわいそうに思ったのか、また、衣歩からバッグを取り上げて返してくれました。だけど、あの時のこと……あたしが泣いている間、衣歩は喜んであたしの周りをぴょんぴょん跳ねて、『やったあ、やったあ』って喜んでた。あれからずっと衣歩が嫌いです」

その時、久しぶりに記憶がよみがえった、と天使は思った。

二つ年上の姉、衣歩が嫌いなこと、成長してからもなんとなく彼女とは馬が合わず、小学校高学年から中学と同じ部屋で寝起きさせられていたのが本当に苦痛だったこと。もしかしたら、それはバッグを盗られた時のことが原因だったのかもしれない。

「でも、結局、衣歩も新しいバッグを買ってもらうことになったんです。もうあんまりにも喧嘩するからって。衣歩は喜んでにこにこしてました。本当にやなやつ。今でもあの顔を思い出すとむかつく」

「それはしかたないわねえ」

幸子はうなずいてくれた。

「買いに行ったイオンでも、キャラクターがついた高い方がいいって言って、ママに怒られて、でも、また泣いて最後にはそれを買ってもらって……あの時、あたしまで『衣歩と天使が喧嘩するから、余計な金を使うことになった』って怒られて……衣歩はバッグを買ってもらったらけろっとしてましたけど。本当にわがままで、それを通せば最後には親が折れるんで、やりたい放題でした」

「今はどうしてるの？　衣歩さんは」

「さあ知りません……確か、結婚はしたはずです。その時も親に反対されて、でも、勝手に自分で決めて出て行きました。たぶん、まだ結婚してたら、今もそこにいるんじゃないですか」

「日村さんの親に反対されるってどんな相手なの」

「なんかバツイチの、前の奥さんとの間に三人子供がいる、かなり年上の相手で……十五くらい年上です。キャバクラの経営とかしてるって言ってたけど、本当は風俗なんじゃないかな。とにかくすごくお金持ちなんだってもらった指輪を自慢してました。相手はヤクザかもしれないってパパも怖がってた」

本当だ、と思った。幸子に聞いてもらえると、昔のことをぽんぽん思い出してくる。そして、それがあんまり嫌でもないのだった。

少し気持ちがすっきりするし、楽しくさえあった。

「あーあ、めんどい」

それでも、天使は歯を磨きながらそうつぶやく。何かの帳尻を合わせるように。

弊社社員について、週刊○○誌上で、番組「仲良し日村さん一家」の撮影現場において、児童に性的いたずらをしたと疑われるとの報道がございましたが、そのような事実はありません。膨大な撮影テープを精査し、該当社員を含めた関係者にも聞き取り調査を行いました。しかし、そのように疑われるシーンは一つもなく、該当社員も強く否定しております。現在、週刊○○には厳重に抗議をするとともに、同誌に訂正記事と謝罪文の掲載を要求しています。受け入れられない場合は、名誉を毀損《きそん》されたものとして法的手段に出ることをも辞さない覚悟です。

「彩の国テレビ」

4

秋になった頃、綾小路光子の様子がおかしいという噂が、ホテル・フロンに流れた。口さがない老女たちが休憩室で毎日のように話し始めている。

「昼間はどこにも行かないくせに、夜さ、ホテルの中を徘徊《はいかい》してるってよ」

「前は週に一回買い物に行くだけで、安いもんしか食べなかったのに、今は毎日店屋物だってね。一日一食だけ。それも部屋のドアの下に置かせて、食べ終わったら容器だけ出しとくんでしょ。支払いはまとめて払ってるのかね」

「ついに来たかね」

「何が」

「そりゃ、ねえ」

そして、顔を合わせて笑い合った。きっと、ボケとか老いだとか言いたいのだろうと思った。気難しく、山田たちしか部屋に入れない、でも、金を持っている……そんな光子のことが、彼女たちは大嫌いなようだった。まあ、もともと、老女たちはホテルに定住する老人たちのことがあまり好きではない。

なんとなく気持ちはわかる。自分たちには夫や子供……家族がある。それはここの老人たちより上だと思っている。だけど、金はない。年金もわずかだ。死ぬ間際までここで働かなくてはならないし、もしも、どこかで倒れたり、ボケたりしても、子供たちが面倒を見てくれる保証はない。

ここの老人たちは少なくとも金のある客である。それが彼女たちを不機嫌にさせるのだ。

もちろん、天使《えんじぇる》と山田はそんな噂が流れる前から光子の異変に気づいていた。理由は簡単で、光子が自分の部屋にまったく二人を入れなくなったからだ。ずっと「ドントディスターブ（起こさないでください）」の札を下げていた。

「いいよ」

彼女がおかしくなった最初の日、山田が札に気づきつつ部屋をノックすると、光子はドアをほんの少しだけ……五センチほどだけ開けて言った。

「いいって？」

山田が聞き返すと、「掃除はいらない」と答えて、文字通り鼻先でぴしゃりとドアを閉めた。

そんな日が何日か続いて、そのうちドアさえ開けなくなった。

「綾小路さん？　光子さん？　大丈夫ですか？」

山田は何回かノックし、それでも出てこないと、手のひらでドアを叩いた。

「光子さん？　掃除が必要なくても、お顔だけは見せてください！　でないと、フロントでマスターキーを借りて、ここを開けなくてはならなくなります。光子さん！」

それを聞いて、光子はやっとドアを開けて顔をのぞかせた。それだけで、ぜえぜえと荒い息をしていた。

「大声出すんじゃないよ。うるさいねえ」

「大丈夫ですか。息が切れてるじゃないですか」

「それはあんたが鍵をこじ開けるとか言うから、焦ったんだよ」

「最低限の生存確認はしなきゃならないんです。できないと、本当に上に報告することになります」

それを言われてから、光子は必ず、顔だけは出すようになった。

「ねえ、ちょっとだけ。私だけ入れてくれませんか。ゴミを集めるだけ」

山田が懇願しても、暗い顔で首を振ってドアを閉めた。

もちろん、フロントや社員に最低限の報告はしていたが、それ以上は「あんまり人に話さないであげようね」と山田は天使に言った。そう言ったのは二人きりで制服から私服に着替えている時だった。山田は相変わらず、茶色っぽいブラをしていた。

「いいですけど、どうしてですか」

天使は尋ねた。

「……かわいそうじゃない。もしも、ここを追い出されたら、あの人行くところないと思うよ」

「確かに」

実際、休憩室で噂が始まっても山田は仲間に加わらなかった。老女から聞かれても「特にお変わりはないですよ」と答えていた。

「やっぱり、日村さんに手伝い頼んで良かったわ」

山田はブラジャー姿のまま、にっと笑った。

「……どうしてですか」

「こういう時、優しいからすぐわかってくれるし、口堅いからよけいなこと言わないじゃん」

「山田さん以外に話す人がいないだけです」

心の中で、本当はあの阿部幸子とはよく話しているんだけどな、と思った。しかし、幸子との会話の中で、光子のことはまったく話題にのぼらない。彼女は今、自分と天使のことにしか、関心がないようだった。

「それでいいのよ。それが一番いい」

ね、良かったら、今日、またちょっと飲んで行かない？　お茶でもいいよ、と山田が誘ってきた。

天使はうなずいた。幸い、今日は幸子とのミーティングがない日だった。

「また、同じ店でいい？」

ホテルを出たところで山田に聞かれて、天使はまたうなずいた。

ラーメン屋は相変わらず、ハッピーアワーのワンコインおつまみ付きセットをやっていた。また、五百円でビールとおつまみをもらって、二人で話した。

「光子さんが夜、ホテルを歩き回っているのは本当らしいのよ」

いったい、なんのために自分を誘ったのかと思ったら、やっぱり、山田も光子のことが話したいようだった。ああは言ったものの、天使にもう一度念押ししたかったのだろう。それに、山田だって誰とも彼女のことを噂できないのがつらいのかもしれない。口止めしたもの同士なら話せる。

「そうなんですか。誰が見たんですか」

「夜勤の社員さんたち。だから、確かでしょ。光子さん、一階のあたりだけじゃなくて、他の階の廊下を歩いてたりするんだって。たまたま見回りしていた社員さん、薄暗い廊下でばったり光子さんに会って、幽霊かと思って、息が止まりそうになったたって」

「何しているんでしょう」

「あんまり怖くて、聞くこともできなかったたって。かといって、自分が住んでる階以外には行っちゃいけないっていう規則もないじゃない。やめてくださいとも言えないし、って言ってた」

「ですねえ」

「もともと人付き合いはあまりしない人だけど、急にひどくなったよね」

「はい」

「ねえ、何かあったんだろうか。私たちが何か悪いことをしたってことない？」

心配そうに、天使の顔をのぞき込んできた。

「さあ？」

考えたこともなかった。自分たちが悪いことをしたのかもしれない、なんて。山田は本当はこれを一番気にしていたのかもしれない。光子の変化の理由が自分たちにあるのではないだろうか、と。

「私、何度も何度も思い出してるの。最後に掃除に入った日のこと」

山田は眉の間にシワをよせた。

「何か、光子さんを怒らせたり、怖がらせたりしたんじゃないか、って」

「さあ……」

ふっと、自分が光子のところに行って、「教えて欲しい」と頼んだことを思い出した。もしかして、自分がその理由となったのではないだろうか。気がついて、山田の前で顔色や表情を変えないようにすることに苦労した。

しかし、彼女の話を聞きつつ思い出すと、どう計算しても光子が変になった時期と、自分が訪ねた日は一週間か十日以上離れている。

密《ひそ》かに、ほっとした。

「ゴミとかタオルの交換とかはどうしてるんでしょう」

店屋物を取っているとはいえ、まったくなんのゴミも出ないということはないだろう。山田のおしゃべりが一段落したところで尋ねてみた。

「あ、それはね、たぶん、自分で捨てたり、換えたりしてるんだと思う。私たちが別の部屋を掃除している時、そっと出てきてカートのゴミ箱に入れているみたい。私、一度、あの人がゴミを捨てて、急いで部屋に戻る後ろ姿を見たの。忍者みたいにそっと」

「ふーん」

「掃除をしなくなって二週間は経つわよね」

「たぶん」

「一度、私だけでもいいから部屋に入れてもらいたいわ。もしかしたら、とんでもないことになっているかもしれない」

山田は自分だけなら部屋に入れてもらえる可能性があると思っているらしい。

いや、あたしが入りたい、と天使は思う。いったい、あの光子に何があったのか、知りたい。もう、頭が変になってしまって、天使にあの「方法」を教えることができないのなら、ここにいる必要もないのだ。

「……とんでもないことって？」

「ゴミは出してるからいいけど、水回りなんか、きっと掃除してないでしょう。水垢やなんか、落とすのは大変」

「だとしたら、やっぱり、あたしも行った方がよくないですか。水回り、掃除するの一人じゃ大変だし」

「やっぱり、優しいね、日村さん」

また、山田に言われて、天使は心が揺れる。

優しいと言ってくれるのは、たぶん、世界で山田たった一人だ。

山田を追い出して、自分が一階の掃除役を代わりたいとずっと思っていたけど、彼女がそう言ってくれるたびに決心が鈍り、最近は忘れがちになっている。

「まず、なんとか私が入って、そのあと説得して日村さんにも来てもらえるようにするのがいいかもね」

二人で、光子の部屋に入るにはどうしたらいいのか、話し合った。とはいえ、話したり提案したりするのは、ほとんど山田だった。

山田の案は、「とにかく優しくなだめる」「身体の調子が悪いかどうか、少しでもいいから確認したいと頼む」「何か、お土産を持って訪ねる」「買い物をしてあげる、と提案する」……などだった。

「甘くないっすか」

天使は思わず、言った。

「……やっぱり、このままじゃ、ここにいられなくなるって脅すのが一番じゃないすか」

山田の案はどれも手ぬるい。一度、こもってしまった人間、意固地な人間はそんなことでは簡単には動かないはずだ。

兄の亜太夢が中学生の頃、部屋にこもってしまったことがあった。二、三日後、父親が引きずり出し、数発殴ったら学校に行くようになった。その代わり亜太夢は中学卒業と同時に家を出て、今は何をしているのかわからない。親たちもあまり気にしていないようだった。

「脅す？」

山田は素っ頓狂な声をあげた。

「そんなことしたら、光子さん怖がってドアから顔を見せるのもやめちゃうかも」

「だったら、本当に支配人かマネージャーを呼んでくればいいんですよ」

「はあ」

山田はわからないのだ。人というのは多少は怖がらせたり、怒らせたりする方が早く問題が解決することがあるのだと。

きっと、山田はそんなふうに人と付き合ったこともないし、自分がされたこともないんだろうな、と考えた。

「それでは光子さん、かわいそうよ」

山田には否定され、それからも、ああでもないこうでもない、と一時間半ほど、五時前まで話して店を出た。

「楽しかったー、また来ようね」

山田が嬉しそうに言った。お互いに五百円ずつ、レジで払った。

また、胸がうずいた。自分と話して、楽しかったと言ってくれた人もそういない。

「あれ、山田さんと日村さんじゃないの！」

店を出たところで、急に男の声で呼び止められた。振り返ると、一〇六号室の田原浩三が立っていた。

「二人でどうしたの？」

「日村さんに付き合ってもらって、ちょっと飲んでたんですよ。女子会、女子会」

山田が嬉しそうに笑って、田原の肩を叩いた。

「ストレス解消に」

「女子会いいなあ。今度、おれも誘ってよ。駅前に、行きつけの店があるの。一日中開けていて、昼も飲めるからさ。今度三人で行こうよ。おごるからさ」

「そうですねえ」

笑顔で山田は天使の顔を見る。天使は「いいですよ」と言う代わりに軽くうなずいた。

「ありがとうございます。じゃあ、また今度」

「本当にちゃんとおごるからさ、約束だよ」

お互いに、駅方向とホテル方向に手を振って別れた。

「よかった？　日村さん」

老人の姿が見えなくなると、山田は横から顔をのぞき込むようにして言った。

「はい。ちょっと飲むだけなら」

「たまにはいいよね。おごってくれるって言うし、ちょっとおいしいものでもごちそうになろう。あの人も言葉だけで忘れちゃうかもしれないけど」

「はあ」

曖昧に返事をする。思った以上に、彼らとの付き合いが嫌ではない……キャバクラ時代は客や同僚と付き合うのが重荷だったのに……そんな自分が意外だった。

秋になって幸子が出してくれる菓子が、「吹き寄せ」から生菓子やおまんじゅうになった。

「これはね、鶴屋吉信《つるやよしのぶ》さんの月兎《つきうさぎ》、というのよ」

幸子が大切そうに小皿に菓子をのせてテーブルの上に置いた。確かに、白いまんじゅうに耳と赤い目が付いていた。

「お茶の世界にはね、秋には秋の、冬には冬のお菓子があるの」

「ふーん」

天使は幸子が淹れてくれた煎茶《せんちゃ》で白くてもちもちしたまんじゅうを食べる。

「それは普通のおまんじゅうとは違うのよ」

「はあ」

「薯蕷《じょうよ》まんじゅうと言って、山芋から作られるおまんじゅうの一種なの。普通のおまんじゅうの感じとはまたちょっと違うわよね」

「……まあ」

少し前まで吹き寄せの菓子を一個だけしか勧められなかったのに、どういうことなのだろう、と思う。

「ちょっと、池袋《いけぶくろ》に用事があったものだから、買ってきたのね」

「そうですか」

「不思議ね、お茶をやってた時はこういうことはいやいや覚えたのに、あなたみたいにお客さんが来てくれる、となると、ふっと一緒にこれを食べたいなと思って買ってしまった」

「別にお菓子なんて、なんでもいいですけど」

天使はちょっと気の毒になって言った。これだってそこそこ高いんだろう。二つで幸子の食事の一食分くらいはするのかもしれない。その証拠に、天使はぽんと口に入れたのに、幸子はその一つを惜しむように丁寧に食べていた。

自分と会うために一回千円払って、さらにお茶菓子を買うのは結構な出費だ。

「いいの、私がしたくてしてるんだから」

幸子はどこか寂しそうに言った。

「……さあ、この間はどこまで話したっけ」

二人の話は幼い頃から、テレビ番組の制作が地方局から民放キー局に移ったところまで進んでいた。

前は幸子の言う通り、なんでも好きな話をしていたけど、保育園時代やすぐ上の姉、衣歩とはうまくいってなかった、という話をした頃から、自然と天使の成長と時間軸通りに話が進むようになっていた。

このところずっと、テレビの取材を受けていた時のことを話していた。時折、幸子が言葉を詰まらせたり、意味ありげに目配せしてきたりするのには気づかないふりをしていた。彼女が聞きたいことはわかっていた。

天使は一度息を吐いた。

「彩の国テレビで取材を受けていた頃の話」

「ええ。あなたたちは取材が来るのは嫌じゃなかった、むしろ、楽しいこともあった、って言ってたわよね」

「はい」

「……嫌なことは一つもなかったの？」

天使がすぐに答えないと、幸子は慌てて言い直した。

「もちろん、話したくないことは話さなくてもいいのよ」

「……他の人……幸子さんたちが思っているようなことは何もないです」

「私が思っていることとって？」

天使は黙った。

「やっぱり話せないわよね。だったら、いいんだけど」

幸子にそう言われて、自然に自分の顔が険しく……眉をひそめ、唇を嚙み締めていることに気がついた。

「じゃあ、私が質問していくから、話せることがあったら、好きなように話す、ということにしていいかな」

彼女がそうしたいなら、そうするか、と思って天使はうなずいた。

「あの雑誌記事……お母さんのことなんかが書かれたのは読んだの？　最初の」

気遣っているようだったけれど、質問が始まれば突っ込んでくるんだな、と天使は思った。

これが幸子がよく言うジャーナリストというものなのかもしれない。

最初の記事。

そうだった。一番最初に記事が載ったあと、まるで、堰《せき》を切ったように次々と週刊誌が後追い記事を書いたのだった。それから半年近く記事の掲載はやまなかった。

「……すぐは読んでません。ちゃんと読んだのは小学校の高学年くらいかな」

「それはどうして読んだの？　誰かに見せてもらったの」

「そういうのがあるっていうのはずっと知ってました。親たちも喧嘩してて、話が聞こえたし、姉や兄たちが話してたから。特に次女の我天使は高校生だったけど、いつもすごく怒ってた」

「高校生なら友達も読んで、内容もわかるし、いろいろ言われたんじゃない」

「確かに」

自分が中学生になった時はすでに記事から五年以上経っていたのに、ひどいことをたくさん言われた。記事のすぐあとの我天使たちはもっと大変だっただろう。

「姉もそれまで優等生じゃないけど、バスケット部とかに入ってて、まあまあちゃんとしてたんです。でも、やっぱり部活動でなんか言われたみたいで、高校をやめちゃって家にも帰らなくなって。帰ってくるといつも親と喧嘩して」

「そう。お気の毒に」

「姉たちはいつも威張ってたし、あんまり好きじゃなかったんだけど、でも、今考えるとかわいそうだったかも」

口にして驚いた。自分があの人たちのことを「かわいそう」だとか思うなんて。

そうだ。

結局、「あのこと」を言わせられたのは三女の衣歩だった。天使が嫌がったから、姉がやらされたのだった。そう考えると、ずっと嫌いだった姉たちに急に申し訳なくなった。

ただ、衣歩自身がそれをどう思っていたのかはわからない。そんなことを改めて話したことはなかった。

「でも親と仲が悪かったのに、長女の大天使は高校を出てすぐに結婚して妊娠して離婚して、一番最初に家に帰って来ました。不思議とそれからは母と一番仲がいいかも。喧嘩ばっかりしてるけど、他の兄姉はほとんど家を出ているし」

「お姉さんが家に帰ってきたら、生活保護はどうなったの？」

「なんか、ママがうまくやったみたいで。民生委員さんにも相談して、姉は近くのアパートに子供と一緒に住まわせて、なんか、離婚のショックで精神的に働けないということになって、生活保護を受けるようになりました。でも、ほとんど、実家にいたけど」

「それでも、よかったの？」

「わからないけど、生活保護を受けているからって実家に遊びに来ちゃいけない、っていう法律もないから、たぶん」

「まあそうよねえ。お姉さんはその後、結婚とかしてないの」

「どうでしょう。もう、五年近く実家に帰ってないからわからないけど、たぶん、そのままかもしれないです。大天使が生活保護を受け始めた時、母に厳しく言われてました。結婚してくれて、ちゃんと生活保護以上……できたら倍くらいの金額を入れてくれる男ならいいけど、そうじゃなかったら、うまく付き合えって。男が家に来たり、車が家の前に駐まってたりすると、すぐに周りの人にチクられるから気をつけろって……それでも、大天使は変な男を連れ込んで、めちゃくちゃ怒られてた……もちろん、姉も黙ってないから取っ組み合いの喧嘩をしてました」

「ふーん」

熱心にノートに書き込んでいる幸子に、天使は尋ねた。

「……どう思いますか？」

「どうって、何が？」

「姉や……母のこと」

幸子の顔をのぞき込む。

「どうって……」

幸子の目がきょろきょろと泳いだ。それを見逃さないようにじっと見る。

「悪いと思いますか。うちの家のこと」

「正直に言って、いいも、悪いも、何もない」

「どういう意味ですか」

「あなたたちはつらい思いをしてきたのだし、あなたほど悲惨な経験をしたら、その恩恵を受けて当然だと思う」

「え」

やっぱり、幸子はあれを知っているのだろうか。

「私のような人間はそれを神のように裁いたり、罰したりはできないし、しない。そうしたいとも思わない。そこにあるものを観察し、記録する。それが仕事だと思ってる」

「ふーん」

身体の中からすべての息が吐き出されるような息が出た。

「……本当は嫌いだよね」

「何が」

「あたしや母のような人間のこと」

「いいえ」

幸子は首を振る。

「本当に何も思えない」

彼女はこちらを見た。

「それにお母さんのことはわからない。会ったこともないし。ただ日村さんのことはなんか……好きだな、と思う」

「え。どうしてですか」

「わからないの」

照れたように笑った。だから、その言葉は本当のような気がした。

「じゃなかったら、高いお茶菓子なんか買わないわ」

「ふーん」

天使は身体の中からため息をついた。

本当は少し嬉しかったけど、それを言うのは恥ずかしかった。


田原と酒を飲む約束はすぐに実行された。

ここに住んでいる老人は皆、毎日が日曜日でいつでも空いているんだから、当然と言えば当然だった。

彼に二人で飲んでいるところを見つかった次の日から、朝、掃除に行くたびに「ねえ、いつ行く?」「おれならいつでもいいよ」と声をかけられた。しかし、最初は山田の息子が夕飯がいらない時を見計らわなくてはいけなくて、次には天使が幸子と話す日を除かなくてはならなくて、すぐ次の日に飲む、というわけにはいかなかった。

それでも、ほぼ二週間後には三人で田原が「なんでもうまい」と主張する駅前の居酒屋に行くことになった。

共通点は「けちんぼで孤独」という彼らの中の一人が勧める店だから、きっと立ち飲みやチェーン系居酒屋に毛が生えたようなものだろう、と天使は思っていたけど、それはむしろ「小料理屋」と言ってもいいくらいな店だった。

「ママ、この人たちになんかおいしいもの、作ってあげて」

店に入ると同時に、田原はカウンターの中にいる、中年の女性に声をかけた。

「あらまあ、田原さん、きれいなお嬢さんを二人もお連れで」

山田とママはほとんど同じか、下手したら山田の方が年上じゃないか、と思われたけど、ママは如才なく、そう言って微笑んだ。

着物を着たママは髪を結い上げ、完璧な化粧をしている。年齢よりずっと若く見える……けれど、では、山田と二人で並んだら、どっちの方が若く見えるか、どっちの方を男が選ぶかと言ったら、わからないと天使は密かに思った。デニムにスウェットで化粧していない山田の方が、角度や場所によっては若く見えるし、どっちと結婚するかと問われたら、意外と山田に軍配が上がるかもしれない。

あまりに丁寧に化粧して、きれいだからこそ老けて見える、ママはそんな女性だった。

誰からともなく促されて、田原を真ん中に、天使と山田ではさむように座った。

「いつも、田原さんにお二人を連れてくるって言われてたんですよ。お会いできて嬉しいわ」

ママは熱いおしぼりを差し出しながら言った。

いつもって……飲みに行こうと言われたのはたった二週間前なのに、とおかしくなる。たぶん、彼はあれから毎日のようにやってきて、自分たちのことを話したのだろう、と天使は思った。

山田の方を見ると、肩をすくめるようにして座っている。店の雰囲気とママに気圧されているらしい。

天使も気持ちはわかる。同じくらいの歳の同性というのは、うまく話が合えばいいが、あまりに境遇やファッションが違うと居心地が悪い。異性以上にむずかしい。

山田の隣に座っていたら、「それほどたいした店じゃありませんよ」とでもささやいてあげられるけど、それもできない。

天使の方はキャバクラ時代に、数は少ないが客と同伴やアフターでこういう店は何度か経験しているのであまり気にならない。どうせ、量が少ないつまみをたいしてうまくもない日本酒で流し込む店だろうと高をくくっていた。

「ここのママはさ、美人で料理もうまいけど、昔は宝塚にいたんだよ。すごいよね」

「すごいですねえ」

それでも、山田はけなげに声を上げて、田原とこの場を盛り上げようとしていた。天使はその「宝塚出身」というママの横顔をじっと見た。目は大きいが、顎のあたりに肉が付いて、その面影はない。

「しかも、こんなおしゃれな店なのに、飲んで食べて三千円くらいなんだよ。すごいよ」

「ええ、すごいですねえ。まあ、私たちにとっては三千円も大金ですけど」

山田こそすごい、と天使は思う。店を褒める田原に同調しつつ、おごってくれる田原も持ち上げている。

なんかの貝とわけぎのぬたがお通しに出て、あとはママのおすすめの季節の野菜と魚のお惣菜《そうざい》が出てきた。

田原と山田がはしゃぐようにしゃべる中、天使はもくもくと食べ、勧められるままに酒を飲んだ。確かに味は悪くない。ふっと二人の話の中身が耳に入ってきたのはしばらくしてからだ。

「光子さんがおかしいって噂、聞いてる？　山田さんたちでさえ、光子さんの部屋には入れないんでしょ」

思い出したように田原が尋ねた。

「……さあ、どうでしょう。もともと、あまり誰とも親しく付き合うような人ではなかったから、私たちともそんなに話をしてないですけど」

誰に光子のことを聞かれてもほとんどまともな返事をしなかった山田にしては、これでも踏み込んだ言葉だった。やはり、ご飯をごちそうになっているという引け目がそうさせているのか。

「あの人、昔はずいぶん、ぎりぎりの商売をしてきたみたいだからね」

「ぎりぎりって？」

思わず、天使も口をはさんでしまった。これまでほとんど相づちくらいしか打ってなかったのに。田原もちょっと驚いたのか、目を見開いてこちらを見た。

「なんでも、競売物件を買って居住者を無理矢理追い出したり、そのことでヤクザみたいなやつとも切った張ったでやってきたらしいよ。下手したら逮捕されるようなこと」

「なんでそんなこと、知ってるんですか」

「おれの前からあそこに住んでいた男に聞いた。昔はもう少し、あの人も人付き合いしてたらしい。その男とは時々、外で飲んだりしてたんだってさ。だけど、お金のことでもめてから、ホテルの他の人とは一切、付き合わなくなったって」

「お金のこと？」

「まあ、その人が言うには、ちょっとお金を借りたんだけど、その期限のことでいざこざがあったんだって。その人は次の年金支給日には返すって言ったんだけど、たまたま、ちょっと入り用があって返せなかった。どうせ同じところに住んでいるんだからちょっと待ってと言ったら、それまで仲良くしてたのに、つかみかかってきたんだって。『お前もか、お前もか』ってすごい剣幕だったらしいよ。喧嘩しているところにホテルの人が止めに入って、これ以上喧嘩するならどっちも追い出すって言われてそれから……」

「誰とも付き合わなくなったんですか？」

山田が尋ねた。田原が彼女の方に顔を向ける。

「うん」

「それはちょっとしかたないかも」

「お金のこととなると人が変わるってぼやいてたよ、その人」

「じゃあ、今回のことも何か、お金と関係あるんでしょうか」

「さあねえ」

「ぎりぎりの商売してきたことが関係あるんでしょうか」

「いや、おれは逆に、それだけ肝の据わった人だから、よっぽどのことじゃないとあそこまでおかしくならないんじゃないか、って思ったんだけど」

「なるほど」

そう言えば、この店に来るようになったのはどうしてなんですか、山田がそう言って、話は田原とママの「なれそめ」に移った。

天使は山田がさりげなく話を変えたのを感じた。あまり噂話はしたくない、と思っているんだろう。そういう彼女は賢いとも思うし、ここではもの足りなくも思う。もう少し光子の話を聞きたかったから。

でも、こういう人なら、自分の過去を知ってもむやみに人に話したりはしないかもしれないと、さらに山田を信用する気になった。

次に幸子の部屋に行った時には、おはぎを出してくれた。

これなら天使にもわかる。今までも食べたことがあるものだからだ。

「秋のお彼岸に食べるのがおはぎ、春のお彼岸に食べるのがぼたもちなのよ」

菓子についてのうんちくは黙って聞き流していた方がいいのだ、とわかったので相づち以上のことは言わない。

おはぎを食べ終わると、幸子は少し居住まいを正した。

「ねえ、あなたにこんなことを聞いてもやっぱりわからない、話したくないと言われそうだけど」

「はい」

前に話したことの続きなのだろうとすぐにわかった。

「あの時、週刊誌に情報を提供した人……地元や近所の人もそうだけど、事情通を名乗る人がかなり詳しい家庭の事情を知っていたでしょう。というか、最初から、あの時期にあの記事が出たのはどうしてか、そういうことは話したことある？　誰かと」

「ああ、それなら、たぶん、地元のテレビ局の人じゃないかって」

天使がすぐに答えると、幸子は肩すかしをくらったみたいでちょっと笑った。

「あら、わかってるの」

「はい。ママたちがよくそのことで喧嘩してたから。たぶん、地元のテレビ局が自分たちのところから東京のテレビ局に移ったことを怒って、情報を流したんだろうって言ってました。あと、あそこにも書いていたけど、ママが男を替えたし」

「……それも知ってたの」

「だって、書いてあったし、いつもパパとママはそういうことで喧嘩してたから。ママも浮気してたけど、パパもしてたし」

幸子はしばらく黙った。

「……ごめんなさいね。子供の立場からしたらつらいわよね」

「いいえ、別に」

強がりでもなく、天使は首をはっきりと振った。

「よくあったし」

「私の前では正直に言っていいのよ」

「じゃあ正直に言うと、あまり浮気ということがよくわからないんです」

「わからないって……」

「自分と付き合っている人や結婚してる人が、他の人とセックスするってことですよね」

「まあ、端的に言うとそうね」

「それって悲しいことですか。他の人としてくれたら、楽な気もしますが」

「え。それはつまり、付き合っている人が他の女性としてくれた方がいいってこと？」

「はい」

「セックスは嫌いなの？」

「嫌いですね。なんか嫌な気持ちになる。痛いし、気持ち悪いし」

「……天使ちゃん」

幸子が初めて名前で呼んだ。それを自分でも気がついていないようだった。

「それは……子供の頃に嫌なことがあったから？」

「嫌なことはありません」

天使はまだあんこの甘さが残る口で言った。

「本当に？」

「本当です」

幸子は泣くのを堪《こら》えているような、身体のどこかが痛いような表情でこちらを見ていた。

その時、天使は初めて本当のことを言おうと思った。この人に打ち明けよう。本当のことをすべて。

「……あのこと……青木のお兄ちゃんのことは嘘です」

「嘘？　あなたに彼が何かしたってことはないってこと？」

「はい」

「じゃあ、お姉さんには？」

「姉にもしてません」

「それははっきり言えるの？　あなたが気がつかなかった、とかじゃなくて？」

「違います」

「どうして、それがわかるの」

「最初、ママたちはあたしに言わせようとしたからです」

「言わせようとした？」

幸子はもう、メモを取ることもせずに、天使の顔を見つめた。

「天使ちゃん、今、話していること、すごく大切なことよ。わかってる？」

「わかってます」

母はどんどんおかしくなっていった。天使たち子供が考え、感じている以上に、雑誌記事に書かれたことは母には痛手だったらしかった。記者たちは毎日のように家に来ていた。母は彼らを家に入れて、テレビ局や近所の人たちの悪口を言った。言い訳もいろいろしていた。

話しているうちに母はたいていい泣き出した。

しかし、記事は思ったようにならなかった。

自分たちが話したことでさえ、裏を取られて、むしろ、「嘘つき家族、嘘つき女」の証拠のように扱われていた。

母はだんだんおかしくなり、最後に、考え出してきたことがそれだった。

天使が青木のお兄ちゃんに性的ないたずらをされた、ということを天使の口から証言させようとした。でも、そんなことは一度もなかった。青木のお兄ちゃんはむしろそっけない態度で天使たちに接していたのだから。

母が天使に「青木のお兄ちゃんに恥ずかしいところを触られたって言いなさい」など、聞くに堪《た》えないような言葉を使われても、天使はがんとして首を縦に振らなかった。打《ぶ》たれても口を開かなかった。時には、記者の前に無理矢理出されて、母が言ったことにうなずくだけでいいようにされたけど、天使は首を振らなかった。

あまりにも強情な天使の様子に、母は焦れて「もういいよ、あっちに行ってな！」と叫び、その後、記者にいろいろ吹き込んでいたようだが、採用されなかった。

それで、最後は三女の衣歩に、青木のお兄ちゃんにいやらしいことをされた、と証言させた。彼女は素直に従ったが、記者に突っ込んだ質問をされると、うまく答えられなかった。

結局、記事にはごくわずか、匂わせ程度に、青木のお兄ちゃんが日村家の娘に手を出していたようだ、という記事が載っただけだった。

「確かに、あの時、彩の国テレビは強く否定していたよね」

幸子はうなずいた。

わずかな記事でも、彩の国テレビは見逃さず、「膨大な収録テープをすべて見直したが、そのような疑いのある場面は一つもなかった。該当社員も聞き取り調査で強く否定した。この記事に関して訂正・謝罪がない場合には法的処置も辞さない覚悟だ」という内容の公式な文書を出した。

「ずいぶん、自信があるんだな、と思ってたんだけど」

「はい。だって、本当になかったし、記者にこう言いなさい、ってママが姉に教えているのも見ました」

「じゃあ、本当になかったのね」

「絶対に、そんなことはありません」

青木のお兄ちゃんは今頃どうしているのだろう、と時々、考えることがある。ちゃんと結婚して、子供もいるのだろうか。でも、もう、絶対にあたしたちのことは許してくれないだろう。

「もしかして、そういうことがあって、あなたは家を出たの？」

「それだけじゃないけど、たぶん」

「そう」

「そのことで本当にずっとママはあたしに厳しくなった。いつも怒鳴って、叩かれて、食べ物とかも一番最後になって」

「そうだったのね」

幸子はため息をついた。

「高校に行かなくなって家を出たけど、ずっと、いつかは家を出ようと思ってました」

彼女はもう一度、ため息をついた。今度は自分が水をくもうとのぞいた井戸が思ったより深いことに気づいた人のようだった。


光子が入室を拒否してから、ほぼ一ヶ月が経った日の朝、山田が一〇八号室のドアを叩いた時のことだった。

「おはようございます！　光子さん。今日はいかがですか。できたら、お掃除させてもらえませんか」

いつものように、細くドアを開けて彼女は顔をのぞかせた。山田はその顔に向かって一気に言い放った。

「一度、入れてくだされば安心できるんです。しばらくはお伺いしませんから」

山田はにこやかに言った。その言葉で光子の気が変わるとはたぶん、思ってもみなかっただろう。もう数週間、同じような台詞《せりふ》をくり返していた。

「そうかい……じゃあ」

そう言いながら、光子は手を縦に振った。文字通り、おいで、おいでをするように。

「あんた、来な」

「え」

二人とも声を出したが、山田の方が大きかった。

「あんただよ、あんた」

指さしたのは山田ではなかった。天使の方だった。

「あんたなら、入っていいよ」

「え、あたし?」

天使は自分の鼻を指さした。

山田が驚いて、天使の方を見る。

「本当に、あたしのことですか」

「そうだよ。入るのかい、入らないのかい。嫌ならいいんだよ」

「入ります!」

天使は慌てて言った。そして、横の山田を見ると、彼女は目を細めて、じっとこちらを見ていた。表情が読み取れなかった。あまりよいこととは思えなかった。

「いいですか」

思わず、尋ねる。

「……それはもちろん」

山田は優しい。いつも真面目で、皆に気を遣ってくれて、働き者だ。しかし、一方で仕事に関して、自分のテリトリーを侵されることだけは許さない人でもあった。それは、これまで一緒に仕事をしてきてよくわかっていた。光子に天使だけが選ばれたことを喜ぶとは思えなかった。できたら、山田と一緒に入った方が絶対に良かった。それでもしかたない。

また、光子の気が変わるかもしれないのだ。いつかのように。

「失礼します！」

そう言って、もう山田の方は見ずに中に入った。

部屋の中はぷんと臭った。光子の……年老いた女の臭いだった。しかし、それはそう不快なものではなかった。

それ以外の臭いはなかった。ゴミは捨てているし、ホテルの空調は効いている。窓も時々は開けていたのだろう。このホテルは古いから、最新式のホテルと違って、低層階なら窓を開けることもできる。とはいえ、外からも中からも出入りできないように鉄格子がはまっていた。

天使は目の前の光子の丸まった背中を見た。光子はゆっくりとこちらを向いた。

「やりたきゃ、やりなよ」

「え、何をですか」

「掃除だよ、当たり前じゃないか。それがしたくて来たんだろう」

「あ、すみません。じゃあ、トイレと浴室に入っていいですか」

彼女は重々しく、うなずいた。

とんでもなく荒れ果てたトイレや浴室を覚悟していたけど、どちらもまったく汚れていなかった。便器の中に汚れはなく、床にもゴミ一つ、落ちていなかった。便器のふちや後ろものぞいてみたが、何もなかった。浴室も同様で、手のひらで触って確かめたけど、湯垢が付いている気配もなかった。排水口にも髪一本落ちていなかった。

浴室を出ると、ベッドに座った光子が腕を組んでこちらを見ていた。

「きれいなもんだろ」

「……はい、まったく」

「あんたたちなんかに、掃除じゃまだ負けないよ」

「……主婦だったからですか」

「それもあるけど……なあ、話すなら立ってないで手を動かしな。部屋の掃除をしなくちゃいけないんだろ」

「はい」

急だったので掃除機を持ってきていない。部屋の隅から、コロコロでゴミを取った。それにも、あまり埃などは付かなかった。

「あんたたちが来ない間も、ちゃんと自分で掃除してたからね」

「すごくきれいです」

「だから、掃除はずっとやっていた、って言っただろ」

「おうちの、ですか」

「自分の家を掃除するのは、誰でも当たり前」

「まあ、そうですけど。ここまでちゃんとしない人もたくさんいます」

「……あたしの掃除を見て、どう思った？」

「よくできてるなあ、って」

「それだけ？」

ふと、光子が言おうとしていることに気がついた。

「プロの掃除だなあって。もしかして、掃除の仕事をしたことがあるんですか」

光子はうなずいた。

「掃除のパートとか？」

「それもあるけどね。あたしは自分の物件の掃除も全部、自分でやってたんだよ」

天使は思わず、腰を伸ばして、光子を見た。彼女が不動産……自分の仕事の話をしたのは初めてだった。

「そうしたら、店子《たなこ》が退去した時のクリーニング代が浮くからね……あんた、あれは本当なの」

「え、あれって？」

「あれ。あの女が書いていること。隣の女の原稿」

「あ……」

阿部幸子のことを言っているんだろうか。何で知っているんだろう。幸子と話して、それが原稿になっていること。

天使が戸惑っていると、光子が言った。

「……あの女がすることは筒抜けだよ。悪い人間ではないけど、ちょっと抜けてるからね。育ちのいい人間ていうのはそういうもんなんだよ。人の悪意を想像しない」

光子の言うことは、びんびんと天使の胸に響いた。

わかる。幸子は悪い人じゃない。だけど、どこか違うのだ。いろいろ苦労していると言うけど、その苦労は天使とはまったく違う。種類が違う、量が違う。

だけど、光子もそうだというのか。大金持ちの光子が。

「隣のあいつ、原稿を書いて、プリントして直して、そのプリント用紙をそのまま捨てているんだよ。あたし、自分のゴミを捨てる時に、カートのゴミ箱に入っているのが嫌でも目に入る。そのまま丸々、全部、読めたよ」

「……そうだったんですか」

「暇つぶしには悪くなかったよ。あんた、あれは本当なの」

光子はもう一度尋ねた。厳しい瞳で見つめられて、天使は目をそらしそうになった。だけど、なんだか、それをしたらこの場合はいけないような気がした。どっちなのだろう。イエスと答えることと、ノーと答えること、そのどちらがこの目の前の女の気持ちに応えることになるのだろう。

そして、決めた。真実を答えることに。

「はい」

「あんた、あのテレビに出てた子なの」

「……はい」

「そうか……」

「あたしらの番組、観てましたか」

「そんなに熱心にじゃないけど、時々ね。あと、番組が終わった時も雑誌を読んだよ」

「そうですか」

「もしかして、あんたはだから金持ちになりたいの」

「……はい、まあ」

「家族のためにお金が欲しいのか」

「いえ、違います」

天使はそれだけは、すぐに、きっぱりと言った。

「家族とはもう絶対会いたくないんです。一人で生きていくんです。だから、お金が欲しいんです」

「そうか」

「あたしの家族は誰も働いていません。働く方法を知りません。おばあちゃんやおじいちゃんも働いていませんから、それを見たことがないので」

「まあ、そうだろうね」

「キャバクラやスナックにちょっと勤めたり、アルバイトしたりはあるけど……お兄ちゃんやお姉ちゃんは皆、すぐやめて結局、家に戻ってきたり、結婚してまた役所にお世話になったりする。それはしたくないです」

「どうして」

「……家族が嫌いだからです。綾小路さんに働き方を教えて欲しいんです」

「どうして」

光子の質問は幸子より厳しかった。

「……家族にはもう利用されたくないから。何も奪われたくないから」

「そうかい」

それ以上、光子は何も聞かなかった。

「家族や親戚にだまされたり、盗られたり、ひどいことされるのは、他人にされるよりつらい。逃げ場がないからね」

天使はうなずく。逃げ場がない。本当にその通りだ。家の中に逃げ場がない、家の外にも逃げ場がない、そして、何より、気持ちの逃げ場がない。

「その気があるなら、教えてもいいけどね」

「本当ですか！」

「でもね、濡れ手で粟《あわ》で稼げる、錬金術みたいのを期待してるならダメだよ。死ぬほど他人より働いて、ほんのぽっちり、人よりいい生活をする。老後はお金に困らない。そのくらいのものだと考えていた方がいい」

光子自身の老後を考えると、「人よりいい生活をする」ということが本当なのかはよくわからなかった。ただ、ある程度のお金があることは確かなようだ。だから、ここはあまり深く考えずにうなずくことにした。

「わかりました」

「それから一つだけ、確認しておきたいことがある」

「なんですか」

光子は一瞬、考えてから言った。

「あんたは生活保護について、否定的な気持ちを持っているようだね」

天使が言い返そうとすると、光子は手を振ってそれを止めた。

「……いや、あんたが親なんかを見ていて、そういう気持ちになるのは無理ないと思うよ。そこから自立しようとしているのも偉い。だけど、このことだけはわかっていた方がいい。まっとうな理由で受給するなら、生活保護は悪いことではないよ。受けてる人も悪くない。確かに、あんたの親は不正受給かそれに近いことをしていたのかもしれないけど、少なくとも、受け始めた時にはそれが受けられるだけのちゃんとした理由があったはずだ」

「でも嘘をついてたのかも……」

「いや、そこを否定したら、あんた自身がつらいと思うよ」

「そうですかねえ」

「あんまり自分やその過去を卑下しない方がいい。不正受給はいけないけど、正しい生活保護に悪い感情や偏見を持ったままでは、あたしはあんたに教えられないよ。親に対するうらみと、生活保護は別だと考えないとね、できる？」

天使は小さくうなずいた。まだ完全に光子の言うことがわかったわけではないし、叱責されたはずなのに、自分の中の何かが少し明るくなった気がした。

「じゃあ、明日から時間がある時においで。こっちも空いてたら話してやるよ」

「……携帯の番号とか、LINEとかメールとか交換しませんか」

光子は首を振った。

「携帯やスマホは持ってないんですか」

「携帯は持ってるよ、一応ね。だけど、何年も電源を入れてないし、誰にも番号なんかは教えたくない」

いったい、そういう携帯はなんのために存在するんだろう。

「あんたもそんなに簡単に、自分の情報を人にさらすんじゃないよ」

「わかりました」

「さあ、そろそろ行きな。山田もおかしく思っている頃だろう」

「はい」

「でも、ここで話したことは誰にも言うんじゃないよ。それが少しでも伝わってきたら、もう話さないからね。あたしは阿部みたいな抜けた女と違う」

「わかってます」

天使が部屋を出ようとした時、最後に光子は言った。

「……あんたが家族のために金を稼ぎたいって言うなら、たぶん、やめてたよ」

そして、ほんの少しだけ微笑んだ。

5

「でさ、あんた、今、貯金はいくらあるんだい？」

光子の部屋に行くと、彼女はちんまりとベッドの端に腰掛けていた。天使《えんじぇる》が部屋の端にある椅子を、彼女の前に運んでいるとそう聞かれた。

「え、貯金……？」

驚いて、椅子を運んでいた手を止める。

「うん、貯金」

光子は自分の手を股のあたりに置き、平然とこちらを見た。

「貯金ていうのは、お金のことだよ？　使ってなくて、銀行に入れっぱなしになっているやつ」

彼女は子供に言い聞かせるようにくり返した。

「……ありませんけど」

あるわけない。だから、お金持ちになる方法を知りたい、と言っているのじゃないか。それなのに、光子はまたくり返す。

「ちゃんとした額を言いなよ。十でも二十でも恥ずかしくないから、正確な額を言いな。謙遜しなくていいから」

「だから、ないです」

「現金じゃなくてもいいんだよ。例えば、株とか投信とか、金融資産も入れていいから」

「……金融資産てなんですか」

「だから、株とか投信……」

光子はそこで大きくため息をついた。

「本当にないんだね？」

「だから、ないって言ってるじゃないですか」

「定期預金も普通預金も」

「……はい」

「定期預金というのが何かは知ってる？」

「……たぶん」

あやふやにうなずくと、その気配が伝わったのか光子が説明する。

「何ヶ月とか、一年とか、期間を決めて預けると、その間は下ろせないけど金利が少し高くなるのが定期預金よ。したことある？」

天使は首を振る。

「たぶん、ないです」

「銀行口座は持ってるんだろう？」

「アルバイト料が振り込まれるのが、銀行口座ですよね？」

「もしかして、家に現金のままで持ってるとか」

「……引き出しに、阿部さんからもらった五千円くらいならあります」

「銀行口座には今、いくらあるの？」

「さあ……一万円くらいでしょうか」

「自分の口座の残高もわからないの」

天使は黙ったまま、肩をすくめた。

「通帳には毎回記帳している？」

「きちょう？　きちょうってなんですか」

光子はもう一度、ため息をついた。

「前に、キャバクラに勤めていたじゃないか。その時はどうしてたの？」

「どうしてたって……？」

「キャバクラでは結構、もらってたんだろう？　そのお金はどうなった」

「どうなったって……普通に使いましたよ」

いったい、この人は何を言っているのだろうと思いながら答える。

「キャバクラではいくらくらいお金をもらってたの？」

「うーん、二十五万くらいかな」

「え。それだけ？　キャバクラっていうのは稼げるんじゃないの？」

「稼げますよ。日給がだいたい二万くらいだから」

「なのに、二十五万？」

「一週間に三、四日しか出てなかったし。いろいろ引かれたから……ドレスは店で借りてたんですけど、レンタル料として一回千円取られるんです。あと、髪とかも、店にヘアメイクの女の子がいて、それも二千円払ったから」

「なんで毎日、仕事しないの」

「だって、めんどいし。人がたくさんいる時は電話がきて、『来なくていいよ』って言われる時もありました」

光子が何も言わないので、慌てて言葉を添える。

「でも、それしか働かなくて二十五もらえるのは他の仕事に比べれば多い方でした」

「だろうね」

光子はもう何回目かわからないくらいのため息をついた。

「例えば、その頃、月が終わって次の給料が出る前に、銀行口座にいくらか残っていることはなかったの？　一万でも数千円でも」

天使は首をかしげた。

「なかった、かなあ」

「今は？」

「今はもっとないです。いつもぎりぎりです。給料日前になると、お財布に千円くらいしかない」

「いったい、何に使ってるの」

「さあ。なんとなくなくなってるんです」

光子はしばらく目をつぶった。

「無理だね」

「え」

「とても無理だよ。そんな状態じゃ、とても金持ちになるなんて無理。何をするにも元手ってものが必要なんだよ。元にいくらかお金があってそれを増やすのが投資だ。元が0《ゼロ》ならいくら掛けても、いつまでも0円じゃないか」

天使は首をかしげた。そんなことを算数で習ったような気がする。だけど、数字は不得意なのだ。

「三百万のお金を貯めるか、それともどっかの会社の正社員になっておいで」

「えー！」

思わず、声が出る。三百万だなんて。そんな大金、雲の上の数字だ。

「そんなこと無理です。三百万なんて……」

「元手として必要なだけじゃないんだ。そのくらいのお金が作れる、貯められる、そのためになんらかの我慢ができて才覚がある人間じゃなきゃ、そのあと、何を教えても無駄なんだよ」

光子の声はむしろ優しくなった。本当に子供に言い聞かせるように。だけど、それが天使にはきつく聞こえた。

「最低でも百万はないとね。できたら、両方必要。お金も正社員も」

「そんな……無理です」

「別に、東京にある上場企業の正社員になれっていうんじゃないんだよ。正社員ならどこでもいい。だけど、正社員じゃないと融資が出ない」

じょうじょうきぎょう、ゆうし、というのが何かよくわからない。

「ねえ、やっぱり、あんたには無理だよ」

光子の声はますます優しくなった。

「ね、あたしは決してあんたにいじわるで言ってるんじゃない。人には生まれ持った分《ぶん》というものがある。それ以上のことをしても成功できない。これから、あんたが妙な努力をして何年かを無駄にしても、何にもならないかもしれない。それじゃあ、時間がもったいないじゃないか。今いくつだっけ」

「二十四です」

「じゃあ、その若さを使って、誰か、いい人と結婚した方がいい。これから何年かあたしと一緒に努力しても、成功できるかわからないから」

「結婚はしません。家族も欲しくない」

「それでも！」

光子は天使を促して、椅子から立ち上がらせた。そして、柔らかく背中をドアの方に向けて押した。

「さあ、今日のところは、まあお帰り」

ずいぶん抵抗したけど、天使は部屋から追い出され廊下に立っていた。とぼとぼと歩いて、ホテルの外に出る。途中、フロントにいた社員に声をかけられたが、ろくな返事もできなかった。

駅に向かう道で、頬が濡れているのに気づく。自分のこの半年ほどの時間はなんだったんだろう。

「山田さんはここの正社員になることを考えたことはないんですか」

翌日、休憩室でご飯を食べている時、周りの人に聞こえないように、天使はそっと尋ねてみた。

部屋から出された時は呆然とし、家に帰ってからは腹もたってきたが、ふと、このホテル・フロンの清掃を始める前、その募集の貼り紙に「正社員登用制度あり」という一文があったことを思い出した。

朝、出社して、今でもフロント脇に貼ってある募集要項を改めて見た。確かに「正社員登用制度あり」と小さく書いてあった。

「え、正社員？　あたしの歳じゃ無理でしょ」

「そうなんですか。特に歳のことは書いてなかったけど」

「だって、もう四十過ぎてるんだよ」

「まあ、そうですけど」

「もちろん、夫が死んで仕事探した時、正社員の口を探したよ。ハローワークでも探したし。だけど、どこもダメだった。今の求人広告にはあんまり歳のことは詳しく書いてないじゃない。なんだか、そういうの違法だとか言って。だけど、本当は四十以上なんて募集してないんだよね。受けたって落ちるだけ。何十社も受けたあと、親切な人事の人に言われたの。『これね、今は厳しいから年齢とか男女とか書いてないけど、本当は四十以上の女性は採る気ないんだ』って、ごめんね、って。はっきり書いてくれた方がましだよね。時間の節約になるもの」

「そうなんですか、でも、ここなら大丈夫かもですよ。山田さん、大切な仕事を任されてるし」

「どうかねえ」

山田は首をひねる。

「確かに、ここの正社員になるって考えてもみなかった。もう、無理だって諦めてたし」

「でも、ここなら、山田さんだって若い方じゃないですか」

天使はおそるおそるあたりを見回しながら言う。部屋の真ん中で三上民子たち老女が相変わらず、大きな声で話していた。ここでは天使の次に若いのが山田なのだ。

「うーん」

しかし、山田はさらに大きく首をひねった。

「あれを書いてあるのも、男女の条件が書いてないのと同じような、規則のためじゃないの？　本当にその気が会社にあるのかどうか」

「ああ」

「正社員になっていいことってあるのかなあ」

「え」

「今だって、ちゃんと働いた分だけはもらえるし、残業もつくでしょ。まあ、保険とか福利厚生がもっとしっかりしてたら、息子のためにはなるか」

正直、福利厚生がどうとか、天使にはよくわからないし、どうでもよかった。

「ただ、今がうまくいってるから、社員さんたちに言い出しにくいよね。もしも、ダメになった時、気まずいじゃん」

「ですかねえ」

「まあ、ちょっと考えてみるわ」

あまり乗り気でなさそうに、山田は弁当箱のフタをがちゃんと閉める。

思わず、ため息をついてしまった。

「あれ、どうしたの？　日村さん、本当に正社員ねらってるの？」

「いえ、そういうの、どうかなあと。聞いただけです」

天使は慌てて手を振る。確かになぜか、こういうことって素直に言いにくいな、と思った。なんだか、恥ずかしい。山田にさえ、自分の本当の希望も言えないのに、正社員なんて目指せないだろう、と思った。

「正社員なら、ここより、他を考えた方が早いかもよ」

休憩室を出て、廊下を歩きながら山田は言った。

「介護とかさ」

「え」

「介護なら、アルバイトで仕事をしながら資格も取れるし、そのあと、正社員もあるって言うよ。仕事はいっぱいあるしさ」

「そうですか？　山田さんは考えなかったんですか」

「正直、考えたことはあった。ハロワでも勧められたし。子供が小さかったから夜勤なんてできないなと思ったのと、ここでまあうまくいったから今は考えてないけど、将来的にはあるかもしれない、とは思う。自分に向いてるかはわからないけど、今の仕事も介護と変わらないような面もあるしね」

「なるほど」

うなずきながら、胸の中に「介護」と刻んだ。自分もそれがうまくできるかはわからないけど、そういう道はあるのかな、と思った。

数日後、ゴミを集めるため、一応、光子の部屋をノックすると彼女が顔を出した。

「ゴミを……」

小さくうなずいて、ゴミ箱を出した。

「綾小路さん、あの」

ゴミ箱を受け取って、天使が口を開くと、それを予想していたように光子は早口に言った。

「今日、仕事が終わったあと、おいで」

「え。いいんですか」

「時間がないならいいよ」

「行きます!」

 それだけで、バタンとドアは閉まった。

 仕事のあと、またドアを叩くと光子が開けてくれた。椅子を勧められる。腰掛けると、光子はすぐに言った。

「公平じゃないんじゃないか、と思ってね」

「え」

「あんたの話……あの女があんたのことを書いたものをまた読んだ。この間、書いたばかりのやつ」

それは、もしかしたら、天使が母親から嘘を強要されたという話だろうか、と気がついた。

「それで、やっぱり、ここで投げ出すのは公平じゃなかったんじゃないかと思った。あんたは、何も知らないけど、それはあんたが悪いだけじゃない。今まで誰も教えてくれなかったんだから」

「……はい」

光子はしばらく考えていたが、また尋ねた。

「今は?」

「え」

「今の給料はいくらなの？」

「十五万少し足りないくらい」

「そうか。まあ、きょうび、女の子一人なら悪くないのかね」

「はあ」

「それで、それを毎日、何に使ってるんだ。十五万もらってたら、少しは残るだろ」

「なんとなくなくなっちゃうんです」

「じゃあ、何に使ってるのか、考えてみよう」

光子はホテルの備え付けのデスクのところに行くと、ホテルのメモ帳とボールペンを持った。けれど、天使のところにテーブルがないことに気づいて、デスクの椅子を叩くようにした。

「こっちに座んな」

「あ、はい」

デスクの前の椅子に座ると、光子は天使にボールペンを持たせた。

「メモ帳に書いてごらん。自分で書かないと本当には頭に入らないから」

「はい」

「ここに、給料十五万って書きな」

光子はメモ帳の一番上を指した。

——給料　15万

「そう。それで、家賃は？」

「六万五千円です」

「えええ！　高くないかい！　埼玉で女の一人暮らしだろう？」

「はい。キャバクラにいた時に移って、そのままなんです。駅から近いマンションで……」

「マンション？　アパートじゃなくて？　贅沢だねえ。あたしはマンションを一棟全部持ってたこともあるけど、自分がマンションに住んだことは一度もないよ。築何年？　徒歩何分？」

「四分です。築……新築じゃなかったと思います。最初に住んだ時は五年くらいだったかな。新築じゃないって、ずいぶん、キャバクラの人たちに馬鹿にされたから」

「じゃあ、今は十年か、ほとんど新築と同じだよ。広さは？」

「ワンルームだけど、バストイレ別で」

「ふーん」

「確かに高いけど、引っ越すお金もなくて」

光子は目をつぶって大きくため息をついた。また、「もうやめる」と言いたそうだった。

でも次に目を開けると、ただメモのところを指で叩いた。

「じゃあ、その下に書いて。家賃六万五千て」

――家賃　6・5万

「あとの固定費は何？」

「固定費って？」

「毎月、必ず出て行くお金。家賃の他は、光熱費とか携帯とか保険とか、年金とかだね」

「光熱費とスマホ代は一万円くらいです」

光子はまた眉根をぎゅっと寄せたがそれ以上何も言わず、またメモを叩いた。個々に書けということだろうと思った。

――光熱費、スマホ代　2万

「保険は？　健康保険には入ってるの？」

「……たぶん、入ってません」

「保険証、持ってないの？」

「はい」

「じゃあ、病気の時どうするの」

「まあ、風邪薬買ったり。そんなに病気にならないので」

それは本当でもあり、嘘でもあった。冬になれば風邪はしょっちゅう引くし、毎日、なんとなく身体が重い。天気が悪くなると頭痛がした。中学校の健診で貧血だと診断されたこともある。しかし、身体の調子はいつも悪くて、人生はそんなものだと思っていた。

「ここに入る時、派遣会社で聞かれなかったの？」

「うーん、なんか聞かれたけど、よくわからなかった。わかりません、って言ったら、じゃあ、まあいいですね、ってなんか流されて」

「そう。会社としては派遣従業員の健康保険なんて負担したくないんだろうから、見て見ぬふりをしているんだろうね。まあ、あたしもひとのことは言えないけどさ」

「保険、入ってないんですか」

「まあね。もういいんだよ。あたしはここで死ぬつもりだから。病院にも行かないし」

その言葉の内容よりも、投げやりな口調に驚いて、光子の顔を見た。天使の視線に気づくと、彼女は顔をしかめて「ちっ」と舌打ちした。

「そんなんなら、当然、年金も払ってないよね」

「あんたの親の話が本当なら、生活保護をもらっている間はたぶん、年金払い込みは免除されてるはずだけど、二十歳過ぎてから、親と暮らしたことはないの？」

「……たぶん」

「ないです」

「じゃあ、公的年金はなし、と。まあ、いいや、そのあたりは正社員になることがあれば、どこかで解消するだろ」

光子は小さくつぶやいた。

正社員というのはそんなになんでも解決してくれるものなのか、と天使は思う。打ち出の小槌《こづち》のように。

「……あの、清掃会社の正社員ってどう思いますか」

「え、ここの掃除の？」

「はい。一応、そういう正社員の登用制度みたいなのがあるって……あと、介護の仕事はどうか、って山田さんに教えてもらったんですが」

「結構なことじゃないか。どっちだっていいと思うよ。それに、あんたまだ若いんだから、ハローワークとか行けば一つくらいは仕事あるんじゃないの？」

「……だけど、高校も中退だし」

「ああ、そうだった。だけどさ」

光子はうん、うんとうなずく。

「前からあんたの話を聞いてたり、あの原稿とやらを読んでて思うのは、あんたっていろんなことを始める前に諦めてるよね。どうせダメだからって。だけど、本当のところ、やったことなんてあんまりないんだろ」

天使が言い返そうとすると、光子は手で制した。

「いや、あんたみたいな人は今まで他にも見てきたから、言い訳しなくていい。それに世の中の大抵の人間はそういうもんだから。だけど、どうせダメだからやらないんじゃなくて、本当のところ、めんどうなんだろ」

返す言葉がなくて、うなだれてしまう。

「でも、あんたはここに来るために、少なくともここのアルバイトに応募してあたしに近づいたわけだ。楽して金持ちになるために」

光子は、ふふふ、と笑った。

「その行動力は認めてやる。だから、もう少し頑張りな。ダメ元でいいから、仕事を探してみなよ」

「……ここの正社員の仕事を断られたら、気まずくなるかもしれないって……あと恥ずかしいし」

「恥？　あんたに恥の概念があると思わなかった。子供の頃から人生をすべてさらけ出して金を稼ぎ、それでも足らずに生活保護まで受け取ってた親に育てられたのに。そういうところはもう少し、母親を見習いな」

天使は思わず、少し笑った。こんなところで母親のことが出てくるとは思わなかった。

「恥ずかしいのが嫌なら、今ここでやめることだ。言っとくけど、その程度の恥ずかしさなんてすぐに忘れるくらい、つらいことや恥ずかしいことがこれから待ってるんだよ」

「えええ、そうなんですか」

「ゼロからお金を稼ぐっていうのはそういうこと。覚悟しておくことだ」

そう言うと、光子はまた、天使の手元のメモ帳を指で叩いた。

「さあ、続けるよ。次は一番の難関、だけど、ここを制すればあとは楽だよ」

「なんですか」

「食費だよ。毎日、何を食べているんだい？」

「だから、別に、そんな特別お金をかけてるわけじゃないですよ」

一人で外食はしないし、外で酒を飲む習慣もない。ホストクラブは、キャバクラ時代に数回行ったが、まったくはまらなかった。どこか軽薄な言葉を重ねる彼らが、父や兄たちに似ていて怖かった。

「そういう時には一つ一つ考えてみるしかないね。朝は何を食べているの？」

「パン……とかですかね」

「食パンかい？」

「いえ、あの、コンビニのサンドイッチとか菓子パンとか……」

「今朝はなんのパンを食べた？」

「ええと……ハムとレタスのサンドイッチ、あれ、好きなんです。それから、新製品の激辛カレーパンていうのがあったんでそれを買いました」

「じゃあ、両方で四百円くらい？」

「そうですね」

「昨日の朝は？」

「ええっと……」

なかなか思い出せなかったが、光子に強く促されて、やはり新製品の生クリームがたくさん入ったクリームメロンパンと大きなメンチカツが入ったパンを食べたことを思い出した。

「それも両方で四百円くらいだろ？」

「はい」

「じゃあ、朝食は毎日四百円くらいなんだね。昼は？」

「昼はやっぱり、コンビニでおにぎりとなんかおかずを買います。お弁当を買うことも多いです。パスタとかおそばとかの時もあります」

「四、五百円くらいだね」

「はい」

「飲み物は」

「毎朝、コンビニに行った時一本くらい、買います。でも、コンビニのプライベートブランドのが多いです。少し安いから」

あたしだって、そんなに無駄遣いはしてないですよ、という顔で光子を見返したが、彼女は苦虫を嚙みつぶしたような表情を崩さなかった。

「夜は？」

「夜もコンビニかスーパーのお弁当が多いです。幕の内みたいなやつ」

「じゃあ、まあ五百円くらいか。外食はしないの？」

「ラーメン屋くらいなら一人で入れるけど、他はちょっと無理」

「ラーメンでも八百円はするよね、週に何回くらい？」

「一回か二回くらい」

「夜、家で晩酌する？」

「夜のお弁当を買う時にストロングゼロを買います。でもそんなに高くないですよ。百円ちょっとでよく酔えるので……あたし、そんなに」

さらに言い訳を続けようとしたが、光子はそれを遮った。

「スマホを出して」

光子は、天使に計算機アプリを開かせて計算させた。

「朝が四百、昼が飲み物を入れて五、六百円、夜が五百円に酒が百円」

「一日、千六百円くらいですね」

実際にはもう少しかかることもある、と心の中で天使は思ったが、怒られそうだから口には出さなかった。

「それに、三十をかけると？」

「四万八千円です」

「消費税を入れると？　ここはまとめて八パーセントで計算しよう」

「……五万一千八百四十円です」

「それに、たぶん、ラーメンを四回は食べてるね。三千二百円に消費税で三千五百二十円を足して」

光子は計算機もなしに、テキパキと計算した。

「五万五千三百六十円です……」

息を呑《の》む。五万以上も食費に使っているとは思わなかった。

「家賃六万五千円に食費が五万五千三百六十円なら、それだけで十二万三百六十円、それに光熱費、スマホ代が二万、残りは一万もない。そりゃ、給料日前には金がなくなるよ」

思わず、ため息をついた。

「このままでは無理だ。引っ越しが必要だ。だけど、引っ越しする金もないんだよね？　だったら、まず、食費から削るしかないね」

そして、天使に、次に来る時に買ってくるもののメモを渡した。


「久しぶりね」

なんだか、目を細めるようにして、幸子は天使を見た。

「そうですか」

何かを悟られるのではないかと、天使は目を伏せた。

「先週ぶりですもの、久しぶりじゃない」

「ああ」

幸子には特に含みがあるわけではなく、普通の挨拶のつもりだったのだと気づいて安心して、顔を上げた。

今日の菓子は、駅ビルで買ったというアップルパイだった。焼きたてを売っていると人気の店で、パイ生地がぱりぱりしている。

「おいしい」

思わずつぶやくと、「こういう洋菓子の方がいいのね」と彼女は笑った。

「でも、アップルパイは秋や冬のお菓子だから、季節のものとも言えるわね」

幸子との話も終盤にさしかかっていた。

テレビ局に取材されていた頃とそのあとの小学校中学校時代はほぼ終わり、高校進学から退学、そして家を出てから今までの話を残すところとなった。

これまでも話の流れで高校時代やキャバクラ時代について説明したことはあったが、時間の流れに沿ってきちんと話したことはない。

「高校に入学はしているのよね？」

確認するように、幸子が尋ねた。

「はい。あたしたちも高校は行けるんです」

「なるほど」

「高校は、試験で一文字も書けなくても名前さえ書けば入れるって有名だった公立高校です。もちろん、共通の試験は受けたけど、たぶん、ぜんぜんできてなかったと思います。だけど、入れた」

「そういう学校の人って、皆、不良なの？」

幸子は天使の人生を聞くため、というより、自分の好奇心から出たような質問をした。

「不良の人が多いけど、そうじゃない人も結構、いました。でもそういうのは暗い人たちばっかりです。そういう人たちは小さいグループで固まってるけど、気がついたら来なくなっていました。やめる人が多いんです……あたしはどこに入ろうかと迷っているうちに、学校に行かなくなっちゃった」

「どうしてやめたの？　また、テレビのことを言われたとか？」

「あんまり覚えてないんですけど、とにかく、楽しくなくて。テレビのことはそんなに言われなかったと思う。高校の子たちはあんまり人のことに興味ない感じだった。一部の不良の人たちがクラスで幅をきかせている感じで。その人たちが授業してる先生に授業のたびになんかいちゃもんつけて、先生たちもそれにかかりきりになっちゃってるんです。ぜんぜん授業が進まない。それはいいんですけど、なんか、とにかく、学校全体がざわざわしてて、友達もできないので……」

「やめます、ってきっぱりやめたの？」

「いえ、一年の夏休みが終わった時、なんとなく学校に行きたくなくて、気持ち悪いからって休んでたら、本当にずっと行けなくなって、そのままやめました」

「……親はなんて言ってたの？」

「別に行けとは言わないけど、学校をやめたら家を出なくちゃいけないんだよ、とはずっと言われてました。それは上のお兄ちゃんやお姉ちゃんを見てて知ってたから、別にわかってた。もう、家もそんなに好きじゃなかったし、どっかに行こうかなとは思ってた」

「家を出たのはいつ？」

「その年が明けた頃くらい。学校やめてしばらくぶらぶらしてたけど、正月が終わった頃、ママが『もう、家に置いておけないよ』って言って。そろそろ民生委員さんにもごまかせないよ、って」

「家の人はなんかしてくれたの？」

「どうするの？　とは聞いてきたけど、それ以上は別に何も。あ、パパがパチンコ屋なら寮があるところもあるからそうしたら、って。だけど、ちょっと調べたら、十六歳じゃ雇ってくれないし、募集要項を見たら高卒以上と書いてあったから」

「じゃあ、どうしたの？」

「結局、先に家を出ていた姉の我天使のところに行きました。他にないから。そこで我天使が前に働いたことがあるガールズバーを教えてくれて。キャバクラは隣に座るから十八歳以上じゃないとダメだけど、ガールズバーはカウンターの中に立つから十六歳でもいいんだって。だけど、たいして歳を確かめられたりもしなかったような気がします。あと、店の奥には一応、ソファの席もあって、そこに座ることもありました」

「キャバクラは話すのが得意じゃないから、あんまり好きじゃなかったとか前に言ってたわよね」

「でも、ガールズバーはそういう感じなので、皆、若いんです。お客さんも若いのを目当てに来るんで、あんまり話とかできなくてもよくて。その中でも十六歳というのは若いし、店長には十五って言っていいよ、って言われてたから、なんにも話さなくても、結構、通ってくれるお客さんはいました」

「時給は？」

「二千円。キャバクラとかにしたら安いけど、ただカウンターに立ってお酒を作るだけだから気が楽で、結構、もらえてたし、そんなに嫌じゃなかった」

「だけど、やめるのよね」

「十八過ぎてきたら、だんだんお客さんがつかなくなって……十九になる時、もうキャバに行ったら、って店長に勧められました。確かに、店にはチーママ以外は二十歳以上の人はいなかったから、しかたないなって」

「ふーん」

「あたし、顔が結構老けてるしブスだから、十八だって嘘言っても無駄で。昔から来てる人にはばれてるし」

「なるほどねえ。で、キャバクラへ」

「もう、最悪でした。男の人と話すのが苦手だし、お酒もまあまあしか飲めないし。ガールズバーの子たちより、皆、いじわるなんです。派閥とかすごいし。あたしたち、そんなに指名とかもらえない子は適当に出勤して日給だけもらえればいいかな、って感じで働いてた」

「我天使さんとの生活はどうだったの？」

「お姉ちゃんは時々、彼氏ができて、家に連れ込む時もあったので、そのたびにちょっと気まずかったけど、他に行くとこもないし、ずっといました。だけど、あたしがキャバクラで前より稼ぐようになった頃、お姉ちゃんは別の街のキャバで働いてて、そこのボーイと付き合って彼が家に転がり込んできたので、『もういいかげん一人で暮らしなよ』って言われた。それで今の部屋を探したんです」

「大宮の部屋ね」

「はい。一応、マンションで築五年のワンルーム、六万五千円です。駅から四分ぐらいなんで自分は気に入ったけど、その頃、皆、キャバの子たちは無理していいところに住んでたんで、築五年だったけど、結構、馬鹿にされた」

「でも、他の子たちも同じくらいのお給料だったんでしょ。よく住めたわね」

「あんまりはっきり言わないけど、おじさんとかと付き合ってたんじゃないかな」

「……付き合ってたというのは、あの、お金もらって付き合った、ということ？」

幸子がおそるおそる、という感じで尋ねた。

「たぶん……皆、そういうのはちょっと隠してて、実家が太いとか、彼氏が金持ちみたいな顔をしてたけど、本当はそうだったんだと思う。給料は二十五万くらいでも、同じくらいの値段のブランドのバッグとかも競争みたいに買ってたし」

「そうなの」

「結局、水商売って、見栄《みえ》の世界なんです。皆、見栄を張ってる。太い客、太い実家、太い彼氏……そういうのが自分のバックに付いてるふりをする。だから、ミネアポリスみたいに、自分でナンバーワンになってる人はやっぱりすごいと思う。性格は悪かったけど」

「ミネアポリスって？」

天使は昔、店のナンバーワンだったミネアポリスについて説明した。

「へえ。そういう人がいるんだ……それで、天使ちゃんは十九歳から、今のこの仕事に就くまで、ずっとそのキャバクラにいたの？」

「いえ……そこも三年ぐらいでやめましたっていうか、やめさせられたっていうか」

「理由は？」

「あたしたちみたいなやる気のないキャバ嬢はやっぱり若いことが大切なんで……仕事がどんどん減ってきて、店長から毎日ＬＩＮＥが来て『今日は出勤して』とか『来なくていいです』とか。でも、来なくていい日が週に三回とか四回になって、それだと生活ができないので、店長に言ったんです。もっと出勤させてくださいって。そしたら、一時間くらい説教されて。年齢も上がったし、顔も地味だから頑張んないとダメだよってはっきり言われた。でも、もう、仕事が減ってるのに、頑張りようがない。で、最後は週に一回くらいになっちゃって自然消滅。そのあとはいろんなアルバイトをしました」

「例えば、どんな」

「コンビニとか、ラブホの掃除とか」

「なるほどね」

「ラブホの掃除してた時、そこのオーナーの知り合いって人から風俗の勧誘も受けました」

「え」

メモを取っていた幸子の手が一瞬、止まった。

「行ったの？」

「行きませんでしたけど」

「はあ。よかった」

やっぱり、幸子はそういう仕事は嫌なんだろうな、と思った。

「たぶん、オーナーがあたしを売ったんだと思います。もっと稼げるよ、ってやたら押してたから。あたしがその気になったら、きっとなんパーか入るようになってたんだと思う」

「まるで女衒《ぜげん》ね」

「女衒ってなんですか」

「女の人を紹介したり、風俗の元締めになったりする人」

「ふーん」

「その風俗はどういうやつかってわかってた？」

「はい。大宮じゃなくて、もっと埼玉の奥地だって言ってました。だから、知ってる人には会わないよって。お客さんの部屋に行くやつ、デリヘル」

「……天使ちゃんはそれをどうして受けなかったの」

「嫌いだから」

「何が嫌い？」

「知ってる人とでもするのは嫌いだし、知らない人とするのはもっと嫌いなんです」

幸子は思わず、ふっと笑った。なんだか、緊張の糸が切れたような笑いだった。


次に来る時に買ってこい、と言われたものをレジ袋に入れて、ドアを叩いた。

「ちゃんと買ってきたかい」

「はい、これでいいですか」

テーブルの上に一つずつ、出した。

袋入りのラーメン、もやし、そして、片栗粉、胡椒《こしょう》だった。

「いいね。いくらだった？」

「うーん、千円くらいだったかな」

「え。そんなにする？　高すぎるだろう」

「まあ千円札出して、いくらかおつりはありました」

「だから、それがいくらだったか、って聞いてるの」

光子は天使にレシートを探させた。バッグや財布の中にはなく、レジ袋の底にくちゃくちやになっているのをやっと見つけた。

光子はレシートを見る前に、「ラーメンが五袋入りのパックで二百三十八円、もやしが十九円、片栗粉九十九円、胡椒が九十八円……締めて四百五十四円に消費税三十六円足して、四百九十円……だいたい、そのくらいだろ」と言った。

天使はレシートを確認した。

「……すごい。ほとんど合ってます、四百七十八円」

光子はレシートを引ったくった。

「どこが違う……ああ、片栗粉が八十八円だったか。特売だったのかね」

「ちっ」と、悔しそうに舌打ちする。

スーパーは光子が指定した店ではあったが、物の値段をほぼ覚えているのか、と天使は驚いた。

「すごいですね」

「別に覚えようとして覚えたわけじゃない。自然に入って来ちゃうの。これからレシートはちゃんと取っておきなさい。家計簿をつけろとは言わないから、ノートかなんかに貼っておくといいよ」

もやしの袋の周りに付いていた水滴で濡れているレシートを丁寧に伸ばしながら、光子は天使に渡した。

「これからは買い物したら、覚えるまではしなくていいけど、物の値段を一つずつ意識するんだよ。レシートは貼って、あたしに見せな」

「はあ」

買ってきた物を一つずつ確認すると、光子はデスクの下にもぐって、大きなボストンバッグの中から風呂敷包みを出した。

「それなんですか」

「……秘密だよ」

おどけて、唇に指を当てた。

「本当は部屋の中で煮炊きしちゃいけないって言われてるから、最近は使っていなかったんだけどね」

光子が風呂敷を開いて出したのは電気で調理ができる、ＩＨのクッキングヒーターだった。それに鍋が一つ。

「昔、どうしても温かいものが食べたくて買ったんだよ」

光子はその上に鍋を置き、水を半分くらい入れて沸かした。

「なかなか熱くならないんだけどね……ああ、死ぬ前にもう一度ガスで料理したいねえ」

独り言を言いながら、湯が沸くとラーメンの乾麺を入れて茹《ゆ》で始めた。数分して麺が軟らかくなると、やはりデスクの下のバッグから出した小丼《こどんぶり》と部屋のマグカップに分けて入れた。残った湯に洗ったもやしを入れ、ラーメンのスープの素を入れて溶かした。もやしが茹であがると、ちょっと味をみて「少し濃いめでもいいんだよ」と言いながら、片栗粉を水で溶いて混ぜた。

鍋の中のもやしのあんかけを小丼とマグカップの麺の上にかけた。さらに胡椒をたっぷりとかける。

「この胡椒がポイントなんだ。さあ食べてごらん」

光子は買い物をするたびにもらうのであろう、割り箸を出してきて天使にマグカップとともに渡した。

固めに茹でられた麺にとろりと熱いあんかけスープともやしがかかっている。胡椒が多めなのでぴりりと辛い。

「どうだい？」

光子は自分も麺をすすりながら、尋ねてきた。

「……おいしいです」

「だろ？　おいしいだけじゃない。野菜も入って栄養満点だ。もやしからも出汁《だし》が出てるからスープがうまいんだよ。しかも、とろみが付いてるから腹がふくれる。身体が温まる」

「そうですね」

食べながら、また、尋ねてきた。

「これ、一人分だけ作るなら、いくらになるかわかる？」

「ええと……」

熱いもやしを口に含みながら、天使は視線を上に泳がせた。

「まず、ラーメンは五つで二百三十八円だね」

「はい」

「じゃあ、一つはいくら？」

「ええと……」

「わからないなら、ちゃんと紙に書いて計算しな」

慌てて食べ終えようと、ラーメンをすすり上げたら、口蓋をやけどしてしまった。それを舐《な》めながら計算する。計算式を使うのは何年ぶりだろう。

「今日はスマホを使っちゃダメですか」

「たまには自分で計算してみなよ」

「……だいたい、四十七円……」

「そう。それにもやし十九円を足して。ああ、一人だったら、半分くらいでいいね」

「じゃあ、だいたい九円？」

「そう。まあ、片栗粉と胡椒はのぞいていいよ」

「四十七足す九は五十六円」

「それに、消費税を足しなさい。細かいと思われるかもしれないけど、いつも税金を意識するようにした方がいい。それは商品の値段に含まれるものではなくて、あんたが国に納めるお金だと言うことを忘れないようにね」

「はい。じゃあ、全部で六十円くらいですね」

「一食、六十円で、お腹も膨れるし栄養もとれる。五百円もするコンビニ弁当を食うよりずっといいだろ？」

「はい」

投資を教える前にラーメンの作り方を教えることになるとは思わなかったよ、と光子はうっすら笑った。

「それから給料日になったら、とにかく、まず米を買うんだよ。二千円以下で五キロは買える。それさえあれば、たぶん、一人、一ヶ月くらいなら食べられるはずだ。お金もなんにもなくなっても、米さえあれば、人生はなんとかなる」

「うち、炊飯器がない」

「じゃあ、どっかリサイクル店かなんかで買うか……鍋はある？」

「はい」

「じゃあ鍋で炊く方法を教えてあげる。なに、慣れたらそっちの方が早いくらいだからね」

光子はまた笑って言った。

「あんたには何から何まで教える必要があるね」

前から、自分の物知らずを笑う人間は苦手だった。苦手を通り越して、恐怖を覚えたし、憎みさえした。だけど、不思議と光子のことは気にならなかった。

いったい、何が違うのだろう、と天使は部屋を出ながら思った。手に持ったバッグの中にはラーメン二袋と片栗粉半分をポリ袋に分けてくれたものが入っていた。光子がそれ以外は「教え賃だよ」と言って取っていった。

ホテルを出るあたりでふっと気づく。

彼女は料理を教えながら、とても楽しそうだった。だから、あまり気にならなかったのかもしれない。

それから、天使は光子の部屋に行って、家計管理の仕方と料理を習うようになった。鍋で米を炊く方法と味噌汁の作り方を習い、おにぎりの作り方を習い、高いスマートフォンの会社を解約した。

朝は一斤七十八円のパンと一パック百円の卵を買ってトーストと目玉焼きにした。昼は自分で握ったおにぎりを食べ、夜はやっぱりご飯ともやし、豆腐や納豆、鶏の胸肉で作ったおかずを食べた。

パンの朝食もまた、光子からの勧めだった。

「昼と夜はご飯を食べるとして、朝はパンを食べたらいけないですか」

菓子パンや調理パンをずっと食べていた天使には、朝からお米を食べるのが面倒だったし、胃にも重い気がした。

「いいよ」

光子は即座に言った。

「昔、コンビニやスーパーで買えるものの中で、一番カロリーをとれるものは何かなって考えたことがあるよ」

「へえ」

光子と話していて気がつくのは、彼女がいつも何かを考えていることだ。いつも何かを考えていて、必要であれば計算をしている。

「どう思う？　例えば、百円で買えるもので、一番簡単にカロリーをとれるのはなんだと思う？　この際、消費税はあんまり考えないでいいから」

「うーん、チョコレートとか」

光子は少し笑って、「まあ、考え方としては悪くないね」と言った。

「家庭科の授業で習わなかった？　一番カロリーが高いものは脂質、つまり油だよ。これが一グラム九キロカロリーで、砂糖やお米に含まれる糖質の倍のカロリー量になる。だから、甘くて油をたくさん含んでいるチョコレートは、百グラム五百六十キロカロリーくらい。だけど、一枚百円くらいの板チョコは五十グラムくらいしかないから、二百八十キロカロリーしかない」

「じゃあ、油ってことですか」

「サラダオイルやごま油は確かにカロリー高いけど、百円単位じゃ売ってないし、それをそのまま飲むわけにもいかないだろ。化け猫じゃないんだから」

「なるほど」

「だからさ、いろいろ考えて、一番カロリーが高いのは食パンじゃないかって思ってる。あれは一袋、百円どころか、スーパーなら八十円で買えることもあって、千キロカロリー前後あるんだよ。簡単に食べられるしね。朝にはもってこいだ」

光子はそれに、卵の調理法、ゆで卵や目玉焼きや炒《い》り卵の作り方を教えてくれた。天使の部屋に一応、オーブン機能付きの電子レンジがある、と聞いて、パンの上にマヨネーズで枠を作ってその内側に生卵を割り、焼くだけで作れる、卵トーストも教えてくれた。

自炊で食費は劇的に下がった。通信会社を格安に換えて、七千円が浮いた。最初の月に三万以上のお金が残った。

光子はそれを天使の銀行の定期預金に入れさせた。

「なに、今は定期だってたいした利回りじゃないが、とりあえず、手に取れないところにあった方がいいからね。でないと、気がついたら使ってしまうから」

光子は天使に定期預金に預ける方法と、意味を説明してくれた。

「銀行さんはあんたが預けたお金を、別の人に貸して、そこから利子をもらうことで増やしてるんだよ。だけど、あんたみたいにもらった給料をすぐに使ってしまう、つまり銀行からおろしてしまう人ばかりだったら、他の人に貸しても落ち着かないだろう？　だから、長く預金してくれるって約束してくれる人には少し多めにお金をくれるのさ」

天使がぼんやり聞いていると、いらだったように「わかった？」と言った。

「まあ、なんとなくは」

「しっかりしてよ。あんたもそのうち、銀行さんからお金を借りるんだよ」

「え」

そんなことは聞いてなかった。

「融資を受けるっていうのはそういうことなんだよ」

天使がまだ頭をひねっていると、さらに言った。

「例えば、五千万のアパートを買うとする。でもあんたにはそのお金はない。だけど、アパートには十部屋あって、一部屋から毎月五万の家賃を取れるとする。満室になれば毎月五十万の利益が入るよね？　だから、銀行さんに毎月、その中から三十万ずつ返します、って約束する」

「は……い……」

「そしたら、あんたの手元に残る金はいくら？」

「……二十万ですか」

「そう。銀行の融資を受けて、アパートを買えれば、あんたはもう、何も働かなくても毎月二十万ずつお金がもらえるってこと。しかも、何年かしてアパートを売ったら、また利益が出る……かもしれない。うまくすれば買った時より高く売れるかもしれないからね。それはまだわからないけどね。まあ、それが投資ということさ」

はっとした。光子が言っていた、金持ちになる方法というのはそういうことか。

「すぐ買いたいです！　どうしたらできるんですか！」

「だから、それをこれから教えるんだろ。今はざっくり言ったけど、実際にはアパートを買ったらまず税金がかかる。ものを買っても売っても税金がかかる。家賃をもらっても税金がかかる。建物や土地を持ってるだけでも税金がかかる……とにかくなんにでも税金がかかる。他にもいろいろ金がかかる。不動産屋にも司法書士の先生にも手数料を払わなくちゃならない。それに建物だってどんどん古くなっていく。屋根や壁を直したり、給湯器が壊れたり、クーラーが壊れたり……そのたびに大家のお金がなくなるんだよ」

「ああ」

「それに、店子《たなこ》だっていつまでも住んでくれるわけじゃないからね。気まぐれに出て行く。そのあとは汚れた部屋が残る。なに、一応、敷金礼金から直すことになってるが、今はどちらもかからない部屋が多いし、たとえ、多少の金額をもらっててもそれだけじゃ直らないことも多い」

「うわあ」

「中には家賃を滞納する店子も出てくる。だけど、日本の法律じゃあ、簡単には追い出せない。そうすると何ヶ月も滞納されたあげくに荷物を置いたまま逃げられたりもする。その荷物を処分するのにも、許可や裁判がいることもある……さっきは月に二十万もらえると言ったが、実際にはそんなに残らない」

「じゃあ、ダメじゃないですか」

光子はふっと笑った。

「そうだよ。だから、得になりそうな物件を探し、店子を選ぶのさ」

光子は居住まいを正した。

「ひどいことばかり言ったけど、なんだかんだ言っても、不動産は儲かる。そんなにたくさんは儲からないけど、そこそこは儲かる」

「どうして皆はやらないんですか」

「知らないからさ。ほとんどの人は人生や金を俯瞰《ふかん》で見てない。目の前の金だけを追いかけている。それにね、世の中の人はそんなに金を持ってない。あんたのようにね」

天使には光子の言っていることがすべてはわからなかった。それでも気になったことを尋ねずにいられなかった。

「銀行は貸してくれるんですか、あたしなんかに」

「だから、信用をつけるんだよ。お金を貸しても、ちゃんと返してくれる人間かどうか、向こうにわかってもらうのさ。正社員になるのもその一つ。毎月、決まったお給料が振り込まれる、ちゃんとした人だっていう」

「ああ、そういうことだったんですか」

「とにかく、これから同じように毎月、お金を貯めて、まずは引っ越しを考えよう。ここからいくつか行ったところにB駅があるだろ」

光子が言った駅の名前は知ってる。降りたことはない。

「はい」

「あそこは前は東京の大学の教養学部があったけど、最近、学生が少なくなって都内に移転したんだよ。学生を目当てに建てた、ワンルームのアパートが腐るほど空いてるから、それを借りなさい。たぶん、駅から少し離れたところならそこそこ新しい部屋が二、三万で借りられるから」

光子はてきぱきと言った。不動産のこととなると、急に口調が生き生きする。

「そんなに安いんですか」

「ああ。だからね、ああいう、大学とか会社とか、大きなものに頼った投資はいけないんだよ。それがなくなった時に一瞬でゴミになる……まあ、あんたはそういうのをうまく利用し、自分はそこから学べばいい」

「はい」

「今月はまず、先に三万円を貯金しな。給料が出たら、まず定期預金に入れちゃうの。先取り貯金ていうんだよ。三万はないものとして生活する」

「そんなこと、できるでしょうか」

「できるはずだし、やってもらわなくちゃいけないんだよ」

それから、光子は天使がノートに貼ったレシートを一つずつ見ながら、家計をチェックし、無駄を指摘した。

先取り貯金と光子の厳しい監視のおかげもあり、次の月にはさらに一万、合計四万の貯金をすることができた。

冬になる頃には、天使は十万以上の貯金ができた。そんな大金を、給料の他にまとめて持つのは初めての経験だった。

その間、光子は一度も外に出なかった。

天使が部屋に出入りするようになっても、光子の様子は、端《はた》からはほとんど変わらないように見えた。ホテルの外には出ず、部屋の掃除もさせなかった。天使が部屋に入る時は絶対に誰にも見られないように、と何度も釘《くぎ》をさした。

十万ができると、光子は言った。

「さあ、あんたが住む物件探しをしよう」

そう高らかに宣言する光子は、むしろ楽しげだった。

光子に言われた通り、B駅前のアパートを検索してみると、出るわ出るわ、二万円台の部屋がぞろぞろと表示された。

いわゆる第二次ベビーブーマーたちが大学生になる頃に建てられたと思われる築三十年前後、広さは六畳から八畳くらいのアパートがたくさんある。狭いなりに特色をつけようと風呂トイレ別だったり、小さな玄関の脇に狭いシューズクローゼットが付いたもの、ベッドルームになるロフトが付いているものだったりがあって、なかなかの品揃《ぞろ》えだった。

光子に見せて、中でも設備が良く、駅まで十五分以内、できたら十分以内の物件をピックアップした。

次の休日にでも内見してくる、と約束し、部屋を出ようとすると、光子がどこか浮かない、何かを迷っている顔をしていた。

「どうしたんですか」

尋ねると、「うーん」と言いながら首をひねった。

「何か……」

「あんただけで大丈夫かねえ」

小さな声でつぶやく。

「大丈夫って？」

「不動産屋っていうのは、皆、海千山千の連中だし、Bのアパートはきっと昔からの地主や農家の土地を、不動産屋の勧めでアパートにしたようなのが多いはずだよ。だから、大家と不動産屋の結びつきは想像以上に強いだろう。部屋の瑕疵《かし》や不具合をうまく隠して、紹介されるんじゃないだろうか」

「……気をつけます」

「部屋や立地っていうのはね、実際見ないとわからないもんなんだよ」

そして、たった今、気づいたように、ぽん、と手を打った。

「やっぱり、あたしが行くしかないかね」

「え」

最近はホテルから、どころか部屋からも出なかった光子なのに、不動産のこととなるとどこか食指が動くらしい。

「一緒に行ってくれたら、ありがたいけど」

天使はためらいがちに言った。

「いいんですか」

「しょうがない。心配だもの」

「本当に？　大丈夫？」

「まあ、しかたないよねえ」

腕を組み大きなため息をついて見せたけど、少し楽しそうだった。


次の休日、天使と光子はB駅の改札口で待ち合わせをした。

ワンピースに見覚えのあるビーズのバッグを持った光子がちんまりと立っているのを見つけて、天使は駆け寄った。

「大丈夫でしたか」

「子供じゃないんだよ、一人で来られるさ」

光子はむくれて、歩き出した。

「だけど、ずっと外に出てなかったし」

「実はホテルを出る時、フロントに見つかっちゃってさ」

光子は「ちっ」と舌打ちをする。

「『綾小路さん！　どこに行かれるんですか！』って大騒ぎさ。あたしが出かけたら悪いのかって」

光子の足取りはしっかりしていた。心配していたけど、意外と弱っていない。

「そりゃあそうだよ。弱らないように、夜な夜な、ホテル内を歩いてたから」

光子が夜、徘徊していると噂になったのはそのためだったのか、とやっと腑に落ちた。

一軒目の不動産屋は地元に密着したタイプの店で、小太りの中年男が担当してくれた。天使がチェックしてきた部屋をスマホ画面で見せると、同じものをＡ４用紙に印刷してきてくれ、さらに近所で同様の物件をいくつか見せてくれた。その中で条件の良さそうなものを選んで、彼の運転する軽自動車で内見した。

駅から八分、風呂トイレ別、家賃二万八千円。部屋は六畳間にクローゼットと少し狭いが、築年数の割に見た目は新しいアパートを見せてもらっていた時のことだった。光子はアパートの裏に回り、「あ」と声を上げた。

「なんですか」

不動産屋が尋ねると、「ここ、プロパンガスじゃないか、チラシには書いてなかったね」と言った。彼女はプロパンガスの大きなボンベを見ていた。

「はあ……そうなんですが。いけませんか」

彼は困ったように答えた。

「だから、安いのかね」

「でも、このあたりの部屋はほとんどそうですよ」

光子は答えずに小さく鼻を鳴らした。

実際、そのあと見た部屋は、築四十年以上で徒歩十三分の部屋以外はどこもプロパンだった。

「プロパンだとガス代が高いからねえ」

不動産屋は大家に家賃交渉もする、少し安くなると思う、と言ったが、光子はなかなか首を縦に振らなかった。

二軒目の不動産屋はテレビでもコマーシャルをたくさん打っているような大手不動産会社の支店だった。

前と同じように天使が事前にチェックしていた部屋を見たい、と受付で伝えた。たまたま若い男性店員が空いていて、すぐにチラシを印刷してくれ、さらに、同じような物件を何件か出してくれた。

それを二人で見ていると、ふっと奥の個室から中年男性が出てきた。天使たちの前に座っていた若い店員に何かを耳打ちする。電話の言付《ことづ》けのような感じだった。彼はそれが終わると、天使たちに「失礼しました」と言って軽く会釈して奥に引っ込もうとした。その時、ふっと彼の目が光子を捉えた。

「あれ？」

彼がまじまじと光子の顔を見る。

「佐藤《さとう》さん？　佐藤さんじゃないですか？」

それまで物件紹介のチラシを見つめていた光子が顔を上げた。

「やっぱり、佐藤さんだ。いや、お久しぶりです。博多《はかた》でお世話になった、高橋《たかはし》です。高橋光一《こういち》です。あの頃は博多に勤務していましたが、こっちに戻ってきたんです」

天使は驚いて、彼と光子の顔をかわりばんこに見つめた。

光子は最初、ぼんやりと彼の顔を見ていたが、だんだんに顔色が白くなっていった。明らかに動揺していた。いや、動揺なんてものではなく、驚愕し、怯えてさえいた。

「……すみません、存じ上げませんが」

やっと出た声は、かすれていて小さかった。

「もしかして、お忘れですか。僕、あの頃、若かったし、上司のお供で何度か内見なんかに同行しただけなんで。あの頃は、確か、山城《やましろ》がお世話になってましたよね。佐藤さん、いつも物件持っていらっしゃって、すごかった」

「……いえ、本当に、知りません」

「え」

彼はまたまじまじと光子を見つめた。彼女は何かを恥じるように、自然に顔を伏せた。

「どなたか存じませんが……本当に知りません」

「あ、そうですか……じゃあ、僕の勘違いかもしれません。すみません」

高橋と名乗った男はわずかに首をひねりながら、奥に入って行った。

若い担当は少し困ったような顔で「なんかすみません。失礼しました」と言い、すぐに話を元に戻した。

「では、まず、日村さんが探されてきたお部屋ですが……」

彼があまり気にしていないようなのがありがたかった。

「今からでも見に行けます。そのあと、別のもいくつか見ますか」

「……ごめんなさい。今日は無理だわ」

光子がささやくように言った。

「え」

天使は声を上げた。

「ごめん、あたしは無理だわ。二人で行ってきてちょうだい」

そして、返事も聞かず、光子はよろよろと立ち上がった。そして、そのまま店の外に出て行った。

「光子さん！」

天使は、若い男に「ごめんなさい。一緒じゃないと決められないので、また来ます」と断って、光子のあとを追った。

店を出る時、もう一度、後ろを振り返ると、高橋と名乗った中年男性が奥から顔を出して、光子と自分を見ていた。その目を見て、何かを確信した。

「光子さん、大丈夫ですか」

ふっと自分が、彼女を名前で呼んでいることに気がついた。それは、あの男が呼んだからだ。綾小路を「佐藤」と。

光子は驚くほど健脚だった。今までとは違う早足で自分の前を走るように歩いて行く。駅に向かっていた。

「光子さん！」

その名前が正しいのかもわからずに、ただ追った。

心の中でなぜかわかっていた。

たぶん、「綾小路」も「光子」も違うのだと。「佐藤」というその平凡な名前が、彼女の本当の姿に近いのだろうと。

高橋の目を見て、わかっていた。


大宮に帰る電車の中でも、光子は何も話さなかった。

ホテルになんとか着くと、よろよろと自分の部屋に向かった。フロントに立っていたマネージャーの酒井は天使が光子を抱えるように歩いているのを見ると、慌てて中から出てきた。

「大丈夫ですか」

「あ、あたし、ちょうど、外で光子さんに会って」

天使はとっさに、そう言い訳した。

「それはよかった」

一緒に部屋まで送っていくと、酒井はドアの外までしか付いてこなかった。天使だけが中に入って、光子をベッドに横にならせた。

彼女は小刻みに震えていた。

「寒いですか。着替えますか」

彼女が首を振ったので、上に毛布だけかけた。

「お水でも飲みますか」

また、首を振る。

事情を聞きたいところだけど、たぶん、今尋ねても何も答えないだろうと思った。

「明日、朝、また見に来ます。何か欲しいものがあったら言ってください。あと、なんかあったら、電話してくれてもいいです、買ってきますから」

出て行こうとする天使に、光子がおいでおいでをするように手を振った。

「なんですか」

ベッドに戻って、彼女の顔に耳を近づけた。

「少し前のことだよ……ニュースを見たんだ」

「なんのニュースですか」

「あの女の」

光子の声はかすれていた。

天使は驚いた。光子は話そうとしているのだ、とわかった。今、彼女は何かの事情を自分に話そうとしているのだと。

ベッドの脇に椅子を持ってきて座った。

「話してて大丈夫ですか」

この時を逃したら、きっともう話してくれることもないだろうと思ったけれど、尋ねずにはいられなかった。光子は小さくうなずいた。

「このまま誰にも話さなかったら、たぶん、朝まで寝られないと思う……怖くて、いろいろ考えてしまって」

「怖いんですか」

「……博多でビルの間にはさまれた女の死体があったの、覚えているかい？」

「え」

覚えている、どころか、そんな事件があったことさえ知らない。

「ネットで検索してごらん」

言われた通り、天使はスマホを出して検索した。

光子が言ったことは本当だった。一ヶ月ほど前に、博多の雑居ビルと雑居ビルの間、三十センチほどしかない隙間に、老女の死体がはさまっていたらしい。

「げ、きも」

思わず、声が出た。

「小城昌子《おぎまさこ》の死体だよ」

「え、知ってる人なんですか」

「……ああ。話したりしたことはそんなにないけど、何度かパーティとかで会ったことがある」

「へえ」

「九州で、いや、日本全国でも女の大家、不動産投資家なんてそういないからね……お互い顔くらいは知ってるんだよ。昌子はね、一時は本当に羽振りが良かった。あの人は生まれながらの大地主なんだよ。あたしみたいに地べたを這《は》いずって、金をかき集めて物件を買う人間とは違う。代々、あのあたりの一等地の土地を持っていて、地代だけで使い切れないほどのお金が入ってくるんだ。一人娘だから親が死んだら、独り占めさ。二親は割に早く亡くなって、あの人が博多の街を若い不動産屋たちを引き連れて、毎晩飲み歩いていたのを、何度見たかわからないよ」

天使は、光子の声がさらにしゃがれてきたのを見て、洗面所で水をくんで飲ませた。今度は素直に、子供のように喉を鳴らして飲んだ。

「はあ。ありがと。とにかく、すごい羽振りだった。昔は博多の高級ホテルで年末に、不動産業者主催のパーティがあったんだよ。今もあるかもしれないね。会費を二万も三万も取ってさ。でも、そのパーティに出ることが、不動産関係者の一流のあかしみたいになってたから、あたしも何回かしかたなく出たよ。行きたくもないけど、銀行さんに挨拶もしないといけないしね。まあ、そういう席でもあの人は一番、華やかだった。毎年、新しい着物を着ていて、若い男を引き連れて……ただ、いつからだろうね。六十過ぎた頃からかな。毎夜、一人で酒を飲んでるって噂があったり、地代をいっせいに上げるって言い出して、総スカンを食ったりね。十年くらい前に自分の土地に一棟マンションを建てるって、趣味の悪いマンションを建てて、それが失敗したとか……」

「へえ」

「……あたしもこっちに来ちゃったから、もう忘れていたけど、そのニュースを見て驚いたんだ。あの人、どうも最後は死体があった場所の近くのウィークリーマンションに住所を移していたらしい。そして、代々の家の土地の登記が変わってた」

「登記ってなんですか」

「登記というのは土地の戸籍みたいなもんだね。土地を売ったり買ったりすると、書き換わるんだよ。あの人が自宅からウィークリーマンションに移った頃から、それが全部、他の人に移っていた。数ヶ月前から行方不明になっていて、そして、死体が見つかった」

「売ったんでしょうか」

「さあね。でもどう考えてもおかしいのに、結局、警察は『事件性はない』って判断したって」

光子はごくりと唾《つば》を飲み込んだ。

「そんなことあるもんか。そんな細いところに死体がはさまれてたのがおかしいし、土地が全部なくなってるのに、貯金はまるでなかったというし」

「確かに」

「しかし、心から怖いのは、それなのに、事件性がないってされてることなんだ。老女が一人死んだくらいじゃ、警察は動かない」

天使はやっとわかってきた。

「……光子さんもそうなるかも、ということ……?」

「あたしが?」

「光子さんもそうなるかもしれないって、怖くなったんですか」

「あんた、はっきり言うねえ」

光子はやっと少し微笑んだ。

「あたしにはもう、あの人ほどの財力も土地もないけどね……」

「そうなんですか」

「がっかりしたかい」

「いえ、最初からお金があるとは思ってなかったんで」

「だけど、あんたはまだあたしに利用価値があると思うんだろう？」

「え」

「少なくとも、利用価値がある間は、あたしの面倒を見てくれるだろうし……一人くらい、守ってくれる人がいる方がいいと思ったんだよ。昌子みたいになりたくない。だから話した」

「そうだったんですか」

「それに、あんたもあたしも、家族には恵まれなかった。だから」

「……家族と何かあったんですか」

光子はそれには答えなかった。

「さあ、そろそろ寝かしてくれ。朝はおにぎりでも買ってきてくれたらありがたいよ」

そう言って、光子は目をつぶった。

天使は部屋の外に出た。

フロントの前を通る時、酒井が心配そうにこちらを見ていた。

「綾小路さん、大丈夫そう？」

「はい。水を飲んで寝たので」

天使はフロントに近づいた。

「あの」

「何？」

「……正社員雇用の話、聞いたことありますか」

「正社員？」

「ここの清掃会社の……」

天使はフロントの横に、今も貼ってある、募集要項を指さした。

「あそこに正社員登用制度ありって書いてありますけど……あれって、ただの……嘘というか、ただ書いてあるだけのことですか」

「名目上の募集なのかどうか、ということ？」

「あ、はい」

「いや、そんなことないと思うよ……日村さん、正社員になりたいの？」

「あ。はい」

顔が熱くなった。恥ずかしかった。

「いいんじゃない？　僕から聞いてあげようか」

「いいんですか」

彼は一つうなずいて尋ねた。「日村さん、いくつだっけ？」

「二十四です」

「だったら、向こうも喜ぶと思うけど……今、人手が足りないのはどこも同じだし」

「本当ですか」

「あそこがダメなら、うちも一応、人を募集してるよ」

「え……あたし、高校中退なんですけど」

「そうだったよね。うちも一応、そういう規定みたいなのはあるけど、そんな大きな会社でもないからね。知り合いなら関係ないよ。うちで就職することも考えてみたら？　僕もちょっと上に聞いてみてあげる」

あまりにも急に話が進んで、天使はぽかんとしてしまった。聞いてみるものだ。天使の周りはあまり進もうとしない人たちばかりだった。何かに進んだり努力したりすると、笑われたり馬鹿にされたりする。だけど、そうでない人もいるし、褒めてくれる人もいるのだ、と思った。

「……ありがとうございます」

「いいよ、こちらこそ喜んで」

天使はホテルを出て、歩き出した。できたら、明日、光子に確認を取って、今日見た中で唯一プロパンガスでないアパートに決めてこよう、と思った。

6

天使《えんじえる》がホテル・フロンの正社員となって、半年が過ぎた。

ホテルの支配人と清掃会社が話し合って、天使は午前中から午後三時頃までは清掃の仕事をし、三時過ぎからは紺の制服を着て、フロントに立ったり、廊下や給湯室などの共用部分の清掃をすることになった。

フロント以外、仕事はそう変わらず、毎日、八時半から午後六時くらいまでの勤務だった。夜勤は男性社員中心なのと、天使は朝の掃除が主な仕事なので今のところ頼まれてはいない。今後は可能性がでてくるかもしれない、と言われていた。

正式に健康保険と厚生年金に加入し、保険証と年金手帳というものを生まれて初めて自分の手に持つことができた。給料の支給額は二十万近くまで上がっても健康保険と年金、税金などを引かれて、手取りは一万ほど上がっただけだった。

「お給料、そんなに変わりませんね」

最初の給料日に明細書を光子に見せると、彼女は笑った。

「でもね、その保険と年金、正社員という身分があんたを守ってくれるんだよ」

「保険証は病院に行けるってことですよね、でも、年金は？」

「あんたが万が一、事故に遭ったり、病気になったりして、障害を持ったりしたら、ちゃんと年金が出るんだよ」

「え、年金て、お年寄りにならないともらえないもんじゃないんですか」

「違うんだよ。だから、若くても払わないといけないんだよ」

不動産屋での一件から、光子はまた部屋から出なくなっていた。ただ、天使に買い物を頼んでくれるようになった。

「あんたを信用しているわけじゃない」

千円を手渡しながら、光子は辛辣《しんらつ》に言った。

「あんたの、ホテル・フロンの社員という立場を信用しているんだよ。それを心に刻みなさい。あんたがその千円をネコババしたり、あたしに何かしたら、ホテル・フロンがなんらかの責任を取るんだ。正社員というものはそういうことなんだよ」

「わかりました」

正社員というものはどういうものなのか、という光子なりの教訓を自分に叩き込んでいるつもりなんだろうと思いつつ、自分は逃げる時は逃げるだろう、と内心、思った。

正社員になったことを、山田がどう思うのか、ということが一番気になっていた。天使が

「実は社員になれないか、マネージャーさんに頼んでみた」と言った時には「そうなの⁉　頑張ってよお！」と一緒に喜んでくれた。

けれど、本当に社員になると態度が変わった。

「……社員さんと働くのか、私。正直、やりにくいかも」

「すみません」

天使が思わず謝ると、山田はそのあと、口数が少なくなった。しかし、次の日の朝、彼女は急に宣言してきた。

「ね、日村さん」

「はい」

「私も挑戦する」

「え」

「正社員になれないか、私も聞いてみる」

山田はにこっと笑って見せた。

「昨日はごめんね。やりにくいとか言って……私、ちょっと嫉妬したんだよね。家に帰って息子に話したらさ、お母さん、それ嫉妬だよ、って言われて気づいちゃった。そんなに羨ましいなら、お母さんも挑戦したら、って」

そして、実際、その日のうちに支配人に話したようだった。

ホテル・フロンには「日村さんを社員にしたばっかりだからね」と断られたが、支配人たちの口利きもあり、山田は清掃会社の方で正社員になることができた。

彼女はホテルの掃除以外にも、他のビル清掃に行ったり、パートの初心者の指導係も務めるようになった。

「本当に正社員とパートのどちらが得かってわからないよね」と彼女は多少の文句を言いながらも、表情が明るかった。

「仕事は増えたけど、責任も増えた。でも息子は喜んでる」

続けてそうつぶやいたのでそう悪く思っていないようだった。彼女の笑顔を見ながら、この人を以前には、ここから追い出そう、罠にかけて陥れよう、と考えていたのだと思い出した。いったい、自分はなんてことを計画していたのだろう、と思ったら自然に笑えてきた。

「何？　何がおかしいの？」

「いいえ」

いぶかしげに尋ねる山田に答えずに、彼女に気味悪がられるくらい、いつまでも笑っていた。

午前中だけは、前と変わらず、天使と山田で一階の老人たちの部屋を掃除する。

正社員になったばかりの頃は「へえ。正社員様なんだねえ」と言っていた民子たちも、日が経つにつれて、二人に嫌みを言うことは少なくなった。なんと言っても、自分は正社員なのだということを、そんなことからもじわじわと実感した。確かに、光子の言う通り、自分たちは何かに守られている。

「とにかく、三年だよ。どんな投資をするにしても正社員を三年くらい続けないと、融資は受けられない。それまで貯金を続けることだ」

部屋は、家賃二万七千円、六畳一間、築四十年、駅から十三分のところに移った。ロフト付きで、そこに布団を敷いて寝ている。ベッドを買う前でよかった、と心から思った。朝、三十分早く起きて、駅まで歩くのがつらい。でも、自分の貯金額を見るとなんとか頑張れる。

給料十六万、家賃二・七万、食費一・五万、スマホ代三千円……月に八万以上貯金ができるようになった。毎月、貯金が増えていく。

「もう少し、投資について考えてもいいんじゃないだろうか」

「だって、最初に貯金がないとできないんじゃないですか」

「それは不動産の話。それ以前の株とか投信とか……あたしはそういうの、苦手だけど、今は他にもいいものがあるって聞くから、教えてもらったらどうかね」

「誰に？」

「ほら、ここにもいるだろ、投資家が」

「ああ、大木さんですか」

光子に言われ、天使は大木利春の部屋に出向くことになった。

天使は光子が書いた手紙を持って、一〇四の部屋に行った。

あの人は株取引をしているから、一番いいのは十一時半から十二時半までの東証の昼休み、外にご飯を食べに行ったあとだろう、とアドバイスされて素直に従った。

十二時二十分にドアをノックすると、爪楊枝《つまようじ》を口にした大木が顔を出した。

「なんですか」

彼は目を細めるようにして、天使を見た。どこか用心している表情だった。

「あの、これ……読んでください」

光子の手紙を手渡すと、大木は「ん？」と首をひねりながら開いた。そこには、光子の字で「この子に投資を教えてやって欲しい。正社員になったばかりだから、あまりリスクのない投資はないだろうか」という内容が簡単な文面で書いてあった。

「ふーん。あなた、正社員になったの？」

あまり、ホテル内の人と付き合わず、口数も少ない大木は知らなかったようだ。

「あ、はい。このホテルの社員になりました」

「だから、最近、ホテルの制服を着てるのか。なんだか、様子が違うなあと思ってたんだよ」

他人に関心がなさそうな大木もそのくらいのことには気づいていたらしい。

「……じゃあ、三時過ぎに来なさい。自分は夕方になると寝てしまうから」

「あの、一応、社員なのでその時間は仕事中なのですが、三時台に三十分くらい、休憩をもらえるのでその時間でいいですか」

「そうね。三十分なら、二、三日通ってもらえれば、だいたい教えられるかな。むずかしいことは特に何もない」

「本当ですか！　ありがとうございます。よろしくお願いします」

大木は天使に、その時、預金通帳かキャッシュカード、はんこを持ってくるように言った。

「あたし、何もお礼できないですけど」

「これは、まあ、正社員になったお祝いだな」

「いいんですか」

「そう言っておいて、綾小路さんにも」

部屋に戻って、大木の言葉を伝えると「え、通帳を持って来いって？」と光子は厳しい目をした。

「はい。なんだか、証券会社の口座やなんかを作るのにいるらしいです」

「それならいいが、変な契約を結ばされそうになったら、必ず、あたしにすぐ相談するんだよ。はんこをつく前に確かめること」

光子はそう堅く約束させた。

翌日からすぐ、大木の部屋で投資講座が始まった。

「まず、初めに言っておくけど、本当のところ、リスクの少ない投資なんてないんだよ。あらゆる投資は、普通預金以外はなんらかのリスクがあるってことを覚えておきなさい」

「はい」

「綾小路さんもそれを知っているはずだけど、やっぱり、自分の専門外のことになると、そういうことに鈍くなるんだろう」

光子が「鈍く」なることなどあまり考えられないが、天使は黙っていた。

「まず、極楽市場に会員登録して、極楽カードというのを作りなさい」

「え」

いきなり、思いがけないことを言われて天使は驚いた。やはり、光子が言うように、なんか変なことを契約させられるのではないだろうか。

「いや、別にものを買わせようとしているわけじゃない。まずは、極楽カードを作る。そして、極楽証券に口座を作るんだ。そして、ＮＩＳＡというものの契約をする。そこで上限年間百万円、自分ができる範囲で積み立てなさい。何かの投資信託……できるだけ広く世界中に投資しているようなものがいいね、世界株とか米国株とか。そして、投資信託には信託報酬という手間賃のようなものがかかるんだけど、それができるだけかからない、インデックス投資のものがいい」

　急に、初めて聞いた言葉がぽんぽん出てきて、天使は驚いてしまった。

　すると、大木は天使に、ホテルのメモ帳を出して、一つずつメモさせながら丁寧に説明してくれた。

「極楽証券では自社のクレジットカードを使って投資信託を買うことができる。投資信託の種類によっては、ものを買った時と同じように、ちゃんとポイントがつく。たった一パーセントのポイントだけど、すでに一パーセント利回りがいいのと同じことなんだから侮れないんだよ」

「はあ」

「例えば三万円ずつ投資するということになれば毎月三百円分のポイントがつく。わずかなものだと思うだろうが、住宅ローンだって一パーセントくらいの金利だということを考えたら何度も言うけど、侮れない」

　光子もいつも一パーセントの利回りを考えろと言うな、と思いながら聞いた。

「それに慣れたら、ｉＤｅＣｏ《イデコ》の契約と極楽市場でふるさと納税も始めよう。あなたお給料はいくらくらい？」

　いきなり聞かれて驚いたが、そういうことはいつも光子にも言われていたからそう気にならなかった。

「十六万くらいです」

「ボーナスは？」

「少しは出るみたいです。一ヶ月分くらいは出るんじゃないか、って最初に言われてました」

「なら、年収二百万ちょっとか……とすると、ふるさと納税が一万五千円分くらいなら使えそうだね」

「ふるさと納税？」

「ＮＩＳＡの積み立てをするだけで、年間四千円分くらいのポイントがつくはずだから、それを利用して、ふるさと納税も始めなさい。ポイントで税金の一部が払えるんだよ。お米なんかいいんじゃない。自炊してるなら……」

「あ、最近始めました」

「五千円で五キロくらいのお米がもらえるから、それで浮いたお金はまた貯蓄できる」

天使が首をひねっていると、彼はちょっと笑った。

「まあ、このことは明日、説明しよう」

正直に言うと、彼が言うことはよくわからなかった。一日目の三十分はそれを聞くだけで終わってしまった。

翌日、また大木の部屋に行くと、彼は言った。

「今日はとにかく極楽市場の会員になって極楽カードを作ろう。私のパソコンを使えばいい」

そして、実際にパソコンを開いて、会員登録の仕方を教えた。

天使は大木に言われた通りにキーボードに手を当てて、自分の名前や住所を記入しようとした。すると、大木は急にぱたんと、ノートパソコンを閉じた。

「いけないいね」

「え」

「何がいけないいか、わかった？」

「……ちゃんとお礼を言ってない、とかですか」

そういうことでいつも注意されていたから、天使はドキドキしながら答えた。また、ここでも礼儀知らずを怒られるのか。

「違う。そんなことじゃない。あなたがここでパソコンで名前や住所、もしかしたら、銀行口座や暗証番号を入力したら、私のパソコンにその記録が残る。それを悪用されるかもしれないんだよ」

「ああ。でも」

天使は少し笑った。大木はたぶん、億単位の資産を持っているはずだ。自分の数十万の貯金などものの数にも入らないだろう。

「あなたは若くて健康な女性で、正社員だ。それはとても大きな利点でもあるし、利用しようと思ったらいくらでもできるんだよ」

「あたし、取られるようなものは何もないです」

「それは取られたあとで気がつくこと。自分が持っているものがどれだけ大きなものなのか」

大木は語った。例えば、天使の記録で、大木が消費者金融の口座やカードを作ってお金を借りたらどうなるか。または消費者金融だけでなく、クレジットカードを作って、キャッシングでお金を借りられてしまうかもしれない、と。

「例えばキャッシングの平均的な金利は十五パーセントくらい。その金利だと、二百万以上の借金があったら再起不能になるって言われてる。利息が利息を生み、普通のＯＬさんじゃ返せない金額になるから。親や誰かに払ってもらうか、自己破産するしかない。自己破産すれば借金が帳消しになるって簡単に思っている人もいるらしいが、一度そんなことをしたらまともな金融機関では金が借りられなくなる」

それは困る、と天使にもわかった。光子はいつも銀行で金を借りることを言っている。

「でも、二十代の会社員の女性という属性なら、それくらいの借金が簡単にできてしまう。あなた自身でなく、同じ情報を持った人間でも。いつでも用心するんだ」

「わかりました」

「それから、これから極楽のクレジットカードを作るけど、ＮＩＳＡとふるさと納税以外……あとはまあ、携帯の契約くらいかな、それ以外には使ってはダメだ」

「買い物もですか」

天使は密かに、昔、キャバクラの同僚が買い物の時にカードを使っていたことを思い出していた。彼女は親かパパ活の相手にカードを持たせてもらっていて、いつもカードで買い物をしていた。それがとても格好良く見えて、一度くらいはあれをやってみたい、と思っていた。

「だめ。クレジットカードは家に置いておいて、使うのは？」

「ＮＩＳＡとふるさと納税」

「そうそれだけ。それは絶対に守るように」

「はい」

天使は小学生のように返事した。

「クレジットカードなんていうのはね、利用してやるためにあるんだ。こちらは何も与えずに、向こうを利用するんだって覚えておきなさい。カードは使っても使われないように」

その日はまた、借金やリボ払いの恐ろしさを聞いただけで、終わってしまった。

仕事のあとに光子の部屋に行くと、彼女は腹の底から「ふーん」と大きなため息をついた。

「……大木のじじい、やるじゃないか」

「そうですか」

「あたしはあんまりそういうの知らないから。クレジットカードとかほとんど持ったことないし。思ったよりいいこと言うな」

翌日はスマートフォンを使って会員登録、そして、クレジットカードの申し込み、極楽証券の申し込みもした。

クレジットカードができると、大木は極楽証券でＮＩＳＡを始めさせた。毎月、世界の株全体に広く投資している投資信託に三万円ずつ投資した。ｉＤｅＣｏも勧められたけど、それは六十になるまで引き出せない、と聞いて、いずれは不動産投資をすることにしているので断った。

天使にお金を貯めさせる一方で、光子は物件の探し方を少しずつ教え始めた。

「昔はこういうものがなかったから、新聞広告や折り込みチラシを見たり、自分の足で不動産屋を回るしかなかったんだよ」

光子は、天使のスマホの画面をにらみながら言う。

そこには、収益物件を扱っているサイトが出ていた。

「でも、どこから見たらいいんですか」

画面に出ていたのは、大きなビルの写真とアパートの写真だ。その下には「エリア」、「詳細条件」という項目で「新着」「価格交渉」「値下げ」という言葉や、投資マンション（区分）、売りアパート、売りマンション（一棟）、売りビル、戸建投資、土地……あまりにたくさんの言葉があって、何を選んだらいいのかわからない。さらに、「ただいま五〇二一六件をご紹介中！」と書いてある。つまり、自分はこの五万件あまりの中から何かを選ばないといけないのか。

光子はそこに出ていた、アパートの写真を指で触った。さっと画面が変わって、埼玉県春日部《かすかべ》市のアパート情報が出てくる。五千四百二十万という金額を見て、なんだか、絶望的な気持ちになった。

「ああ、小さくて見づらいねえ」

光子が小さく舌打ちした。

「前は、あたしはパソコンで見てたから、これよりも大きくてましだったよ」

「え、光子さん、パソコン使えるんですか」

「馬鹿にするなよ。不動産業界も二十年くらい前からこういう連絡が皆、パソコンやメールになったからね、あたしも五十の手習いで、公民館で習ったのさ」

それは、こちらに来てからなのだろうか、それとも、前に何かがあった九州でのことなのだろうか……天使は聞くこともできないまま、うなずく。

「まあ、メール書いたり、ワードって言うの？　昔は一太郎だったけど、あれ使ったりね、ネット見たりすることくらいはできるの。あ、あと、エクセルもちょっと使える。昔はあれで、経理の計算をしてたからね」

「すごいですねえ。あたし、パソコンはぜんぜんわかりません。キーボードで名前や住所を書くくらいしか」

光子はまた「ちっ」と舌打ちする。

「八十近いあたしが二十代のあんたにパソコンの使い方を教える日が来るとは思わなかったよ」

「え、パソコン教えてくれるんですか」

はあああ、とため息をつきながら、光子はデスクの下のボストンバッグをごそごそと探った。

「……まだ捨ててなかったはずだよ……」

光子が黒いノートパソコンを出してきて、電源に繋《つな》いだ。最初は真っ暗だった画面が急に明るくなる。

「……もう何年も使ってないからね。まだ使えるだろうか」

ブツブツ言いながら、光子はその節くれ立った指でキーを押す。

また天使は考える。何年ってどれくらいだろうか。

「さあ、出た出た」

光子は慣れた様子でウィンドウズのブラウザを開いて、先ほどの物件サイトを出した。さっきまでスマートフォンの画面で見ていたものが大きく広がった。

「これはスマホの画面とは少し違うかもしれないけど、この方が見やすいからね」

光子は数字を指さした。

「これが物件の値段だね。だけど、値段だけを見てたらダメなんだよ」

光子は今度は物件の写真の下にある数字を指さす。

「これが年間の家賃。この物件が一年間満室ならこれだけの家賃が入るってこと」

「三百六十万……？　この物件だけで三百六十万ももらえるんですか」

「そう。その後ろの三十が毎月入る家賃。つまり、三十×十二が三百六十万ということなわけ。そして、その隣の利回りパーセントが物件に対して、毎年入ってくる家賃が何パーセントか、ということ。この物件の場合、七・二パーセントということ」

「高いんですか？　安いんですか？」

「それがまたむずかしいところだ。例えば、この物件が都内、二十三区の駅から近いもので、築年数が五年以内なら、まあまあの物件と言えるだろう。だけど、これが郊外だったり、駅から二十分だとか、さらに、築四十年以上だとか、再建築不可だとかなら高過ぎる。何事も条件次第、ってことだよ」

「再建築不可ってなんですか」

「隣接した道路の幅が二メートル未満だと、建て替えられないんだよ。そのままずっとリフォームし続けるか、隣の土地が空いたり売りに出た時に買い取って道路を広げるかしないと建て替えられない」

「ふーん」

「これはもちろん、大きなマイナスだけど、さらにまずいのはそういう土地や建物には融資が出ないんだ」

「あ」

融資という言葉がまた出てきた、と思った。

「銀行がお金を貸したがらないんだよ」

「融資が出ないって、あたしみたいな人間にも土地にもあるんですね」

「そうそう、いいとこに気づいた」

光子は笑った。

「銀行さんは、土地でも人間でも、ぱりっとした瑕疵《かし》のないもんが好きなんだろうね」

「かし、って？　それから、りんせつって？」

「瑕疵は傷のこと。隣接はすぐ隣、くっついてるってことさ。それでね、さらにこれを見て」

光子は物件情報の下の方を見る。

「ここ。ここに、賃貸中って書いてあるよ」

「はい」

「こっちの物件には」

光子は別のページに変えた。同じ場所に「満室」と書いてある。

「ここには主に三つの言葉が書かれている、空室、賃貸中、満室。空室はその通り、一部屋も埋まってないこと。賃貸中はいくつかは埋まってるけど空いてる部屋もある。そして、満室は全部埋まってる」

「じゃあ、満室がいいんですか」

「そうね。だけど、満室のアパートというのはやっぱり値段が高い。売主も不動産屋も気張って高くつける。それなら、賃貸中くらいの方がいいということもある。場所さえ良ければ埋まるからね。それに、空室であっても、値段が思いっきり安ければ、それを買って自分なりに工夫して埋めていく楽しみもある」

光子は手のひらで物件情報のパソコン画面をなでるようにした。

「ここにはいろんな情報が詰まってる。実際には足を運んで直《じか》に物件を見ないと、絶対にダメだよ。だけど、ここから読み取れるものもいっぱいある。値段が高いのがダメ、安いのがダメ、利回りが高いのがいい、低いのがダメ、空室がダメ、再建築不可がダメ……全部、一概には言えないんだよ。すべて組み合わせ次第で、よくなったり、悪くなったりする。ネットでいろんなものを見て、いくつかに絞り、さらに物件に足を運んで、直に見る。何十件、何百件とネットで見て、実際に内見するのは一つ二つだよ。そして、そこから買うのはまた何百に一つ。だけど、毎日、ここを見る。物件情報が出ているのは、ここだけじゃないよ。他にもいくつかあるし、こうした収益物件だけを扱ってるんじゃない、普通の物件情報を扱ってる会社のサイトも見る。とにかく、毎日、見る、見る、調べて、見る。そのくり返し」

光子は天使に顔を向けた。

「あんたに、できるかい？」

わからなかった。だけど、やらなければならないことはわかった。

「いい物件があったら、そろそろ内見もしていこう」

「え、もういいんですか！　お金ないけど」

「安い築古や区分なら首都圏でも、百万くらいからのものがもう視野に入ってくる。すぐに買えるわけじゃないけど、考え始めてもいい」

「ちくふる？　くぶん？」

「ああ、略称だよね。築古というのはだいたい築四十年以上くらいの物件のこと。それから区分というのはマンションの部屋のこと。それから、一棟もの、と言ったらアパートまるまる一棟や、マンション一棟を指す」

「アパートを買うって言ってましたよね」

「まあねえ」

光子はそこで大きくため息をついた。

「それを考えていたんだけど、あんたのお金が貯まり、銀行で融資を受けられるまであと二年以上はかかるだろう？　それじゃ、遅いような気がしてね」

光子は考え込んだ。

「とにかく、最初の一つを始めて、家賃をもらうということを知った方がいいような気がしてきた。それで、毎月何万かでももらえれば、金が貯まるスピードも速くなるし、あんたももっと頑張ろうという気になるかもしれない」

「頑張ってますよ」

めずらしく、声を張って言い返してしまった。

「わかってる」

光子は微笑んだ。

「わかってるよ。だけど、例えば、今より五万、収入が増えればあんたも目の色が変わる」

「……そうですか？」

「大家のうまみを知ったら、やめられないよ。ただ、そろそろ、節約一辺倒の生活にも飽きがくる頃だろう」

確かに、時々、ラーメン屋ののれんが恋しい時、疲れ切った日にコンビニで弁当を買ってしまいたくなる時はあった。

「じゃあ、築古を探すんですね」

言い返しはしたものの、やっと物件を探せるのは嬉しい。

「あたしが直に見に行ければねえ」

光子はため息をついた。めずらしく下を向いて、膝のあたりを手でこすった。

「歯がゆいよ」

「やっぱり、不動産屋が怖いんですか」

光子は何も答えなかった。


天使が遅番を終え、疲れて家に戻ると、アパートのドアの前に人影があった。

「遅いねえ」

誰だろうか、とか、怖いとか思う前に、影が口を利いた。

「何やってるんだよ、寒いのに」

あちらが勝手に来たのに、文句を言った。考えるまでもなかった。母だった。

「……何しに来たの？　って言うか、どうしてわかったの、ここ」

自分の声が震えているのを感じる。

母はにやりと笑った。暗闇で、唇が裂け、ちょうど三日月が横になったように開く。「調べたんだよ、親に連絡もしないから。手間かけさせるな」

「誰も頼んでない」

「早く開けてよ、寒いって言うの」

母は薄いジャンパーの前をかき合わせるようにして言った。

「……何しに来たの」

家に入れたくない、と心から思った。そんなの無理だとわかっているのに、小さな抵抗をする。

「それが親に対する言い草？　我が子の家に来て何が悪い。ここまで育ててやったのに」

嫌いとか、嫌がっているとか、そういうことではない。怖いのだ。何かを奪われそうで恐ろしいのだ。この人が。

「せっかく、持ってきてやったのに」

母はちらっと封筒を見せた。そこには天使の口座がある銀行のマークが書いてあった。昔、実家にいる時に銀行口座を作って、そのまま住所を変えていなかったことに気がついた。

半年前、極楽カードを作った時に住民票を移し、新たに、極楽銀行の口座も作った。今ではそちらに給料の振り込みをしてもらっているから、古い銀行のことはすっかり忘れていた。ただ、いくらかの貯金が残っていた。

銀行からのなんらかのお知らせが実家の方に届いて、母は必死にこちらの住所を調べたに違いない。住民票を移したから、そこからもれたのかもしれない。

「さあ、早く入れてよ」

身体を小刻みに揺らす。冷えているのは本当のようだった。しばらく考えて、大きく深呼吸をし、鍵を開けた。母は当然のように、天使の前に立って、入っていった。

「きれいに暮らしてるじゃない」

母はずかずか入っていって、部屋の真ん中に置いてあるちゃぶ台の前にジャンパーも脱がずにぺたんと座り、あたりを見回した。

「お茶でも淹れてよ」

「うん」

台所で湯を沸かした。

「他にも郵便物を持ってきたのよ。クラス会の案内」

「クラス会？　いつの？」

「小学校の時じゃない？　裏に『同窓会実行委員会』って書いてある」

クラス会か……たぶん、行かないだろうな、と思った。母は天使の顔色を見ながら「まあ、もう終わってるけどね」と笑った。

お茶を出すと、ちゃぶ台にはすでに封が開いている封筒が二つ載っていた。封筒の口はどちらもギザギザに破れてちぎれていた。まったくなんのためらいもなく、母が破って開けたのだろうと思った。

「あんた、今、何してんの」

母はきょろきょろ部屋の中を見回しながら言った。

「……働いてる」

「だから、どこで」

「ホテル」

「ラブホか」

「違うよ。ちゃんとしたところ」

「ちゃんとしたたって、新宿とか池袋とかじゃないんだろ」

「大宮」

「大宮のどこ」

言いたくなかった。

「へえ、頑張ってるじゃん」

あれほど、いろいろ嫌な目に遭わされて、いろいろなものを奪われた。記者に嘘をつくことまで強制されたのに、褒められたら悪い気はしないのだ。どこか少し嬉しい。そんな自分が嫌になる。

お茶で身体が温まり、母に褒められて、少しほっとしたからだろうか。尿意を感じた。駅から歩いてきて、自分もすっかり冷えていたのだ。母に断って、トイレに入った。

「……皆、元気？」

トイレから出てきながら尋ねた。

部屋にはもう母はいなかった。はっとあたりを見回す。

ドアが開いたままになっていて冷たい風が入ってきていた。そして……ちゃぶ台の脇の、通帳や現金を入れていたプラスチックケースの引き出しも開いたままになっていた。

「ママ⁉」

彼女がここに来て、初めて、その名を呼びかけた。

慌てて、引き出しを探る。一番上に入っていたはずの、通帳と印鑑、予備のために置いてあった現金五千円の入った封筒がなくなっていた。

腰が抜けた。ふらふらとよろけて、少し前まで母が座っていた場所に倒れ込んだ。

玄関には天使のスニーカーが脱ぎ捨てられたように散らばっていた。入ってきた時に確かにそろえたはずなのに。

きっと、母は天使がトイレに入っている間に部屋の中を引っかき回したんだろう。通帳を見つけ、引っつかんで、履き物を履き、ドアも閉めずに出て行ったんだろう。

娘のスニーカーが散らばるのを気にもとめずに。

「いっ！」

天使の話を聞いたとたん、光子が叫んだ。

「……昨日の夜」

「ひえっ」

光子は立ち上がった。

「なんで！」

その声は狭いホテルの部屋に響き渡った。

「なんでって？」

「なんで、すぐに追いかけなかった！　なんで、すぐに実家に行って取り返さなかった！　盗られたのは印鑑と通帳だけなんだろ？　なんで、残ったキャッシュカードですぐに全額引き出さなかった！」

確かに、家に帰ってすぐに台所に置いておいた、天使の鞄の中にあった財布や極楽クレジットカードには手をつけていなかった。財布の中には二千円ほどの現金もあったのだが、通帳と印鑑を盗ることに夢中になっていて気がつかなかったようだ。銀行の手紙からその行名を知られていたから、その一つだけあれば十分と思ったのか。もしくは、天使のトイレが思った以上に早くて間に合わなかったのかもしれない。

「なんで、銀行に行くか、電話して、すぐに口座取引を止めてもらわない！」

天使はしばらくぽかん、としたあと、下を向くしかなかった。

「だって……」

そんなこと思いも付かなかった、というのが本音だった。

母に盗られたら、いや、家族に盗られたら、もうそこでおしまいなのだ。取り返せるわけがない。そんなことをしても無駄なのだ。

引き出したりしたのがわかったら、またやってきて、逆恨みと言うか、さらに怒られるかもしれない。「親が必要な金を引き出そうとしたのに、その前に取り上げるなんて。あんたは無慈悲だ」とか、想像もできないようないちゃもんをつけてくるかもしれない。その方が怖い。

「行ったって無駄ですよ……絶対、返してくれないもん」

「じゃあ、なんで、銀行に行かなかった」

「口座を止められるって、知らなかったし」

「あんたは結局、本当のところ、本気じゃないんだよ！　本当に金を貯めよう、本当に裕福になろう、本当に自分を守ろう、そう本気で思ってない！　甘ちゃんなんだよ！　本気だったら、親を殺したって取り返すんだよ」

彼女の声は絶叫に近かった。隣の幸子に聞こえないか、天使はほんの少し心配した。そして、そういうところが、自分が本気でないと言われるところなのかもしれない、と思った。

「いったい、その口座にはいくら入ってた？」

「今、貯金は極楽銀行や極楽証券のＮＩＳＡに入れているから二十万くらいです」

貯金のすべてではない、というところだけが、ほんの少し、天使の気持ちを慰めている。

「今、何時だい？」

光子はすっくと立ち上がった。

「八時半少し前ですけど」

昨日、母に印鑑と通帳と現金を取られ、一晩、まんじりともできなかった。仕事は八時三十分からだけど早く聞いてもらいたくて、始業前に光子の部屋に来た。

「行こう」

「え」

「あんたの家、実家に行こう。いや、まず、銀行に行ってできる限り、口座を止めて出血を防ごう。盗られたのが昨日の夜なら大丈夫、まだ引き出されてないはず」

「でも……そんなことしても」

光子は下を向いている天使の手を取った。光子の方から自分の身体に触れられたのは初めてでどきっとした。

「だから、そのあと、あんたの実家に行って印鑑と通帳を取り返すんだよ」

「でも……」

自分ではそんなこと、とても言い出せそうもない。

「あたしも行く」

「え」

「あたしも行ってやるよ。何、あんたの母親みたいな人間のことはよくわかってる」

彼女はにやりと笑った。

「不正に生活保護を受給してる人間に部屋を貸してたことは何度かあるからね」

「でも」

天使の手を握ったまま、上下に動かした。

「さっきは悪かった。あんたが本気でないなんて言って」

「いえ」

「あんたは知らないんだ。金融の知識もないし、不動産の知識も、普通の法律も知らない。そして、家族に抵抗してもいい時があることも知らない。だから、しかたなかったんだよね」

天使は自然と光子の目を見ることができるようになった。

「ここできっちりと、親と片をつけるんだ。あんたにたかってくるような親と縁を切りな」

「あの、仕事は」

「そんなの適当なことを言って午前中は休むんだよ」

そして、小声でささやいた。

「……あんたは昔のあたし、そっくりだ」

そして、身支度を始めた。

光子と天使はタクシーでまず、最寄りの銀行支店に行き、わけを話して口座を止めてもらった。銀行員はたいそう同情してくれて、すぐに手続きをしてくれた。保険証とキャッシュカードで身分を確認してもらうこともできた。今のところ、口座からお金が引き出された様子はない、とも教えてくれた。

銀行を出ると、タクシーは天使の実家に向かった。タクシーを使おう、と言ったのは光子だった。自分は足腰も弱ってるし、少しでも早く実家に行くべきだと主張した。

「もちろん、タクシー代はあんたが払うんだよ」

たぶん、光子は電車やバスで人に会いたくないんだろうな、とも思った。それに実家は駅から二十分以上歩くから、光子を歩かせるわけにもいかないと思っていたし、タクシーなのは異論がなかった。

四十分ほど乗っていると、少しずつ実家が近づいてきた感覚があった。

実家の近くの幹線道路、隣町……よく行っていたイオンが見えてくると、天使は自分の身体が小さく震えているのに気がついた。

「……行かなくても、よくないですか」

「え」

「とりあえず、口座は止められましたし……銀行員さんが言っていた通り、今後、警察に紛失届を出して、口座からすべての貯金を引き出せば、母が持って行った通帳と印鑑はゴミになります」

「ずっと、このままでいいのかい」

「え」

「ずっと親に支配され、親におびえて暮らしていくのかい？　ここでちゃんと縁を切らないと、今後もたかられて生きていくことになる」

天使が黙っていると、光子は続けた。

「だいたい、あのアパートはどうするの？　あんたに金があるって親に知られたら、またやってくるよ。貯金を引き出しても」

「あ」

「引っ越すのかい」

天使は考える。確かに、今はお金を引き出して、なんとかなっても、家を替えないとこれから何度も訪ねてくる可能性がある。

「引っ越さないと……」

「それにまた数十万はかかるだろ。馬鹿らしくないか。そしてまた、親がやってこないか毎日びくびくして」

確かにそうだった。

「ここで縁をきっぱり切るしかないんだよ」

「できるでしょうか」

「あたしがいる」

光子は短く言った。

「それに、法律と警察がある。だから何度も言わせるな。あんたの母親のような人間はよく知ってるんだ、こっちは」

そこまで言われても、実家に近づくにつれて、天使の動悸《どうき》は速まり手が冷たくなった。その手に小さく、温かいものが触れた。また、光子が触っていた。

「大丈夫。三十分後には通帳と印鑑を取り戻して、またタクシーに乗っている」

「そうですか」

「うまくいったら帰りに何か、おいしいものでも食べよう。それもあんたのおごりだよ」

光子は薄く笑った。

細い道の取っつきに、実家が見えてくると、天使は息を深く吐いた。

青い屋根に白い壁の二階建ての家だった。

「あんがい、こじゃれた家に住んでるじゃないか」

天使が指さすと、光子が吐き出すように言った。

「おおかた、あれだね、最初の家主はバブルで不動産が高くなりすぎた頃、どうしても一軒家が欲しくて駅から遠くてもいいと家を建てたんだろ。でも、駐車場をつけなかったのが命取りだね。少しでも大きな家を建てたくて無理したんだろうね。バブルが終わって、家主は我に返り、別の場所に引っ越したのか、それとも、払いきれなくなって手放したのか……いずれにしろ、たいした金にはならなかっただろうね。地元の業者に買い叩かれたところに、あんたたちみたいな家族が引っ越してきた、と」

足下は多少おぼつかなかったが、弁舌はどこまでもしっかり、辛口だった。

「あんた、真っ青な顔してる」

光子が顔をのぞき込むようにした。

「そんなに怖いのかい」

「はい」

素直にうなずいた。

「大丈夫」

もう何回目になるかわからない言葉を、光子は言った。

「あたしが全部言うから、あんたは黙っていい。だけど、肝心なところだけはあんたの言葉がいるよ」

「肝心なところって？」

光子は首を振った。そのうち、わかるよ、と言わんばかりだった。

促されて、天使は家のベルを鳴らした。びーっと昔と変わらない音がした。しばらく返事がなく、もしや出かけているのだろうか、と思った時、「はあい」と力のない声がした。

母の声だった。

昨夜、あんなに大きく見えた、あの人の声に元気がないのに拍子抜けする。そして、逆に、あんな声の人を自分は拒否できるのだろうか、と怖くなった。

こちらを確かめもせず、ドアが開いた。

「なんだ。あんたなの」

母はまだ、パジャマのままだった。スウェットの上下を着ていたけど、それはびろびろに伸びていて、パジャマと部屋着を兼用しているものとすぐにわかった。あまりにも薄く、出っぱった腹のへその形までが透けて見えた。

「なんの用？」

まるですべて忘れたかのように母は言った。

もしや、通帳と印鑑を盗っていったのは、あたしの勘違いかもしれない。ただ単に、あたしの思い違い、自分がなくしただけなのかもしれない、そんな希望をいだかせるほど、堂々としていた。

「ちょっと、失礼します」

何も言葉を発することができない天使の脇から、光子が顔を出した。

「はあ？」

母は見慣れない生き物を見るように、光子をじろじろ見た。

「あたくし、綾小路と申します。日村さんには、職場でお世話になっています」

まるで、光子もホテルで働いているかのような口ぶりだった。確かに、客と従業員という関係でも、お世話になっているのには違いない。

「そうですか」

「で、お返しいただけますか」

「はあ？」

「おたく様が昨日、この子から持って行ったもの……印鑑と通帳」

「はあ？」

母は同じ言葉をくり返しながら光子をにらんだ。

「さあ、ここに」

光子は自分の両手をそろえて、母の方に差し出した。

「印鑑と通帳をのせてちょうだいな。そしたら、あとは何も申しません。警察や弁護士に相談することもありません。ただ、黙って返していただければ」

「何言ってんの？　このババア」

母は天使に向かって、言った。光子のことは見向きもせずに。

「ねえ、天使。こいつ、誰だよ？」

「だから、あたくしは日村さんの会社の人間です」

光子は母の失礼な口調にはまったく気がつかないように言った。

「さあ、ここに返してください。あの通帳はもう、口座を止めました。近く、解約する予定です。あなた様が持っていたってなんの足しにもなりませんや。あんたにとってはゴミと一緒。だけど、そのまま持ち続けると言うなら、こっちにも考えがありますよ。警察に届けたっていいし、出るとこに出ます。いえ、そんなことまでしなくたって、ここらの民生委員さんに一発、電話をするか、福祉事務所に相談してもいいですよね」

民生委員という言葉に、母は少し慌てたようだった。急に光子の方に向き直った。

「だから、何を根拠にそんなことを」

「娘からだって、なんらかの金が入れば、保護はその分減るし、もしかしたら、打ち切りになるかもしれません。さらに、それが娘から盗んだ金となれば」

「だから、何を根拠に」

「おかしなことをおっしゃる奥さんだ」

光子はからからと笑った。

「たとえ、口座を凍結していなくても、通帳と印鑑を金にするためには、誰かが銀行の窓口に行かないといけませんよね。あんたはそれを日村さんと同じ年頃の娘にやらせればいいと思っているんだろうが、それをすれば詐欺罪、窃盗……そういう罪になりますよ。銀行さんにはたくさんの監視カメラがあるし、それがちゃんと動かぬ証人になってくださる。むしろ、その方がよかったかもしれませんね」

母は深く息を吸って吐いた。考えているようだった。

「さあ、ここに置いてくださいよ、奥さん。そうすれば、何もなかったことにできます。それ、ここにあっても何にもならないものじゃないですか」

母は天使に視線を移した。天使の顔をじっと見た。今、光子が言っていることが本当なのか、思案している目つきだった。

「あんた、訴えるの？　実の親を？」

天使は声が出なかった。やっとうなずくことだけできた。

怖かった。身体が震えた。だけど、これが本当に大切なことなのかもしれない、と堪えて母の目をにらみ返した。

「……そう」

母は小さくつぶやくと、玄関から続く廊下に置いてあった、合皮らしい、てらてらしたバッグを持ち上げた。ごそごそとそれを探る。昨日、彼女がそれを持っていたことを思い出した。

「ほらよ」

光子の方へは目もくれず、天使に通帳と印鑑を差し出した。天使はちらっと光子を見た。彼女がうなずくので、それを受け取った。

「それから」

光子は言った。

「今後、この子から金を盗るようなことは一切、お断りします」

「はあ？　この子？　この子はあたしの娘だよ。あたしがどうしようとあたしの勝手だ。あたしが育てたんだ」

「もう、日村天使さんは成人されています。一人の個人です。親であろうと子であろうと、その持ち物を盗むことは窃盗です。警察に訴えるのはもちろん、弊社の弁護士に相談するのは簡単なことです。弁護士の先生はたぶん、すぐ、福祉事務所か民生委員にも訴えます。どういうことになるか、さっきもお話ししたからわかりますよね？」

母は光子のことをにらみつけたが、何も言わなかった。

光子は天使の肘《ひじ》のあたりを突《つつ》いた。今が、光子が言った「肝心なところ」なんだろうと気づいた。

もう、あたしのところに来ないで、お金も渡さない、と言おうとして口が別のことを言っていた。

「前に、あたしに嘘をつかせようとしたよね」

「は?」

母は急に質問をぶつけられ、本当に意味がわからないようで怪訝《けげん》な顔をした。

「いつ? なんのこと?」

「前! テレビに出てる時、青木のお兄ちゃんに変なことされてるって記者に言えって、ずっとずっと言ってたじゃん」

「ああ、あのことか」

母はうっすら笑った。なぜか、余裕が出てきた表情だった。

「だからなんなのよ」

「あたし、あれがすごく嫌だった! 本当に嫌だった。青木のお兄ちゃんはそんなことしてないのに、ひどいよ」

「だから、あんたには結局、言わせなかったじゃん」

「それはあたしが最後まで嫌だって拒否ったからでしょ。あたしが断らなかったら言わせてたじゃん。子供にあんなことさせるなんて」

「違うね、あんたは根性なしだからどうせダメだと思ったんだ」

「あたしを打《ぶ》って、何度も打って……」

気がついたら、涙があふれてきた。

「本当に最低の親だよ。だから、もう……あたしに近づかないで。お金ももう絶対渡さない」

光子が前に乗り出し、泣きじゃくっている天使を腕で庇《かば》うようにした。

「こう言っているんですから、この子に近づかないでいただきたい。何度も言いますが、出るとこ出ますからね」

母はちらっと光子の方を見ると、返事の代わりにドアをバタンと閉めた。

「……さあ、終わったよ」

光子は天使の腕を取って、家のドアから引き離した。

「何かおいしいものでも食べに行こう」

光子は脚を引きずりながら歩き始めた。天使はしばらく、実家を見つめたあと、光子のあとを追った。

「あの」

後ろから話しかけると、光子は「幹線道路に出て、またタクシーに乗ろう」とつぶやいた。

「あの、聞いてもいいですか」

自分の手の甲を使って涙を拭いた。

「なんだい」

「へいしゃの弁護士、ってなんですか。光子さん、まだ会社あるんですか」

「いないよ。そんなもん。いるわけないじゃないか」

光子は笑った。天使もまだ洟をすすりながら、思わず笑った。

また振り返って、実家を見た。しばらく歩いたからか、その家は小さく見えた。

ここにはもう二度と来ることはない、と思った。


天使の人生についてのインタビューのあと、阿部幸子と面と向かって話すことはなくなっていた。最後に話した時、幸子はこれまでの天使の言葉を書き取ったノート三冊をそろえながら、「じゃあ、これから、これを原稿にまとめるわね」と言った。

「これまで書いてたのが原稿じゃないんですか」

自分が話したことがそのまま本になるのかと思っていた。

「いいえ。あなたが話したことを打ち込んでデータにしてただけ。それを読んでもらったり、理解してもらいやすいようにして私が一冊にまとめるのよ。それが原稿にするっていうことなの。原稿ができたら、連絡するから」

それから、午前中、彼女の部屋を掃除のために訪ねると、デスクに向かっていることが多かった。時には寝間着にガウンを羽織っていて、夜も眠らずに書いていたようだった。

前と違って、天使の顔を見ても何も言わず、ただ、目が合うとちらっと微笑んだ。天使にはわからないけど、とても楽しそうに見えた。その原稿が終わったのか、幸子の部屋にやっと呼ばれた。

彼女はコーヒーを淹れながら、「正社員で頑張ってるのね」と言った。

「あ、はい」

「だからかしらね、なんだか、顔が変わったわ、あなた」

「え」

天使は自分の顔を両手ではさむようにしてなでた。

「少し痩せたから」

実際、光子に教えられて自炊生活になってから体重がまたたくまに減った。ちゃんと食べているのかと、山田に心配されるほどだった。

「それだけじゃないわ。なんだか、大人になったたって言うか……」

「老けたってことですか」

「違うわよ」

幸子はコーヒーを置いた。

「いい顔になった。頑張っているのね、仕事を」

「どうでしょうか、わからないです」

幸子は少し微笑んで、コーヒーの脇に紙の束を置いた。一番上の白い紙の真ん中に『生まれた時からずっと撮られていた』と書いてあった。

「これ、なんですか」

天使がその言葉を指さした。

「題名よ。本の題名」

「ふーん」

「本になる時には、その『撮られて』のところを赤字にするか何かして、目立つようにしてもらうつもり」

幸子はそれがなんだか、しゃれてかっこいいことのように自信満々で言うが、よくわからなかった。

「それを読んで、よかったら感想をくれない？　これは書いて欲しくない、というようなところがあれば遠慮なく指摘して」

「はあ」

天使はそれを手に取った。ぱらぱらとめくる。

――私がその少女と会ったのは場末のビジネスホテルだった。彼女は清掃員として私の部屋に来た。

あとで年齢を聞いて、少女というには歳が行き過ぎている、ということに気づくのだが、第一印象は実年齢よりも幼く、危なっかしく、本当に「少女」という感じだった。笑顔のない子だった。いつも一緒にいる、先輩の清掃員の指示通りに黙々と働いていた。仕事は熱心だけど、どこか、上の空のところがあって、何か別のことを考えているようにも見えた。

この印象はその後、親しく話を聞くようになっても変わらなかった。自らの人生を告白し、時には懺悔《ざんげ》するような時でも、彼女はいつも他のことを気にしているようなそぶりを見せた。その理由についてはまたのちに、詳しく述べることになるだろう。

毎朝、彼女を見ているうちに、私はなんだか妙な気持ちに襲われた。この人と、どこかで会ったことがある……年齢的に、こんなに若い知り合いがいるわけがないのだが、どうしてもそういう考えが途絶えない。

「あなた、もしかしてAちゃん？」

ある日、思い切って声をかけると、彼女は身体をびくりと震わせた。

ずいぶん熱心に読んでくれるわね、という声が聞こえて、天使は顔を上げた。

「いいのよ、嬉しいわ」

正直に言って、教科書以外の本を読んだことはほとんどなかった。これも、「たぶん読めないと思う」と断ろうとさえ思っていた。

だけど、自分のことが書かれているということが新鮮で、それから、自分が他人からどう見えていたか、ということが初めてわかって、驚くほどすらすらと自分の頭の中に入ってきた。自分でも意外だった。

「どう思う?」

「わかりません」

幸子は笑った。

「久しぶりに聞いたわね、その『わかりません』ってやつ」

「すみません」

「いいのよ、とにかく読んでもらって、感想を聞かせて欲しいわ」

「別にいいです」

天使は幸子に原稿を返した。

「いいって?」

幸子はそれを受け取りながら言った。

「もう、いいです。何が書いてあってもいいです」

「……そう言ってくれたら、私には好都合だけど」

幸子は首を傾《かし》げた。

「ここには、あなたが教えてくれたことが書いてある。例えば、お母さんから嘘の証言を強要されたことや、国の制度を不正に使った疑いとかも……名前や地域はイニシャルでしか出さないけど、もしかしたら、大騒ぎになるかもしれない」

「そうなんですか」

「それに……あなた、自分があの日村さんだってことをここの人には知られたくない、って言ってたわよね？　これ、出版されたら、もしかしたら、わかってしまうかもしれない」

「……いいんです」

「え」

「もう、知られたっていいかな、って思うようになりました」

天使は母親に通帳と印鑑を盗られて縁を切った話を、光子のことはのぞいて説明した。

「実家には行かないつもりです。あの人たちとはもう会わないので」

「そう。でも、それでも読んで。あなたが読まないうちは、私は出せない」

「時間かかるかもしれませんよ」

「それでもいい」

「わかりました」

幸子から原稿を受け取った。

「あの、一言、言ってもいいですか」

「何？」

「うちの母、ひどい人間ですよ。最低人間です。幸子さんがあの……」

天使は少し考えたが、良い言葉は浮かんでこなかった。

「気にするような人間じゃないです」

「ああ」幸子は笑った。「私がコンプレックスを持っていることね。あなたのお母さんに」

「はい」

「ありがとう。よくわかったわ」

「あなたの方がずっといい人です」

「……ありがとう」

天使は原稿を預かって、幸子の部屋をあとにした。


それはごくごくわずかなことから始まった。

実家に行った日から数週間後、光子の部屋で話をしていた。

何度か光子がむせるように咳き込んで、天使は水をくんできて彼女に飲ませた。

「なんだか、今日は少し話しにくい。朝から少し喉が痛くて」

水を飲み干したら、今度は喉がぜいぜいいうようになった。

「大丈夫ですか。何か買ってくるか持ってきましょうか……のど飴《あめ》とか」

「じゃあ、明日の朝、持ってきて。お金は払うから」

光子は銘柄を口にした。喉の薬で有名な医薬品会社が作っている飴だった。

その日の「授業」はそこで終わりにした。素直に天使の提案に光子が従うのはめずらしいことだった。

「一晩寝れば、よくなる」

その声は少ししゃがれていたけど、天使はそう気にしなかった。

翌朝、出勤してすぐに光子の部屋を訪れ、ドアのところから飴を差し入れた。

「大丈夫ですか」

光子は黙ってうなずいた。声を発しないまま、彼女はドアをバタンと閉めた。

清掃服に着替えてから、山田と一緒に一〇八号室に来ると、「ドントディスターブ（起こさないでください）」の札が下がっていた。

「あらまあ」

山田がドアを叩こうとするのを止めた。

「光子さん、さっき顔を見ました。昨日の夜はあまり眠れてなかったみたいだから、起こさないであげましょう。あたし、午後、顔を見に来ますから」

「そう？　じゃあ頼むわね」

前と違って、光子が部屋に人を入れないのはまだ一日目だし、天使が顔を見たと言っていることもあって、山田はすんなりと手を引っ込めた。社員になった山田は最近忙しい。一つでも掃除する部屋が減ったのはありがたいと思ったのかもしれなかった。前よりもここの老人たちのことを気にかけなくなっていた。

約束通り、夕方、帰宅前に光子の部屋に行った。

ノックしてしばらくすると、彼女が出てきた。

「寝てましたか」

「うん」

彼女はそこで大きく咳き込んだ。

「大丈夫ですか」

光子の肩を抱こうとした天使の手を払いのけた。

「大丈夫に決まってるだろう。このくらいの風邪は毎年引いてる」

「そうですか。薬か何か、買ってきますか」

首を振ろうとして、思い直したようにうなずいた。

「じゃあ、適当になんか買ってきて」

「食べ物は？」

「それも適当に」

そして、光子にはめずらしく、三千円の金を渡してくれた。

「じゃあ、薬とおかゆのパックかなんか」

「ああ。明日でいいよ」

「え、今買ってきますよ」

「いいんだよ。本当に、食べるものは少しあるし。たいしたことない」

そしてまた咳をした。

翌朝、ドアを叩くと、また、顔をのぞかせた。

天使が買ってきたものを受け取りながら、「今日も掃除はいいよ」と言った。

「そうですか？」

「できたら、しばらく掃除しないように、誰も部屋に来ないようにしてもらえないだろうか。山田さんやホテルの人に言ってくれない？」

「わかりました」

「夜、咳が出てなかなか眠れないから、一日うとうとしてるんだよね」

「大丈夫ですか」

「あんたが買ってきた薬も飲むし」

「午後にあたしがチェックする、って言えば、大丈夫だと思います。でも、山田さんかマネージャーに光子さんが一度直接話してくれた方が確かかもしれません。二人のどちらかを部屋に行かせるようにするので……」

「ああ、それでいいよ」

山田と酒井には言われた通り説明した。

「日村さんが行ってくれるなら、私はかまわないよ」と山田は納得してくれた。

「一応、あたし、薬も渡してあります」

「じゃあ、そういうことにしよう」

彼らが光子の部屋を訪ね、風邪が治るまでしばらく掃除はしない、ということは以前よりすんなり決まった。天使が午後、光子の部屋に見舞った。ドアのところで顔を合わせるだけだけど、光子は小康状態を保っているように見えた。

風邪を引いてから一週間ほどが経った日、光子はやっと天使を部屋に招き入れた。

いつものことながら、光子の部屋はきちんと整理されていた。掃除はしていなかったが、ものが少ないのであまり気にならない。天使は光子に断って、ランドリールームから掃除用具を取ってきて掃除機をかけた。床とトイレ、浴室の掃除をした。その間、光子はベッドに横たわっていた。

顔色が悪く、なんだか、ベッドの上で身体が小さくなったように見えた。

「やっぱり、よくなりませんね」

「ああ」

光子は天井を見ていた。

掃除が終わると、光子は「ありがと」と言った。普段はお礼を言ったりしないので、驚いた。

「どうしたんですか」

「何が」

「いえ……」

「ちょっとこっちにおいで」

光子は天使を枕元に呼び寄せた。

「なんか、メモするものはあるかい？」

天使が書くものを持っていないのを見ると、光子はベッドサイドに置いてあったメモ帳とボールペンを持たせた。

「あたしの言葉を書いて」

「はい」

いったい、何を言い出すんだろうと天使は思った。

「土地値《とちね》四百万の物件を二百万で仕入れて、上限百万で修繕するんだ」

「え？　なんですか？　とちねって」

「いいんだよ。今はわからなくても。ネットで調べな。とにかく、書いておくんだ。あたしの言葉をそのまま。これがあたしが寝ながらずっと考えた、あんたの戦略だ」

「はあ」

「じゃあ言うから、いいね？　二百で買って百で修繕した物件を五万で貸せば、利回り二十パーセントになる。三年運用したら、百八十万入ってくる。その物件は利回り十五パーセントの四百万で売却できるだろう。何、たぶん、買い手はつくさ。あんたは五百八十万と不動産業のノウハウを手に入れる。その間も一生懸命働いて節約しているはずだからもっと金は貯まってるよね。今のやり方なら年間百万近くは貯金できるだろ？　あんたは八百八十万を元手にアパートを一棟買いな。正社員で三年以上、働いていれば融資もつく」

「はあ……そんなうまくいくでしょうか」

「いかなきゃいけない。いかせるんだよ。いろいろポイントはあるが、一番気をつけるのは天井だ。天井にシミがあったり、ボコボコ波打ったりしているのはダメ。天井を直すのはお金がかかるからそれだけで百万以上になるかもしれない。それからシロアリ。どんなに安くても買っちゃいけないよ。それほど気をつけても、もしかしたら、最初の物件で失敗してすべてを失うかもしれない。それでも前に進むんだ」

そして、光子は自分の枕の下からぼろぼろの封筒を出した。銀行のATMの脇に備え付けてある封筒だった。

「これ」

それを押しつけるように天使に渡した。

「中を見な」

おそるおそるのぞくと、一万円札の束が入っていた。天使が驚きの声を上げる前に光子は言った。

「百万ある。これを足せば九百八十万だ。およそ一千万あれば、アパートの滑り出しには上等だろう」

「なんですか、なんのお金ですか」

「このまま死なせてくれ」

「え」

天使は光子の顔を見た。きっちりと目が合った。

「あたしをこのまま、この部屋で死なせて欲しい」

「……そんな。だって」

「正社員のあんたならできるだろ。とにかく、病院や施設に送らないで欲しい。救急車を呼んだり、絶対しないで。ここで寝ていたい」

「そんなことできますか」

「わからないね」

光子は首を振った。

「でも、あんたが毎日、顔を見ている。大丈夫だと言っていた、とホテル側に伝えてくれれば、きっと大丈夫だよ。あんた、マスターキーも使えるよね？」

「まあ」

「返事がなかったら絶対に、一人で入って来て欲しい。まだ死んでなかったら、意識があろうとなかろうと、そのまま部屋を出て行って。死んでたら、他の人に連絡して」

「そんな……」

「年寄りが部屋でぽっくり亡くなる、風邪を引いたくらいで死ぬのはわりによくあることだ。大丈夫、あんたが責められるようなことはないよ」

さあ、と光子は天使に百万を強く押しつけた。

「頼むよ。これを逃したらもう、死ぬ機会はしばらくないかもしれない。疲れたんだよ、もう耐えられないんだ。そろそろ死にたい……金がなくなる前に」

「お金……」

「そう」

光子はさびしそうに笑った。

「もう、そんなに金がないんだよ。金が一円もなくなって、惨《みじ》めに死にたくない。ずっとその日を待っていたんだよ」

「お金なんて、なんとかなりますよ」

なんとかならないことは天使が一番知っていたが、目の前の老女を見ていたら、口から出まかせでもそう言うしかなかった。

「あたしのことを聞けば、その気持ちもわかってもらえるだろう」

「え」

光子は目をつぶったまま、話し始めた。

「あたしはもともと、福岡の生まれなんだよ。知ってるよね？」

天使は彼女には見えないだろうと思いながら、曖昧にうなずいた。前に博多の話を聞いた時から予想はしていた。

「昭和三十年代、夫になる人とは働いていた会社の上司の紹介で知り合った。ケチだったけど、悪い人じゃなかった。不動産業はね、最初は本当にさもないところから始めたんだよ。たまたま借りて住んでいた家がちょっと大きな家でね。子供ができて、あたしが働けなくなり、夫の収入だけじゃ少し足りなかったもんだから、家の二階を下宿として人に貸したのが始まりだよ。独り者の会社員が住んでくれて、朝晩の食事も付けて、一万二千円。その現金収入がどれだけ嬉しかったか……あの頃は家事に子供の世話、そして、下宿人の食事……本当に朝から晩まで働いていたねえ。そのお金にはなるべく手を付けずに貯金して、さらにもっと大きな家に引っ越して、下宿人を二人にしたりしているうちにお金が貯まってきてね。アパートを買って本格的に貸家業を始めたのさ」

光子が言葉を止めたので、水を飲ませた。喉仏が大きく動く。

「それからはもう、おもしろいように物件もお金も増えた。当時のあたしのやり方はすべて現金決済、物件は駅近や繁華街の近くのいい場所だけ。その程度の戦略でもね、あの時代はできたんだよ。いい場所の家やアパートを買って、賃料を貯め、次の物件を買う。そのくり返し。家族の食事はいつも手作りで、生活はぎりぎりまで切り詰めた。店子が出て行くと、部屋の掃除や修繕も自分たちでした。子供たちにもペンキ塗りを手伝わせたりしてね。夫もケチだったから、そういうのを嫌がらなかった。それはありがたかったけど……結局、そのケチが災いしたんだよ」

「災い？」

「あの人はケチ過ぎて、資産の名義を全部、自分のものにしていた。途中から夫を社長に会社組織にして、銀行口座の一つでさえあたしに持たせなかった。不動産投資をしていたのはあたしだよ。だけど時代も時代だったし、あまり気にしていなかった。でも六十でぽっくり逝《い》った時、遺産分割で家族が揉めたんだよ」

光子は長い長いため息をついた。

「子供は男女合わせて四人いた。皆、あたしたちの苦労を見せてきたから、家業のことはわかってくれていると思っていたけど、あたしが夫の看病なんかでバタバタしている時に四人が結託してしまって、悪い弁護士の知恵をつけられてね……夫が死んだ時、今まで父親が持ってたものなんだから、会社は長男が継ぐ、会社は長男を社長にしてもいいだろう、と言われて……あたしも気が弱ってたし、長男に『お母さんの面倒は俺が見るから』って泣いて説得されて、判を押してしまったんだよねえ」

「そんなこと、できるんですか」

「会社や物件が子供たちの名義に変えられて取られていた。面倒を見るっていうのも嘘だった。家が手狭だからと言われて気がついたら、自分が所有していた小さなアパートの一室に閉じ込められていた」

「でも、そんなこと、弁護士に相談すれば」

それこそ、光子の得意技ではないか。

「そうね、あんたの言う通りだよ。だけど、なんだか、全部が嫌になってしまってね。何よりも、子供たちにやられたのが痛かった。絶望してしまったんだ。最後に言われたよ。あの子たち、ずっとあたしたち、あたしと夫を恨んでたんだって。家にはお金があるのに、貧乏させられた、遊ぶ金も持たせてもらえなかった。家業を手伝わされて勉強をする暇もなかったのに成績が悪いから、と大学にも行かせてもらえなかった。鬼のような親だった。お金がなくて友達にも意地悪されたって。知らなかったよ。そんなに恨まれてたって」

「それは嘘かもよ。お金が欲しくていちゃもんつけたのかも」

「そうだね。だけど、もう何もかもが嫌になって。あたしは、一応は弁護士に相談して、取り返せるものは取り返した。現金で一千万くらいだったかな。とにかく、それを握りしめて、こっちに来たんだ。そして、競売にかけられていた、あのビルを買った」

「あのビル？　もしかしてマヤカシのビルですか？」

「そう。あの頃はまだ自分にも気力や元気があったんだね。絶望していたつもりだったけど、やっぱり不動産が好きだったのかな。ふとしたことから、競売物件であれを見た時にピンときた。これはいけるって。ボロボロで権利もめちゃくちゃ、場所はいいけど債権者がたくさん付いていてね。それを全財産をはたいて買って、死に物狂いで整理して、掃除して、直して……なんとか使えるようにした。ビルから賃料が入ってくるようになって、また、いくつか物件を買って、なんとかやってきたのさ」

「あの、名前はどうしたんですか。綾小路光子じゃないんですか」

「また、あの子たちが追ってこないように、名前を変えた」

光子はそう簡単に言っただけだった。

「他に名前はあるけど、こっちに来てから、実名はほとんど使ってないね。ビルを買う時はしかたなく使ったけど……銀行口座もないよ。全部、現金」

「すごいですね」

「でも、やっと、落ち着いたところにね、また、来たんだよ」

「え」

「子供たちじゃなくて、親戚がね。夫の妹の子たちがあたしを探し出してやってきたんだ。なんだか知らないけど、恨みつらみを言われてねえ。夫が死んだ時になんで自分たちは分けてもらえなかったんだって」

光子はそこで唾を飲み込んだ。喉が痛いらしく、顔を大きくしかめた。天使はもう一度水を飲むのを助けてやった。

「……義理の妹の夫の親戚にはヤクザものがいるんだよ」

「え？」

「もう、足を洗ったとか言って、廃品回収業をしているんだけど、その裏には嫌な連中がくっついているんだよ。昔世話をした弟分が今はそこの偉い人間になっているんだとか、雑談のふりをして言ってきた」

「なんで」

「脅してるんだよ。いつでも、あんた一人くらいなら処分できるって。それだけじゃない、今、ここにいる、ここで羽振りよくやってるってことを、うちの子供たちに言うって脅されて、しかたなく、現金でいくらか渡した。もう、子供には会いたくなかった。また絶望したくなかったんだよ。あんたも親で苦労しているが、子供っていうのも、また厄介なものなんだ。一旦、追い払って、その週の間に自分が所有している物件をすべて売却して現金にし、しばらく、この辺りを離れた。各地をぶらぶらした後、さすがにそろそろいいだろうって戻ってきた。いろんなところに行ったけど、歳をとると多少でも慣れた土地が一番だし、ホテルにこもっていれば、誰にもわからないだろうって」

「そうだったんですか」

「あたしはもう、疲れたよ」

その言葉は重く響いた。

「さあ、この最後の金をやるから、ここで死なせてくれ」

彼女の言うことは荒唐無稽に聞こえた。でも、手に取った百万は現実だった。

「受け取ったね」

光子はベッドの中でにやりと笑った。

「だったらやり遂げてもらわなきゃならない。万が一、救急車を呼んだりしたら、あんたがあたしから金を盗ったって言うからね」

光子は目をつぶり、「もうお帰り」と言った。

金をバッグに入れ部屋を出て、フロントの前を通った。

「光子さん、どう?」

フロントに立っていた、マネージャーの酒井が尋ねた。

「ちょっと風邪気味ですが、大丈夫です」

自然に口が動いていた。


その時は案外早く来た。

光子から金を受け取って、数日後、ドアを叩いても返事がない朝があった。

天使は迷いなくフロントの裏に行って、マスターキーを捜した。早朝で、フロントに人影はなかった。

鍵でドアを開けた。電気は消えていて、部屋は暗かった。

「……光子さん？」

声をかけてもなんの答えもなかった。ベッドの上の小さな山……光子の身体は小さかった。いつも小さかったけど、今日は一段と小さかった。

光子は死んでしまったのだ、とすぐにわかった。近づいて見ることも、息を確認することもなく。

一応近づいて、顔をのぞき込んだ。身体も顔も横向きで、ドアとは反対側を向いていた。顔が固まっていて、目がうっすらと開いていた。その時、睫毛に白髪が交ざっていて、窓から差し込む光に当たり、きらきらと透明に光った。まぶたからほんの少しだけのぞく瞳も色が薄かった。そこだけ、まるで、人形のようにきれいだと思った。

「光子さん」

小声でささやいた。まったく反応はなかった。やはり、死んでいた。

天使はまず、部屋のドアを確認し内から鍵をかけた。デスクの下のボストンバッグを開いた。中には電気コンロや小さな鍋、パソコンなどが入っていた。天使が知らないものは何もなかった。

次にクローゼットを開けた。レースのワンピースが数着と薄いコートが下がっていた。その足下に見覚えのあるビーズでできた小さなバッグが置いてあった。開くと、銀行の封筒が入っていた。

手が冷たく震えていたけど、それは寒さのせいだと思うことにした。中に入っていたのはざっと三百万くらいとすぐにわかった。数日前に同じように百万円をもらったからだ。ちゃんと数えると三百三十二万だった。

思った通りだった。

光子は風邪を引いてから一度も外に出ていない。それなのに、天使に百万を渡せた。つまり、光子の金はきっとこの部屋にすべてあるのだろうと予測していた。天使に渡したのが最後の百万という可能性もあったが、たぶん、彼女の性格から、全部をくれたはずはないと思った。回復したり、救助されたりした時のためにお金を残しているだろうと。だけど、三百もの大金があるとは思わなかった。ここにまだ二年くらいはいられる計算だが、彼女は死を選んだのだ。

ゆっくり息を吐いた。

気持ちがゆらいだ。

ここで持ち去るのは、百万か二百万か、三百か、全部か。いや、持ち去らずにここを出るか。

盗らない、という選択肢はない、と天使は思った。なぜなら、ここに盗っても誰も気づかない金があるからだ。盗らないでおいたって、金は光子が最も憎む、アコギな親戚か国に行くだけだろう。盗らないという選択はただの自己満足だ。自分が良い人と思いたいだけの。

ちらりと腕時計を確認する。いつもより早く出社していたが、すでに八時。フロントに人が座るのは九時過ぎだがそろそろ他の人が出社してくる時間だ。金を盗って、マスターキーを戻して、何食わぬ顔で光子の返答がない、と報告する。

気持ちを落ち着かせる時間も必要だ。いち早く決断しなければならない。

百万は少なすぎて後々、後悔するだろう。三百では残り数十万。いつも半年分のホテルの代金を払っていた光子の所持金としては少なすぎる。第一発見者である天使に疑いが掛かりかねない。

やはり、ここは二百というのが妥当だろうと思った。

光子が誰かに自分の所持金について話していたかどうかわからない。しかし、彼女は結局、自分にしか気を許していなかった。その自分にも言っていなかったんだから、大丈夫のはずだ。

ここはすべてを運に賭けるしかない。

天使は二百万を取り出し自分のトートバッグに忍ばせた。残りの百三十二万は後ろ髪を引かれながら、バッグにそのまま残した。

立ち上がり、光子の方はもう見ないようにしてドアをそっと開ける。幸い、廊下には誰もいなかった。

マスターキーで鍵をかけ、フロントにそれを戻した。

更衣室に行って、バッグを自分のロッカーに入れた。この古いトートバッグに二百万が入っているとは誰も思わないだろう。

天使は制服に着替えた。いつもはパートの老女たちが座っているテーブル席に腰掛けた。今は早いから誰もいない。一度、大きく深呼吸した。これから第二幕が始まる。自分は落ち着いている、と思った。そして、更衣室のドアを開け、外に出た。

さっき、出たばかりの光子の部屋に行き、ドアを叩いた。

「光子さん？」

天使は思い浮かべた。その白い睫毛、薄いまぶた、そこから見えた瞳を……それはもう光を放つことはないのだ。それなのに、自分は彼女がそこにいるかのように振る舞う。誰も見ていないのに。

「光子さん、大丈夫ですか」

当然、返事はなかった。

天使はフロントに行った。そこには出社したばかりの酒井がいた。

「酒井さん、光子さんの返事がないんですが……」

「え」

「まだ、寝てるかもしれないけど」

「ここんとこ、風邪引いてるから、掃除はいいって言ってたんでしょ」

「はい、昨日はドアまで出てきてくれたんだけど」

「ありがとう」

善良な酒井はお礼まで言った。

「ちょっと心配だったから、今朝は早めにノックしてみたんです。でも返事がなくて」

「まだ寝てるのかな」

「かもしれませんね」

「じゃあ、ちょっと様子見ようか。午後、もう一度、ノックしてみて」

「わかりました」

天使は彼の言葉を山田や他の人にも伝えた。

昼休みは一人で外に出て、駅ビルのファンシーショップで小さいバッグを買うと、ビルのトイレで二百万を詰め替え、駅のロッカーに入れた。万が一に備えることにした。

食欲はなく、ホテルに戻っても何も食べる気がしなかった。

午後、もう一度、光子の部屋をノックし、返事がないことをまた報告した。酒井と二人でドアを開け、光子が死んでいるのを確認した。

彼は「光子さん、光子さん」と肩を揺すった。その横で、天使は無表情で立っていた。呆然としている演技をするつもりもなかったが、どうしたらいいのかわからないのは同じだったので、うまくいった。

「何、ぼんやりしてるんだよ。救急車呼んでよ！」

めずらしく、彼が怒鳴った。

「……はい」

すぐに救急車がサイレンを鳴らしてきて、病院で死亡が確認された。

光子の死は簡単に片付けられた。

風邪を引いていてしばらく掃除をしないでくれ、と言われたことは山田も酒井も知っていたから、警察や保健所にもそう厳しく聞かれなかった。

ただ、警察の人が来て、山田と一緒に事情を聞かれた。彼女の死因や何かではなく、光子の身元がわからない、何か知らないか、という内容だった。

「わからない？　綾小路光子じゃないんですか」

山田が驚いて声を上げる横で、天使は同じように目を瞠《みは》って見せた。

「部屋の中には身分を証明できるようなものは一切、なかったからね」

光子が話してくれたことはもちろんのこと、マヤカシのこと、不動産屋のことも何も話さなかった。

しばらくびくびくしながら過ごしたけど、驚くほど何もなかった。光子が死んだ後の部屋は簡単に片付けられてしばらく誰も入れなかった。

光子に教えられた通り、この会社に三年は在籍することが必要だ。そうすれば、融資も引けるようになる。天使はじっとそれまで待つ。決して今の生活を変えず、贅沢をせず。それができる人間になったのだ。

何も変わらなかった。

何食わぬ顔をして、天使は今まで通り、毎朝、更衣室で着替えをし、朝の掃除に向かう。

このまま、光子に言われた通りに働けば、いつかはアパートが手に入るはずだ。毎日、毎日、同じ日々が続く。

「……おかしいよねえ」

ふっと隣で着替えていた山田が手を止めて考え込んだ。

「なんですか」

山田は相変わらず、地味でババ臭い下着を着ている。

「光子さんさ、前に言ってたんだよね」

「何をですか」

「まだ、お金を持ってるって……日村さんが来る、少し前くらいかな。ホテルにずっと住んでいるなんてすごいですね、って言ったら、ここに何年か住むくらいのお金はまだ持ってるって。だから、私、あの人はまだ数百万は持ってるのかと思ってた。それなのにお金がなかったって警察の人が言ってた」

「え」

天使は心底、驚いた。

「光子さんのお金、一円もなかったんですか?」

「うん。お財布に多少の小銭とお札はあったけど、それ以外はなにも」

「そんな馬鹿な……」

手が震えた。

「一度、支配人かマネージャーに言ってみようか」

「すみません、あたし、仕事の前にちょっとトイレに行ってきます」

「いいよ。じゃあ、私が用具を取ってくる」

「ありがとうございます」

「日村さん、光子さんのお金のこと、何か知らないよね？」

「知りません、知りません！」

「そう」

天使はスマートフォンを持ってトイレに走った。

嘘だ、盗ってない。

あの日、天使は一度は駅のロッカーに入れた二百万円を騒ぎに乗じて取りに行き、またクローゼットに戻した。

もしも、お金が残っていないなら、それは誰か別の人の仕業だ。

もしかして山田は自分を疑ったりしているのだろうか。

個室に入って目をつぶった。便器の上で天使は祈る。

あたしはまだ、ここでやめるわけにはいかない。不思議だ。前は自分なんかどうでもいい、いつ死んでもいいと思っていたのに今は絶対、死にたくない。

お願い、誰もあたしを邪魔しないで。三年でいいから放っておいて。

隣の個室から大きな水音が聞こえてきた。天使ははっと目を見開いた。

子供の時、教室で物がなくなると一番に疑われるのは天使だった、だから怖い。

でも、絶対、盗ってない。

だって、それでは光子のようにはなれない。自分の力で作った金でなければ。

あたしはやり直せるはずだ。

天使はもう一度目を閉じて祈った。それは何に対しての祈りなのか。光子か、山田か、金か、それとも自分か。天使にはもうわからなかった。

参考図書

『不動産投資歴60年！ 90歳女性現役大家の儲かる不動産投資術と物件管理の極意』篠﨑ミツ子著（セルバ出版）
『33歳で手取り22万円の僕が1億円を貯められた理由』井上はじめ著（新潮社）

【特別収録スピンオフ短編】

ファーストクラス・ラウンジ

加納光希《かのうみつき》は一人でファーストクラス・ラウンジに座って、ぼんやり周囲を見ていた。

平日のファーストクラス・ラウンジの客は少なく、目に見えるのは中国人らしい四人組が少し離れたテーブルで声高におしゃべりをしている姿だけだ。

せっかくこんなゆったりとした場所に来ているのに、あんなにみっちり詰めて座らなくてもいいのに……と光希は思う。家族なんだろうとは思うが、逆に、家族であれだけしゃべることがよくあるものだとも思う。

柔らかなソファの背もたれに寄りかかって、脚を組んだ。そうすると、自然に靴が目に入る。黒の高いヒール、靴底が真っ赤な特徴的なデザイン……光希が一足だけ持っているハイブランドの靴だ。ワンシーズン遅れのものを、メルカリで何度も値切ってやっと買った。それを……私の足にぴったりだからずっと愛用しているの、旅行中は歩きやすい靴が一番なのよ、という顔で履いている。

だけど、そんな光希の虚勢を見る人は誰もいない。

光希が座っているソファの後ろには金色に光るコートハンガーがある。そこに薄手の手触りの良いカシミアのコートがかけてあることは振り返らなくてもわかっている。今日、ここに来るためにわざわざ買った。これからシンガポールという常夏《とこなつ》の島に行くのに。次に日本に帰ってくる頃には流行遅れになっているだろうが、光希がファーストクラス・ラウンジに座るためにした唯一の贅沢《ぜいたく》だった。

また、ハイヒールのつま先を見る。この靴を履く時は絶対に傷をつけないように気を遣っているから、まだぴかぴかだ。大きく息を吸い込んで、本物のシャンパン……ビジネスクラス・ラウンジにあるスパークリングワインでなく、ここのは本当のシャンパーニュ産の……を飲んだ。それが喉を通っていく時、「成り上がった」という言葉が自然に浮かんできた。

空港のファーストクラス・ラウンジほど、それを思わせる場所はなかった。

成り上がった。

頑張った、努力した、うまくやった、資産を築いた……そんな普通の言葉でなくて、その下品な言葉を使うことで、逆に心が満たされた。

光希は以前、埼玉県の大宮《おおみや》のホテルで働いていた。そこで知り合った老女に資産形成と不動産投資のイロハを教えられた。彼女が死んだあと、ホテルにはいられなくなり、逃げるように九州に居を移した。九州の街を転々としながら、清掃の仕事やホステスをして必死で金を貯《た》め、老女に教わった節約と投資を実践した。少しも休むことなく、睡眠時間も削って働いた。

客商売は苦手で男と話すのも大嫌いだったが、五年と期間を決め、自分は生まれ変わったのだ、すべては金のためなのだ、と気持ちを切り替えて耐えた。

気持ちを変えるのには、名前の変更が大きく影響した。日村天使《ひむらえんじえる》という特徴的な名前は目立ちすぎる。嫌いな親が子供をおもちゃのように考えてつけた名前で、憎しみしかなかった。その名前と苗字《みようじ》から、過去に、テレビの大家族番組に出ていたことを知られる可能性もあった。まず、キラキラネームで日常生活に支障を来《きた》す、という理由で裁判所に申請し、名前を「光希」に変えた。

その名前は天使の憧れであり、希望だった。自分が羨望《せんぼう》した女性の名前に希《のぞ》みを加えた。

さらに苗字も変えたかったが、正式なやり方ではなかなかむずかしいと知って、手っ取り早い方法をとった。

偽装結婚だ。

親に虐待を受け、元恋人に追われている……そんなことを周囲に話して相談した。同情とアドバイスを得て、後腐れなく結婚と離婚を金で解決してくれる男を紹介してもらった。そういう時の苗字はやはり田中《たなか》や鈴木《すずき》、中村《なかむら》などの平凡なものが高いのだということも教えてもらった。きっかり五十万かかったが、その相手に会うこともなく、田中に苗字を変えられたことには深く満足した。一円だって無駄遣いしない日々を送りながら、これにはまったく惜しみなく金を払った。自分が名前を変えた理由が仕事上の利便性や過去との決別なのか、親への恨みなのか、何が一番強いのか、よくわからなかった。

苗字を変えると同時に本籍地を移すことで、結婚相手の名前を戸籍から消した。もちろん、ちゃんと調べれば出てくるだろうが、これで戸籍を取っただけでは前夫の名前はわからなくなった。

苗字を変えた頃、中洲《なかす》で知り合った会社経営者に気に入られ、不動産会社の正社員として就職した。その頃の「田中光希」の経歴は、ダメ男と結婚してすぐに別れ、今は宅地建物取引士、略して宅建の資格を取るための勉強にいそしんでいて、将来は不動産投資家を目指している若い女、ということになった。名前や苗字を変えるたびに、九州内ではあったが職や住所を変えていたので、誰かにあやしまれるようなことはなかった。また、そのおかげで、性格も少しずつ変えることができたと思う。実家のある小さな街に住んでいたら一生わからないことばかりだった。不動産営業の仕事は光希をまた一回り、大胆にさせた。社長に許可を取って、夜の仕事もしばらく続けた。

正社員になって三年目、大宮の老女の言う通り、融資を引いて福岡県内に中古アパートを買った。博多《はかた》駅から電車で三十分、駅から徒歩三分、場所は良く、利回りは十五パーセント以上だった。コロナ禍《か》の前でまだ不動産価格が上がりきっていなかったことが幸いした。不動産会社にいながら、探しに探した一軒だった。それでも、初めて数千万円の契約をする時は手が震えた。

そこから倍々ゲームが始まった。買ったアパートからの家賃や給料で金が貯まると、それを元金にして融資を引き、物件を買う。会社勤めの傍ら、マイクロ法人を作って、さらに融資の枠を広げた。コロナ禍が起きた時にはいち早く、コロナ融資で八千万を借り、博多に小さなビルを買った。ビルを手に入れてまもなく、会社は辞めた。

コロナ禍が収まった、というか、そのおかしなウイルスが自分たちの傍らにあるのが普通の日常になった頃、数年ぶりに博多で、地元経済界の大きなパーティが開催され、光希も若き経営者として招かれた。正直、そんなところに出て多少の知見を得ても、なんの価値もないと知っていた。そんなことに数万も会費を払うのは馬鹿げていると思ったが、その発起人の中に自分を正社員として雇ってくれた会社社長が入っていて、断れなかった。

光希は博多一大きなホテルのパーティルームの一室の端に立ち、目立たないように水割りをすすった。一刻も早く家に帰りたかった。たくさんの人のいる場所は昔から苦手だ。マスクをしていなければ、そこに立つことはなかったかもしれない。

本当に自分に必要な情報はこんなところにはない。自分よりずっと年上の、虚構の世界だけで生きているような男たちが集うような場所には……。本当の情報はたいてい、地元の小さな不動産屋にある。そして、それはここで名刺を取り交わしただけでは絶対にもらえない。何度か足を運び、この若い女が確実に融資を引いてくる、頭金を持ってくると相手にわかってもらえなければ……。

最初の一時間が過ぎ、知り合いの社長たちにはすべて挨拶《あいさつ》をして、会場をあとにしようとしたその時だった。

以前に中洲の飲み屋で紹介された大江《おおえ》という市役所の地域開発課の課長に呼び止められた。

「田中さん？　久しぶり」

光希は笑顔を作って振り返った。彼は傍らに、垢《あか》抜けない若い男を連れていた。

「こちら、今度、東京の大企業からうちに出向してきてくれた、加納久史《ひさし》君。官民交流の一環でね。同じ年頃だから、これからこのあたりの若い人たちに紹介してあげてよ」

彼は二十代にも三十代にも四十代にも見える不思議な男だった。ごつい顔の中に太い眉毛が不機嫌そうに座っている。老けた二十代なのか、幼い四十代なのかよくわからない雰囲気と顔立ちだった。お世辞にもイケメンとは言い難《がた》い。実際には光希の三つ上の年齢だった。

「私もそんなに友達いないですけど……大江さんは私がコミュ障なの、知ってるでしょ」

一度か二度しか会ったことのない相手に、親しげに振る舞うコツをやっとつかんでいた。自虐し、自分の秘密をあなただけが知っている、というふうに話すこと、名前を絶対に忘れないこと。

「なーに言ってるの。田中さんは中洲の不動産界の一輪の花じゃないですか」

こちらは東京から来たエリートさんだから、田中さん、誰かお友達の綺麗《きれい》どころでも紹介してあげて……それだけ言うと、彼は地元の市議会議員に呼ばれて別のところに行ってしまった。

「……不動産屋さんなんですか」

残った彼はビールのグラスを持てあましながら、困った顔で尋ねた。二人の会話から察したのだろう。

「いえ、私、まあ……なんというか、ビルの……管理なんかをしておりまして」

光希は久史に名刺を渡した。そこには簡単に会社と自分の名前だけが書いてあった。

あとで久史に聞いたところでは、彼は光希をビル管理会社か、ビル警備会社の会社員だと思っていたらしい。次の日、大江から博多にビルをいくつか持っている女社長だ、と聞いた時には心《しん》から驚いたそうだ。

「自分は東北の生まれで、大学に入る時に上京したんだけど、東京でも福岡でも、自分を大きく見せる人ばかりで、辟易《へきえき》していたんだ。光希にはびっくりさせられた」

埼玉を出てからずっと用心して暮らしていた。あまりこちらから自分のことは話さず、仕事も資産も公《おおやけ》にはひけらかさない。だけどそれが、結婚願望を抱えた女たちが群《むら》がってくる久史にはとても新鮮に映ったらしい。

これまでの経歴を聞かれた時も、東京近郊の高校を中退した、両親は早くに亡くなり、彼らが残した少しの財産を一人で増やしたのだ……という、最近使っている話で満足したようだった。若い頃は一人で生きていくために夜の仕事をしたこともあるし、一度だけ、短い結婚もした、ということは隠さなかった。

彼の方はこれまでほとんど女性と付き合ったことがないらしかった。もともと引っ込み思案な性格で地方の優等生、大学に入るまではただただ勉強を続け、大学時代は学内のミスコンに選ばれるような女性に不器用な片思いを続けて卒業、就職してからは激務で相手を探している暇もなし……ということで、ここまで来たらしい。

最初からそんなエリートと付き合ったり結婚したりするとは考えもせず、誘われた時も、市役所の大江の顔がちらついて断れなかっただけだ。食事を重ねるうちに「うちは親も地方の公務員で、光希さんのような財産もないし、会社は大きいばかりで給料は世間に思われているほど良くはないけど、よかったら結婚を前提に付き合ってもらえませんか」と告白された。

顔は好みではないし、結婚をする気もなかった。だけど、ただ、惹《ひ》かれたのはその「不器用さ」だったのかもしれない。話しているうちに、「世の中にこんなに正直で、真面目な人がいるのか」と何度か驚嘆させられた。

二年付き合って、彼に次はシンガポールへの内示が出た。

「一緒に、シンガポールに来て欲しい」というのが、さらにちゃんとしたプロポーズになった。

シンガポールに行く前に、彼の父親に会いに行った。

彼は一人っ子で、高校時代に母親を亡くしていた。今は地元の市役所で部長をしている、朴訥《ぼくとつ》で優しい父親が家で迎えてくれた。

彼の家族も、自分のような女が彼と結婚できた理由になったかもしれない、と光希は思う。母親が生きていたり兄弟姉妹がいれば、もっと細かく経歴や家柄を調べられたり聞かれたりしたかもしれないけど、それもなかった。

父親は役所で「仏さん」と呼ばれるほど、人が好《よ》くて有名な人だった。一泊したが、ずっとニコニコしていて、光希を一番風呂に入れてくれるほど気を遣ってくれた。夜は近くの焼き肉屋に食事に行き、朝ご飯は父親自ら作ってくれた。光希がずっと恐れていた、他人の家で無作法をさらして馬鹿にされるということもなかった。

「お義父《とう》さん、これから日本に一人でさびしくなっちゃうね」

彼の実家をあとにした時、自然とその言葉が出た。一人、玄関のところに立って手を振っていた父親に、自分がこれまで一度も感じたことのない感情がわきあがったのだ。本当の親にもついぞ抱いたことのない感情が……。

「ありがとう」

久史は光希の手を取ってぎゅっと握った。

「君を選んで良かった」

驚いて顔を見ると、彼は涙ぐんでいた。本心からそう思っているらしかった。

入籍はこの帰郷のあと、すぐにした。久史の父親と役所の大江に証人をお願いした。特に大きな問題は起きなかった。

いったいファーストクラス・ラウンジとビジネスクラス・ラウンジの違いはなんだろうか、とずっと考えていた。

光希は自分の会社の整理もあり、久史だけが三ヶ月早くシンガポールに渡って新生活を始めることになった。その間一回だけ、見学も兼ねてシンガポールに行った。彼がエコノミークラスのチケットを買って、これまで貯めてきたマイレージでビジネスクラスにアップグレードした。それが光希の初めての海外旅行となった。

三ヶ月の間に、これまで自己管理だった物件を管理会社を選んで託《たく》し、事務所と自宅マンションを解約して荷物を整理した。周りに挨拶も済ませた。

今回は駐在員の妻が正式にシンガポールに入国するということで、ビジネスクラスのチケットが会社から支給された。その少し前に、久史はクレジットカードを航空会社と提携したゴールドカードに変えていたから、シートこそビジネスのままだったが、ファーストクラス専用ゲートとファーストクラスのラウンジを使えるようにしてくれた。

「この裏技は正規料金でビジネスクラスチケットを買っていないとできないから、最初で最後かもしれないけどね」

スカイプで説明する彼は、自嘲気味だけど、どこか誇らしそうだった。

ビジネスクラスのラウンジでさえ、初めて使った時には目を瞠《みは》ったものだ。各種アルコールが飲み放題で、カレーや蕎麦《そば》などの温かい食事を目の前で作ってくれるだけでなく、焼きそばやから揚げなどのビュッフェも充実している。新聞や雑誌はすべてそろっているし、小さなテレビが付いた席もある。もちろん、ｗｉ－ｆｉも使い放題だ。ただ、ビジネスクラスというだけにスーツを着たビジネスマンであふれかえっていて、空いた席を探すのだけで一苦労だった。

ここにはスパークリングワインでなくてシャンパンがある。火の通った食べ物以外に、スモークサーモンや生ハム、寿司《すし》がある。トイレにはたくさんの化粧品の小瓶があって、どれも持って帰れる……あとはそう変わらないようだ。カレーも天ぷら蕎麦もビジネスクラスと同じだ。カレーにカツをつけられるくらいだろうか。

ただ、とにかく空《す》いている、ということが価値なのかもしれない。

入り口のあたりに何気なく目をやって、はっとした。

これまで自分と中国人だけだった場所に、一人の女が入ってきた。顔立ちは日本人のようだがはっきりとはわからない。これまで、女一人でここに座れるのは自分だけかと思っていたから軽く落胆した。カジュアルなジャケットは山岳用のものらしく、ずいぶん暖かそうだった。彼女には気づかれないように靴やバッグも観察してしまう。やはりそれもスニーカーとデイパックで、高そうには見えない。ジャケットを脱ぐとその下は白いTシャツとデニムで、旅慣れた人のようだった。確かに、行き先が光希と同じような南の国なら、空港は暖かいしそれで十分だ。飲み物や食べ物を物色することもなく、すぐにバッグからパソコンを取り出して仕事を始めた。

なんだか、自分の靴やコートが急に垢抜けないものに思えた。仕事をしているということ、カジュアルな服装であることから、入国してすぐに人に会う必要がない、フリーランスに見える。ファーストクラスに乗り慣れている雰囲気があった。彼女は光希の視線に気づくふうもなく、じっとパソコンの画面を見つめている。彼女の存在そのものが光希を落ち着かなくさせた。

光希は目を軽く閉じて、自分の年商やキャッシュフローを思い浮かべた。入ってくる家賃からローン返済分や諸費用を引いた純利益だけでも二千万を超える。三年間、夫とともにシンガポールで遊んで暮らしていても、光希の不動産は利益を生み出し続けてくれるはずだ。

私は何も心配することはない……。

ほんの少し、気持ちが楽になった時、ラウンジの入り口のあたりがざわめいていることに気づく。ここの制服を着た女性たちと普通のスーツ（とはいえ、それは身体《からだ》に張り付くようにぴたりと合ったオーダー品のようだったが）を着た男性がひそひそと話している。一台のタブレットを見ながら、部屋の中に視線を這《は》わせたり、それを指さしたりしている。

何かあったのかな……そう考えていると、そのスーツの男がまっすぐに光希の方に歩いてきた。自分に何か用だろうか……いや、そんなわけはない、と思っているうちに彼は光希の足下にひざまずいた。

「……お客様……大変申し訳ありませんが、チケットを拝見させていただけますか」

「え」

とたん、光希の胸が鼓動を速める。

いったい、何があるのだろうか。チケットは久史が用意してくれたもので、問題があるわけがない。メールで予約番号と確認番号を送ってもらい、彼に教えてもらったようにオンラインでチェックインし、ゲートの前のカウンターで発券してもらった。それを見せて、このラウンジにも入ったのだ。

「チケットを拝見できますか、確認のために」

「あ」

光希は自分のバッグを慌てて開いて、チケットを出した。手が震える。

「これ……」

慌て過ぎて、ちゃんとした言葉が出てこない。

彼はそれをじっと見た。そして、笑顔のまま、光希に言った。

「申し訳ございません。こちら、ビジネスのチケットになりますので、お客様にはビジネスクラスのラウンジをお使いいただくことになっています」

「え、それは……」

アップグレードしたのだ、と聞いていた。ここに入る前は何も言われず、受付の女性はチケットを一瞥《いちべつ》しただけで入れてくれたのに……。額のあたりから汗がどっと噴き出すのがわかった。

「さ、お客様、お荷物を移動させるお手伝いをしますので、ご一緒にビジネスの方へ……」

「いえ」

ふと、ラウンジの中が水を打ったように静まりかえっているのがわかった。彼の視線に耐えられなくて、周囲を見回す。さっきまで内容が聞こえそうなほどかしましくおしゃべりしていた中国人たちが全員こちらを凝視している。カジュアルなジャケットの女も、パソコンから顔を上げている。

「……私の夫が」

声が裏返ってしまった。

「はい？」

ついに、彼はほんの少し無礼になる。これまでの丁寧な態度を捨てて、こちらをビジネス客なのに、図々しくファーストの場所に紛れ込んだ珍客だと思っている。しかし、ビジネスだってそこそこ高い金を払っているのだ。いや、自分は払っていないけど誰かが。それなのに、こんなに邪険に扱われることがあるだろうか。

いや、私はキャッシュフロー二億の女なのだ。純利益だって、この男の年収より少ないとは思えない。

小さく咳《せき》をして、声の調子を整えた。

「夫がアップグレードしてくれたんです。もう一度ちゃんと調べていただけませんか」

そう、私は加納久史の妻なのだ。

「アップグレードなさった？　でしたら、ここに」

彼はチケットの端のあたりを指さす。

「マークが付くはずなんですけどね」

「そうですか、私はよくわからないけど」

光希は小さく首をかしげた。自分でもはっきりとわかる媚《こ》びだった。それは彼に対してではない。このラウンジに対して、彼の後ろに心配そうに立っている女たちに対して、この航空会社に対して、そして、全世界に対して。

私は彼の庇護《ひご》下にある妻で、彼がなんでもしてくれる。彼が間違っていることはない。そう、私は彼の妻、これまでは一人ですべてをつかんできたけど、今は彼がしてくれる。

「もう一度、調べてくださらない？」

「かしこまりました」

彼は光希のチケットを持ったまま、いったん引き下がった。

ソファに身を沈めて、はあっとため息をついた。身体が小刻みに震えている。顔を上げるとあの女……マウンテンジャケットの女がこちらを見ている。光希と目が合うとパソコンに目を落とした。

一度は退散させたものの、やはり心配になった。

久史が嘘《うそ》を言ったりするわけがない。ただ、何かの手違いはあるかもしれない。

「……失礼しました」

彼はすぐに戻ってきて、チケットを手渡してくれた。

「こちらの手違いで、印字がされていなかったようです」

「そう」

「こちらに新しいチケットをお持ちしました。こちらをお使いください。それから……」

彼は手に持っていた航空会社のマークのついた手提げの紙袋を差し出した。

「ご無礼をいたしまして、大変申し訳ありません。よろしければ、こちらを……」

中を見ると、航空会社が作っている焼き菓子の詰め合わせとタオルが入っていた。

「お使いいただけないでしょうか」

「わかりました」

「では、こちら、お客様の飛行機のお座席の方に運ばせていただきますね。本当に申し訳ございません」

「いいんだけど、どうしてこのようなことが……」

「いいえ、本日いらっしゃる予定のお客様より、入室されたお客様の方が多いということで……」

「え」

すみません、と彼はまた深々と頭を下げて去って行った。

ほっとした。そう、自分はもう、こういう場所でドキドキしたり、はらはらしたりしなくていいのだ。だって、自分は加納光希なのだから。

場違いだと感じてびくびくすることはないのだ。

しかし、そんなことがあるのだろうか……今起きたことを考えていたら、彼は一度ラウンジを出たあとに戻ってきて、今度はもう一人の女客……さっきまで光希のことを見ていたカジュアルなジャケットの女に声をかけた。同じようにチケットを出させると首を振った。

そして、女としばらく話すと、二人で荷物を持って出て行った。何か、間違いがあってファーストクラス・ラウンジに紛れ込んだのは彼女の方だったらしい。光希のように反論したり、抵抗したりせず、素直に出て行った。自分でも思い当たる節があったのかもしれない。

その後ろ姿は急に、旅慣れた自由人から、みすぼらしい場違いな女に見えた。

つまり……光希は泡の消えかかったシャンパンを飲みながら思う。

あの男は、誰か一人客が多い、とわかった時、それはあの安っぽいジャケットを着た女ではなく、光希だと思ったわけだ。

そう気づくと、光希はまた額のあたりが汗で濡《ぬ》れるのを感じた。

シンガポールのチャンギ空港に着くと、夫の久史がゲートのところで待っていた。まだ朝の五時だからあたりは真っ暗なのに、迎えに来てくれたのだ。光希はほっとした。一人でタクシーに乗って、空港から街中に入るのは心細かった。

「空港からうちに来るなんて簡単だよ。サービスアパートメント（キッチン付きホテル）はオーチャードにあるんだから、住所を見せて、ここに行ってくれって示せば黙ってても玄関につけてくれるよ」

久史は電話でこともなげに言ったが、それは海外旅行や留学でそこに行き慣れている人だからできることだ。婚約中、久史に「海外旅行は？」と聞かれた時、「学生時代に友達と一緒に行ったけど、卒業してからは……仕事が忙しかったし……学生時代のも、人に連れて行ってもらっただけだから……」と言葉を濁してごまかした。

「そうなんだ。じゃあ、今度、台湾か韓国にでも行こうよ。九州からはすぐだから」

「ええ」

海外旅行なんて一度も行ったことがない。もちろん、英語もまったく話せない。

シンガポールに着く時間はもちろん、事前に知らせてあったし、きっと彼は来てくれると信じてはいたけど、「タクシーで住所を伝えればいいんだよ」なんて、簡単に言われると、万が一、来てくれなかったら？　と不安になっていた。

決して、彼が光希のことを思ってくれていないのではなくて、あまりにもたくさんのものを持った人は、持たない人のことがわからないのだ。

英語はここに来て習うつもりではいるけど、最初にどの程度のクラスから入ったらいいのかさえわからない。とにかく、英会話には自信がないので初歩から学びたい、と久史に説明してあり彼も賛同してくれているが、光希の本当の実力を知ったら戸惑うに違いない。

中三の時、なぜか、クラス委員の女子に英語を習うことがあった。あまりに勉強ができないので、担任の教師から「教えてやれ」と彼女が頼まれたらしい。

自己紹介を書いてと言われて、何気なく「アイアムエンジェル」と書いたら（エンジェルは光希が当時書けた数少ない英単語の一つだった）、「それはアイじゃないよ」と言われた。

「え？」

「それはエルだよ」

何を言われているのかもわからなかった。彼女は優等生で、悪い人ではなかった。決して、光希を馬鹿にしているわけではなく、明らかに困惑していた。Ｉの筆記体とＩの筆記体の書き方の区別がついていない級友に。

「あれが有名なマリーナベイ・サンズだよ」

久史の声がして、はっと顔を上げた。ネットやテレビで観《み》たことがある、あの有名な、空に浮かぶ大きな船のような奇妙な建物が高速から見えた。

「疲れたでしょう。少し寝たら。ホテルに着いたら起こしてあげるよ」

彼は光希の頭を自分の肩にもたせかけてくれた。

そう、もう、こうして目をつぶっていればいいのだ。そうすれば彼がどこかに連れて行ってくれるのに、どうして昔の同級生のことなど思い出してしまったのだろうか。光希は目をぎゅっとつぶって、過去のことを頭から追い出す。


シンガポールに着いて一週間、夢のような日々が続いていた。

まだ、ちゃんとした住居を決めていないから、オーチャード通り……日本で言ったら銀座のような場所のど真ん中にある駅の、駅ビルとつながったホテルに住んでいる。部屋には簡単なキッチンがあり、料理はできるものの、食器や調理用具は限られているから、外食でいいよ、と久史は言ってくれている。

朝はホテルのレストランでビュッフェスタイルの朝食を二人で食べる。昼は一人で観光がてら、シンガポールの街を回り、気が向いた場所でランチをした。それらの料金は久史が持たせてくれるクレジットカードを好きなように使っていいと言われていた。

たまには自炊をしないと、と部屋に置いてあった鍋でご飯を炊《た》き、近くのアジア系スーパーで見つけた冷凍の塩鯖《しおさば》を買ってフライパンで焼いてみた。換気扇を回していたのに、日本のように排気ができていなくて、部屋の中が煙だらけになってしまった。しかも強く長く回しすぎたのか、その途中で換気扇は壊れて止まった。

「シンガポールの部屋は魚を焼くようにはできてないらしい」

仕事場から戻ってきた久史は、煙で真っ白になっている部屋を見て、大笑いした。すぐにフロントに連絡し、ホテルマンが来て直そうとしたが、その日は元に戻らなかった。翌日、やってきた修理の男も数時間掛けてやっと換気扇が回るようにはしてくれたものの、結局、日本人が満足いく排気はこの部屋ではできないとわかった。

煙だらけの部屋で塩鯖を食べながらおいしい、おいしいと言ってくれている久史を見て、光子《みつこ》から料理を習っておいて本当によかった、と思った。

「でももう、時々、ご飯と味噌汁だけを作ってくれればそれでいいよ。おかずはテイクアウトのフライドチキンとサラダでいい。ちゃんとした部屋が決まれば料理は好きなだけできるでしょ」

「でも、外食ばかりじゃ、お金がもったいなくて」

思わず、こぼした。正直な気持ちだった。日本と違って、ここの外食は高い。ファストフードのようなところでも、一人千円以上かかる。日系のラーメン屋に行って麺類の他に餃子《ギョーザ》とビールを頼んだら、二人で一万近くも取られて、驚いてしまった。

「たった、一ヶ月かそこらのことじゃないか」

久史は決して無駄遣いをする人間ではないが、お金に困った経験もあまりないからか、何事にも鷹揚《おうよう》だった。光希は改めて、すべてを他人《ひと》に委ねられる、お金を人に頼る、ということを知ったような気がした。

しみじみと自分が幸せだと思った。そして、恐ろしいことに、この生活を手放したくない、と思っている自分にうすうす気がついてもいた。

いつまでもホテル暮らしも続けられない。久史の仕事の合間に、一緒に不動産も探し始めた。

日本人がやっている不動産屋を彼の会社から紹介された。不動産屋が運転する車で、いくつかコンドミニアムの部屋を回った。日本の宅建に当たる資格を持っている人たちは不動産エージェントと呼ばれていた。

日系の大きなスーパーマーケットがあることから、主に子供がいる夫婦がたくさん住んでいるマリーナ地区、日本大使館の近くのタングリンロード、そしてやっぱり便利なオーチャード通り……どこも家族用の部屋が月五十万以上するけど、それは全部会社が出してくれる。だいたい百平米以上の部屋で、ベッドルームとバスルームが二つ以上あり、キッチンには食洗機やオーブンが付いており、メイド用の部屋や彼女たち用の簡素なトイレとシャワーまである。

内見するために部屋を訪れると、たいていの場合、大家側のエージェントも待っている。シンガポールではエージェントが借主、貸主双方に付いて、家賃やそのほかの条件についてもエージェントたちが話し合う。

そんなこと、一つ一つが新鮮で楽しく、光希は自分の仕事のこともあって、さまざまな質問を投げかけた。

例えば、日本でいう敷金礼金はシンガポールでは一ヶ月分の家賃を借主側が負担する。それを両方のエージェントが半分ずつにするのだ。日本円で五十万以上という高額な家賃だからこそ、できる制度だと思った。

「うちの妻は自分でも投資不動産を持っているから、興味があって……すみません」

久史は苦笑しながらも、悪い気はしていないようだった。

「やっぱり、オーチャードがいい。今住んでいるところから近くて、何をするにも便利そうだし……」

帰りの車の中で、光希は夫にささやいた。

「同じ職場の先輩たちは皆、マリーナに住んでいて、すごく便利だって言うけど」

「そういう方はもうお子さんがいらっしゃるからでしょう？　私たちはまだ都会を楽しみたいわ」

自然に久史の耳にささやいていた。他の駐在員の妻たちとなんか、付き合いたくない。仲良くできるとも思えなかった。


シンガポールに来たら、ビザを発行してもらわなくてはならない、とは聞いていた。来星から数週間後、帰宅した久史はスーツから部屋着に着替えながら、「明日、ビザセンターに行って、ビザの手続きをするよ」となんの邪気もなく言った。

「え、今、なんて言った？」

「エンプロイメントパスサービスセンター。通称、ビザセンター」

久史は少し楽しそうに、それを発音した。彼はこれまで勉強してきた英語を毎日のように使えるのが楽しいようだった。

「待って、その手続きって、役所の相手は日本人なの？　シンガポールの人なの？」

「もちろん、シンガポーリアンさ」

嫌な予感で胸がざわざわする。

「そんなの……私にはどうしたらいいのかわからない。英語が……」

「大丈夫。僕も行くし、こちらのことをよくわかってる、高橋《たかはし》さんにも一緒に行ってもらうからね」

「ああ、高橋さん」

高橋美奈《みな》、というのは、久史の会社のシンガポール支社の事務員で、光希たちより少し年上の女性だった。三十代後半だろうか。日本の有名私立大を出たあと、一流商社に勤めていたが、仕事にやりがいを感じられなくなり、海外留学した、と聞いた。当初は、ニューヨークで英語を学び、でも就職先がなくて、ロンドンやパリを回ったあと、このシンガポールに落ち着いたらしい。とはいえ、最初は日本料理を出す居酒屋でホールスタッフなどもしていたそうだ。次は日系の運送会社でシンガポールの人たちと一緒に日本人の引っ越しの手伝い、そして、やっと数年前に久史の会社で総務兼経理と簡単な通訳の職を得た。結局、日本人ばかりの事務所で働いているのなら日本にいるのとあまり変わらない気がするが、彼女には彼女の事情があるのだろう。彼女とはすでに二回会っているが、すでにかすかな苦手意識があった。

一度目は、久史と光希の歓迎会の席だった。

その飲み会の時、彼女がトイレに行ったすきに、現地採用の久史の年上の部下が「最初に本社から連絡が来た時、支社長は独身だと聞いていたから、高橋さんに狙いなさいよって勧めてたんですよ」と言った。

彼は酔っていたし悪気はないのだろう。もしかしたら、久史へのおべんちゃらだったのかもしれない。

「こんなエリート、絶対につかまえないとって発破かけましてね。彼女も結構、その気になってたのに」

久史はそっけなく「そんなことはありませんよ」と言ってくれたので、光希はほっとした。冗談としても気持ちのいい話ではなかった。

それなのに、彼は続けて「いや、こういうとこに来たら、なかなか日本人の男とは知り合えないんだから、本当に千載一遇のチャンスだったのに」と言った。

海外に来て努力をしても、こんなことを言われないといけないのか、と思ったら、彼女が気の毒でならなかった。こういう話題の時、妻という立場は本当に困る。笑うわけにもいかないし、かと言って、一応、これから夫が世話になる相手と思ったら、仏頂面をしたり、強い口調でいさめるわけにもいかない。しかたなくうっすらと微笑《ほほえ》んで話を聞いていたら、強い視線を感じた。顔を上げると、そこに高橋が立っていた。急なことで、光希はぎょっと驚いたような顔になってしまった。今の話を聞いていたのだろうか。そして、光希の笑みをどうとらえたのだろう。

とはいえ、大勢の前でその誤解を解くこともできず、また、わざわざ言い訳をするような間柄でもなく、それっきりになった。

次に会ったのは、ホテルからコンドミニアムに移る前だった。やっと決まった部屋の鍵が久史の支社に届けられたのを、ホテルの部屋まで持ってきてもらったのだ。

急がないから久史が帰宅する時で大丈夫、と光希は言ったのだが、彼は「一日も早く、自分の部屋に落ち着きたいでしょう。荷物はまだ届かないけど、可能な限り、必要なものや欲しいものを買って、部屋に置いたらいい」と言って聞かなかった。また、「事務所の者に届けさせる」というのが高橋を指しているとも知らなかった。であったら、もっと強く断ったのだが、夫から連絡が来たのは、「高橋さんが事務所を出たよ」という最悪のタイミングだった。

「本当にありがとうございます。申し訳ありません」

ホテルロビーのソファー席で落ち合った高橋に、光希は身体が折れるくらい深く頭を下げた。

「いいえ、大丈夫です」

彼女は苦笑に近いくらいの薄い笑みで応えた。

「本当になんとお礼を言ったらいいのか」

「いいえ、本当にかまいませんから。それではもうこれで」

高橋がそそくさと立ち上がった時、脇を通ったホテルマンが光希の顔を見て、何か言葉を投げかけた。

彼は身体の大きい、マレーシア系のシンガポール人で、ホテルの副支配人だった。とても愛想が良く、いつも声をかけてくれる。簡単な挨拶程度ならかろうじて光希でも聞き取れることもあったし、まったく何を言っているのかわからず、適当にうなずいて終わらせることも多かった。

彼にはもちろん悪気はなかった。だけど、高橋の前ではやめて欲しかった。

そして、その時は少し長めに彼は光希に話しかけた。でも、たぶん、「こんにちは、ごきげんよう」程度の言葉だろうと思った光希は微笑みながら「ハロー」と応えた。彼はさらに何か言った。光希は微笑み返した。

すると、その様子を見ていた高橋が彼に話しかけた。彼と彼女はしばらく言葉を交わし、彼は元のまま笑みをたたえてフロントに戻って行った。

「……今の人は、よかったらコーヒーをお持ちしますよ、と言ってくれたんですよ」

彼女ははっきりと蔑《さげす》みの表情を浮かべながら、光希に説明した。

「だから、いらないと言っておきました」

そのとたん、光希の身体は固まった。

やってしまった。私はやっぱり、昔から何も変わっていない。

あの時のままなのだ。埼玉で生まれ、テレビに引っ張り出され、そこから逃げてきたあの時のまま……。

ろくな返事もできず、立ち尽くした光希に、高橋は言った。

「……奥さん、本当に、まったく英語ができないんですね」

そこでも、適当に答えればよかったのだ。平然と、英語は不得意なので、とかなんとか正直に。光希は博多にビルを持つ女社長で、この英語力だけにしがみついている女がもらっている年収の二倍以上の金額が何もしなくても毎年、入ってくるのだから。目の前にいるのは、家賃も物価も高いシンガポールであの給料ではなかなか大変だろう、と、夫も少し同情していた女なのだ。そう考えなかったら、耐えられなかった。

「……うまく、聞こえなくて」

「そうですか。私にはよく聞こえましたけど」

彼女は、もう一度、それでは……と言って帰って行った。

彼女に会うのはあの時以来だった。

でも今回は二人きりではなく、久史も一緒だ。彼女もそこまで馬鹿にしたような態度は取れないだろう。

次の日の午後、久史の事務所が入っているビルの前で待っていると、彼と高橋が下りてきた。彼らは何か楽しそうに話していた。

ビザセンターは歩いていけるから、ということでそのまま歩いてその場を目指した。十分ほど二人が何か話しているのを後ろから追いかけるような形になったが、高橋に話を合わせなければならない状況よりはずっとましだった。

着いた場所は大きな建物で、受付のようなカウンターがずらっと並んでいてシンガポール人が座っている。カウンターの中で立ち働いている人も多く、日本の役所と雰囲気はあまり変わらない。

「あれは、評価ボードですよ」

高橋が、この間のことなど忘れたかのように指さした。その先には、銀行や郵便局などで見かける、番号札の番号を表示するボードとそれより少し大きめのボードがあった。

「評価、ですか？」

「ええ。公務員が働く場所には結構、あるんです。手続きなんかをしてもらったあと、手元に『グッド、ベリーグッド、ノーグッド』とか五種類くらいのボタンがあって、押せるんです。それが彼らの年次評価に直接つながりますし、周りにも見えるようになっているんです」

「へえ」

高橋が話しかけてくれたのが少し嬉《うれ》しかったのと、実際に感心したのとで、光希は必要以上に大きな声で返事をしてしまった。

「よくできてますよね。あれがあるから、来館者に冷たい態度は取れないんですよ」

「本当にそうですね」

「日本もこうすればいいのに」

いくつかのフロアを通り過ぎて、やっとお目当ての場所に来たらしい。看板や案内図は英語の表記ばかりで光希にはちんぷんかんぷんだったが二人は立ち止まった。

高橋が書類を係の人に渡して、話してくれた。その隣に光希は子供のように立ってぼんやり待っていた。ひとしきり説明が終わると、高橋が光希と久史に向かって、「まだしばらくかかるみたいです」と言い、近くのソファで座って待つことにした。

その間、久史と高橋はずっと何かを話していた。会話はもっぱら、事務所の人のことで「○○さんは前職、会計事務所にいたから経理に明るいよね」「その分、数字に細かいですけど……」などと言い合って、笑っていた。

十分ほどでまた呼び戻され、高橋が書類を受け取った。

「じゃあ、奥さん、ここにサインしてください」

彼女は光希にそこに置いてあった、備品のボールペンを渡してくれた。

「英語ですか？」

光希はそれを握ったまま尋ねた。

「英語でも日本語でも」

光希はぎこちなく、「Mitsuki Kanou」と筆記体でサインした。一瞬、Angel Himuraという名前が頭を過《よぎ》った。

光希の手は震えていたらしい。久史は心配して、大丈夫？　と聞いた。

「大丈夫。一瞬、田中光希って書きそうになっちゃった」

妻の困惑した顔を、彼は照れと受け取ったらしい。満足そうにうなずいた。本当に間違えそうだったのは、違う名前だったのに。

「それじゃあ、ここに指紋を押してください」

「え?」

高橋が小さな白い箱のようなものを差し出した。

「親指の指紋でいいそうです」

「え?」

光希は箱をまじまじと見つめた。大きさは駄菓子屋で売っていたサイコロキャラメルくらい、そこにプラスチックのボタンのようなものがついている。柔らかそうなシリコンでできているようだ。クイズ番組で使うピンポンボタンをずっと小さくしたような形だ。指紋を記録する機械らしい。

「ここを押すんです、親指で」

光希は顔を上げた。高橋が自分を見下ろしている。脇に立っている夫も自分を見ている。カウンターの中の女性……シンガポールの公務員だろう、マレーシア系の浅黒い顔は無表情のまま、じっと光希を見ている。

「押すんだよ、親指で。そこをぎゅっと」

最初にいらついた声を上げたのは夫だった。光希の一番の理解者で、光希の味方のはずの……。

「この指紋でシンガポールへの出入国がとても楽になるんですよ」

高橋が場の沈黙を埋めるかのように言った。

「パスポートの代わりのような役目を果たしてくれるんです。他にも、身分証明書の代わりを果たしてくれることもあります。すごく進んでますよね」

そんなことを知りたいんじゃない、と彼女に言ってやりたい。

この指紋はどこに登録されるのだろうか。

シンガポール国内？　それとも日本にも送られるのだろうか。

白い箱から太い線が延びている。それが記録した、光希の指紋をどこかに取り込むのだろう。その線の先は何につながっているのか。

あの日……。

光希が日村天使という名前だった頃。

大宮のホテルで働いていた。そこにはたくさんの老人が住んでいた。一泊三千円台からのホテルを老人ホーム代わりに、長期連泊していたのだ。その中には、光希が昔、キャバクラ嬢として働いていた店が入ったビルの持ち主だった、綾小路《あやのこうじ》光子もいた。

光希は光子に近づき、彼女から不動産投資と資産運用のイロハを教えてもらった。一年後、光子は重い風邪をひき、ホテルの部屋の中で死ぬことを選んだ。救命しないことを条件に、光希は百万円をもらった。

部屋の中で光子が死んだ時、光希は彼女の部屋の中を家捜《やさが》しして、さらに彼女が貯め込んでいた金から、二百万円を一度奪い、また元に戻した。

それは誰にも知られないはずだった。だけど、なぜか、その後、財布に入っていたわずかな金を除いて、光子の部屋から金が消えた。

光子はもっと現金を持っていたはずだ、と光希と一緒に光子の部屋を掃除していた山田《やまだ》が言い出し、支配人やマネージャーもその話を信じたのか通報した。

ホテル中に噂《うわさ》が広まっても、光希は平然としていればよかったのだ。知らん顔して掃除していれば、そのうち収まったかもしれない。だけど、どうしても平静ではいられなくなった。一度は金を盗もうとしたことで自分が疑われるのではないか、という恐ろしさで、仕事を続けられなくなった。

ある朝、電話して、マネージャーに「やめさせてほしい」と頼んだ。

「どうして。がんばってたのに。退職届を出してほしいから、一度会社に来て……」

彼が話している途中で、光希は電話を切った。

それが逆に不審を招いたらしい。

彼らは警察を呼んで、光子が死んだあと、誰も使っていなかった彼女の部屋と、光希のロッカーの指紋を採っていったそうだ。

「逃げられないよ」

ずっと電源を切っていた光希のスマートフォンの留守番電話には山田の声が残っていた。警察が指紋を採取したこともそれで知った。

「マネージャーの酒井《さかい》さんには反対されたけど、私が支配人にも相談して通報したんだよ。お金を盗《と》ってないなら、警察に行って説明して」

電話の声はなぜか、最後は泣いていた。自分が一番信頼していた山田に疑われているのは悲しかった。光希はスマホを捨てて、九州に渡り、自分を変えた……。

「どうしました、奥さん」

今度は高橋がいらだった声を上げた。

「さあ、ここに指を」

光希は一瞬目をつぶる。

この指紋は日本の警察に照会されたりするのだろうか。

名前や苗字をすんなり変えられたのは、そこまで追われていなかった、ということではないのか。

警察はどこまで疑っているのだろう。光希……日村天使に逮捕状が出たというようなニュースはまだない。それは毎朝、ネットを使って調べているから確かなはずだ。天使はあれから毎朝、調べている。自分の名前がどこかに出ていないか。誰かが自分を捜していないか。

それは祈りだった。毎朝の祈り。お願い、誰もあたしを捜さないで。誰もあたしを捕まえないで。

何度、ホテルや警察に連絡して申し開きをしようと考えただろうか。しかし、その度にも しも警察が動いていないなら、事を荒立てるだけだと思い、できなかった。

それに光子のお金がなかったというのが本当なら、ホテルの誰かが盗んだわけだ。その人物がどう動くのかもわからず怖かった。

「さあ」

夫に促されて、光希はのろのろと指を白いボタンに近づける。もう、どうしようもない。ここで逃げ出すわけにはいかないのだ。一か八か、賭けるしかない。警察は光希を捜していない、遠いシンガポールまで、指紋を捜して照会したりしない、と。

「さあ、光希」

仕方なく箱に手を伸ばして驚いた。ボタンに指が届こうとした時、手がぶるぶると震え出したのだ。自分はもう観念しているのに、身体が指紋を押すことを拒否している。

「あら、どうしたのかしら」

光希はしかたなく、笑って見せた。手を元に戻すと、それは嘘のように止まった。

「緊張しちゃって」

光希はもう一度、やり直した。すると、また、手がぶるぶる震え出す。左手を肘のあたりに添えてもそれは止まらない。ボタンに親指を合わせられないほど、がくがくと大きく揺れ出した。

また、手を引っ込める。すると止まる。

でも、手を出すと揺れが出る。

それを見ている三人はもう何かを感じ始めているのか、水を打ったようにしんとしていた。

光希は決意する。次は絶対に押す、押さないと。

今度は左手で、右の手首をぎゅっとつかんでボタンに差し出す。やはり近づくとひどい揺れが始まった。

ボタンは小さく、揺れは大きい。

でも、絶対に今度は押さねばならない。なんとか、手を押さえ込んで、親指をシリコンに当てた。すぐに外れたが、当てることはできたのだ。

これでいいでしょう？　と光希は三人を見回す。

しかし、無情にもボタンは赤く光り出した。係員は首を振って、何か言った。

「もっと、ちゃんと押しつけなきゃダメだって」

高橋が説明してくれた。少しぞんざいな口調に聞こえたのは気のせいだろうか。

光希はまた手を伸ばす。今度は親指そのものを左手でつかむ。また、大きく手が揺れ出す。

あたしは努力してきた。必死に、日村天使から逃れようと。

それなのに、こんなところでその望みがついえるのか。

ずっと見られなかった、夫の顔をちらりと見る。彼は無表情だ。その顔から、何を考えているのか、まったく読み取ることができない。

ふと、ファーストクラス・ラウンジの男を思い出した。光希を一目でここにいるべきではないと判断し、チケットを見せろ、と慇懃《いんぎん》無礼に言ってきた男を……。自分はどんなに正式なチケットを持っていても、どうしても入れてもらえないのか。皆はそこに何事もなくいられる場所、正式な場所、自分の居場所に。

光希は深くため息をつく。

とにかく、あたしは指紋を押さなければならない。絶対に。

今、この時を乗り切らなくてはならないのだ。

光希は再び、親指をそこに伸ばし始めた。

解説

新郷由起《しんごうゆき》
（ノンフィクション作家／ジャーナリスト）

※解説内で、小説の結末に触れています。読了後にお読みください。（編集部）

本書は、二〇二二年十月に刊行された単行本『老人ホテル』（光文社刊）を文庫化したものだ。巻末には主人公の〝その後〟を描いたスピンオフ短編「ファーストクラス・ラウンジ」（「小説宝石」二〇二三年三月号掲載）も収められている。

単行本を読了されている方にはお分かりの通り、本作品は文庫版とで結末が異なる。どちらの結末の方が腑《ふ》に落ちるか、気に入るか、は読者によって好みが分かれるところだが、超高齢社会のエグい現場、救われない現実を長年取材し続けている身としては、書き換えられる前の内容に軍配が上がった。人の心理として、天使《えんじぇる》と同じ境遇で現場に居合わせれば、「盗《と》って当然」のような気もするし、一方の光子《みつこ》もまた、天使に「盗られて満足」のような気がしたからだ。

単行本では天使は光子のカネを〝盗ったまま〟で、現場には残金百三十二万円が残されていた。が、文庫版では、〝盗った金を（あとで）戻した〟ものの、すべてのカネがなくなっていた、に変更されている。

著者が相当に悩んで書き直したと聞いている。熟考の末に結末を変えたのは、「主人公を犯罪者にしたくない」「違法なお金を元に成功して欲しくない」といった、おそらくは親心にも似た天使への深い愛情と配慮からだろう。

とはいえ、どちらにせよ天使は一度、光子のカネを盗る。その金額を「二百万円」としたのが絶妙だと舌を巻いた。全額となる「三百三十二万円」ではなく、〝ちょっと失敬〟レベルで（心理的に）済ませられる「百万円」未満でもなく、良心の呵責《かしやく》に押し潰されずにいられるギリギリのラインで、全額の半分より少し多めの「二百万円」としたところに著者の力量を感じたし、天使のしたたかさを見た。

ただ、本編ではいずれにせよ〝誰か〟が現金を持ち去ったため、不本意な形かもしれないが、光子が毛嫌いしていた血縁者へ現金が遺《のこ》されるのを阻止《そし》できた。ほぼ全額が盗まれて「他者の利」となったのは、彼女にとって一種の救いではなかったか、と高齢社会の〝闇〟を深く知る人間としては感じてしまうのだ。

現下の日本で、行き場がなく国庫に納められる高齢者の遺産は年間一千億円超にも上る。受け取るべき身寄りがいない、いても連絡がつかない、あるいは拒否、放棄といった対応から〝死に銭〟となるカネはとてつもなく多いのだ。

光子の場合、もしも現場にそのまま三百万円以上の現金が残されていたら、間違いなく遺族である息子たちに譲渡される。セオリー通りなら、警察は会社を継いでいる長男に連絡を取り、同時に金品の概要を告げ、対面時に確認の上で一切を引き渡す。本来なら後に法定相続人全員で分けるのが筋だが、現金は魔物だ。証拠が残らない。こうした場合、残された子どもたち皆に余程の信頼関係がないと、計算式通りに事は運ばない。つまり、警察との窓口役になった遺族の代表者が、他に内緒で「懐《ふところ》に収める」のだ。

子どもたち――特に長男は、実母である光子を巧妙に陥《おとしい》れられるほどの策士だ。きょうだい全員に遺された現金の総額を正直に告げるとは思えない。怪しまれずに済むように、せいぜい「三十万円ほど残していた」などと嘯《うそぶ》いて、あとのおよそ三百万円を秘密裏に自らのポケットへ忍ばせる……と考えるのが妥当だろう。

「そんなえげつない！」と思われる方も多いだろうが、悲しいかな、遺産を巡る現場では日々横行している〝日常〟の光景なのだ。それほどに、人は多額の現金を目《ま》の当《あ》たりにすると、その魔力に抗《あらが》い難く、弱い。


このように推量するほど、光子のカネは〝誰か〟に盗られて良かったのではないか、と個人的には思ってしまうのだ。それも晩年、「師匠と弟子」のような絆が生まれた天使ならば、余計に。たとえ彼女が全額盗んだとしても、他界した光子が咎《とが》めたり恨《うら》んだりはしなかっただろうと思えてならない。(だからこそ、遺産代わりに「二百万円はもらったと思って有意義に活《い》かせ。そうすれば、草葉の陰で光子も喜ぶはず」とさえ思っていた)

そう思わせる根拠はもう一つある。

ここで読者に問いたい。ご自身が老年期に入ってから日々、若い世代とどれだけ交流が持てるとお思いだろうか。老いるばかりの自分に、仕事以外で自ら関わってくれる若年者がどれほどいるかを考えたことがあるだろうか。

一族代々、子だくさんの仲良し家族で、自分も数多《あまた》の子や孫に囲まれて毎日和気あいあい……といった青写真がすぐ脳裏に浮かぶ人こそ少ないのではないか。あるいは、足繁《しげ》く自宅を訪ねて気遣われるほど、年下に慕《した》われて愛される老人になる自信のある人がどれだけいるだろうか。

雑然とした室内でも生花を活けると華やぐように、年を重ねるほどに年若な相手との交流は得難いものになる。

しかし少子高齢化、単身世帯の増加、個人主義化が進む一方の現代日本で、孤立する高齢者は加速度的に増え続けるばかり。今現在でも「関わってくれる若い人はコンビニ店員と医療従事者だけ」と言い切る老人は圧倒的に多いのだ。それすら、会話は挨拶や世間話程度で、決して〝心の交流〟にまで達しない。

家族の形も変わり、子や孫がいても光子のように疎遠《そえん》なケースや、日常的な繋《つな》がりが薄く「盆暮れ正月のみ」の関係性も多い。ヘルパーなど業務上で接点を持てる相手はいても、気を許せて本音を語り、喜怒哀楽を共にできる若人《わこうど》が身近にいるなど、高齢者にとってどれほど稀有で貴重なことか！

実の子に陥れられ、一代で築き上げた財を奪われた光子の悲嘆と絶望は計り知れない。その歩みの最終章において、老いた自分を真摯《しんし》に頼り、素直に敬《うやま》い従って、仕事抜きで慕ってくれる若い天使の存在は、間違いなく光子の晩年の人生に光を灯《とも》し、意義あるものにしてくれたと断言したい。

どうせ、あの世には一円たりとも持って行けないのだ。（というか、そもそも現金に意味がない）

だからこそ、光子が死の数日前に天使に押し付けた百万円は、〝約束料〟の名目であっても、内実、感謝を含んだ彼女なりの遺産分けであったと筆者には察せられてならないのだ。

さて、この物語はフィクションだ。

著者の、登場人物への心遣いがたっぷりと詰まっており、架空の世界で、独自のルールが適用されている。

ではノンフィクションの視点から、仮に〝リアル〟であったとして、事態を一部現実の世界へ落とし込んでみよう。

まず、部屋で事切れていた光子は、後に病院で死亡が確認される。が、実社会だと様相は少し異なって来る。

宿泊客が室内で亡くなっているかもしれない、と知ったホテルスタッフが「一一九番」通報をする。そこへ駆け付けた救急隊員が対象者の絶命を確認し、「甦生《そせい》の余地なし」と判断できた時点で、以降の対応と処理はすべて警察に委《ゆだ》ねられる。

具体的には、救急隊から警察へ連絡が取られ、警察官らが到着して状況の引き継ぎがなされる。その後は原則として、救急隊は空《から》の救急車と共に去って行く。病院は「命を救う」「肉体を生かす」場であり、既に「命の絶えた」「死を迎えた肉体」を（ごく一部のレアケースを除き）院内に運んではくれないのだ。

バトンを受けた警察は、まず、事件性の有無を洗い出す。二大柱となるのは殺人と窃盗《せっとう》の可能性だ。（今回の場合は考えにくいが、状況により性被害の疑いも視野に入れられる）

窓やドア、空調設備などを通じて、外部から室内へ他者の侵入がなかったか。遺体に目立った外傷はないか。着衣に不自然な乱れはないか。室内が荒らされていないか。何か盗られたものはないか——つぶさに、徹底的に調べられる。

同じくして、室内に残された本人の所持品が確認され、金品においては一円の誤差なく記録に残される。

無論、この間は警察関係者以外一切の立ち入りは許されない。

このため、警察が現場に入ってから記録とともに金品を一時回収して去るまでの間に、「こっそり現場へ戻って現金を返す」ことは現実には不可能に近い。もしも、万が一、億が

―にも、読者の中で同じ境遇に立たされる人がいるとすれば、「あとで返すことは叶《かな》わない」のを念頭に、「盗って犯罪者になる（が、大金を得る）」か、「盗らずに清廉潔白でいる（が、臨時収入のチャンスを逃す）」か、迷いのない瞬時の判断と行動力が要されるだろう。

とはいえ、盲点はある。

考えられるのは、〝誰か〟が警察の立ち入り前に天使が盗らずにおいた百三十二万円を盗み、更に警察が引き揚げた後、天使が戻した二百万円をもう一度〝誰か〟が現場に入って盗み出した、というシナリオだ。これならば、天使は「盗っていない」が、大金はすべて（警察の記録にも）「残っていない」展開となる。

であれば、お気づきの通り、この〝誰か〟は同一人物とは限らない。盗っ人が〝一人きり〟とは断定できないのだ。

山田《やまだ》が留守電に吹き込んだ「逃げられないよ」の一言は、自分への戒《いまし》めの言葉ではなかったか。彼女と相談して通報をよしとした支配人の言動は、自らの潔白をカモフラージュするためのものではなかったか。通報者が実は犯罪者本人であるのは実際によくある事例だからだ。いや、待って欲しい。通報に反対したマネージャーの行動こそ、我が身かわいさからではなかったか。それをいうなら、民子《たみこ》にだって、幸子《さちこ》にだってチャンスはあったはず。それとも……。

こうした〝リアル〟の視点を加味して本作を読み返すと、また改めて違った感覚、異なる読後感を得られるのではないかと思う。


それにしても光子の潔《いさぎよ》さだ。何と見事な人生の幕引きであることよ。

願った通り、カネが尽きる前に命を終えて、自らで引き際を決断し、実践してみせた。住み慣れたホテルの一室で最期を迎えられ、死してほどなく（亡骸《なきがら》が傷《いた》む前に）約束通り天使に発見してもらえた。

一人の老女の旅立ちとして、誠に天晴《あっぱれ》としかいいようがない。

「お迎えの来る日が前もって分かればいいのに。そうしたら、この先いくら必要か分かるし、計画的に使い切れるのに」と、老齢男女からよく聞かれる。

そう、いつまで生きて、どこで死ぬのか、分からないから老後にお金の不安が付き纏《まと》う。金銭管理も難しくなる。同じ「後期高齢者」で命を終えるにしても、七十五歳と百歳では生活に必要なカネが二十五年分も違ってきてしまうのだ。

「あたしはもう、疲れたよ」――光子のこの言葉は、心から発せられたものだろう。サラサラと流れ落ちる砂時計の砂よろしく、日ごとに減っていく所持金と、残りの人生の長さを天《てん》秤《びん》にかけながら、長らくずっと死期を計り続けていたに違いない。

でなければ、「これを逃したらもう、死ぬ機会はしばらくないかもしれない」などと肝の据わった台詞《せりふ》は吐けない。

ただし、いざ死が目前に迫れば、どうにか避けられないかと決意が揺らぐのが人の心というもの。「生きる」ことは命あるものの宿命であり、「生き続けよう」ともがくのは生物としての本能だからだ。

でも、光子は黙って成し遂げた。

死へ向かう壮絶な苦しみに耐えながら、誰も呼ばずに、「今がこの時」と自らの意志を貫いた。途方もないことだ。とてもじゃないが、容易に誰もが真似できる所業ではない。

「女一人一代で、一度ならず二度までも、ゼロから不動産で財を成せる人は、やはり器《うつわ》が違うのだなぁ」と、妙なところで感心してしまったのは、筆者だけではないと思うのだが、どうだろうか。

この物語はフィクションです。登場する人物および団体名等は実在するものといっさい関係ありません。

本書は、二〇二二年十月、光文社より刊行された単行本を加筆修正のうえ、文庫化したものです。

巻末の短編「ファーストクラス・ラウンジ」は「小説宝石」二〇二三年三月号に掲載されたスピンオフ作品であり、文庫化にあたり特別に収録しました。

光文社文庫　光文社

老《ろう》人《じん》ホテル

著者　原《はら》田《だ》ひ香《か》

2025年4月20日　初版1刷発行
2025年6月30日　5刷発行

発行者　三宅貴久
印刷　萩原印刷
製本　ナショナル製本

発行所　株式会社　光文社
〒112-8011　東京都文京区音羽1-16-6
電話　(03)5395-8147　編集部
8116　書籍販売部
8125　制作部

© Hika Harada 2025

落丁本・乱丁本は制作部にご連絡くだされば、お取替えいたします。
ISBN978-4-334-10608-9　Printed in Japan

R ＜日本複製権センター委託出版物＞
本書の無断複写複製（コピー）は著作権法上での例外を除き禁じられています。本書をコピーされる場合は、そのつど事前に、日本複製権センター（☎03-6809-1281、e-mail : jrrc_info@jrrc.or.jp）の許諾を得てください。

組版　萩原印刷

本書の電子化は私的使用に限り、著作権法上認められています。ただし代行業者等の第三者による電子データ化及び電子書籍化は、いかなる場合も認められておりません。

光文社文庫　好評既刊

出好き、ネコ好き、私好き	林　真理子
女はいつも四十雀	林　真理子
母親ウエスタン	原田ひ香
彼女の家計簿	原田ひ香
彼女たちが眠る家	原田ひ香
DRY	原田ひ香
あなたも人を殺すわよ	伴　一彦
密室の鍵貸します	東川篤哉
密室に向かって撃て！	東川篤哉
完全犯罪に猫は何匹必要か？	東川篤哉
学ばない探偵たちの学園	東川篤哉
交換殺人には向かない夜	東川篤哉
中途半端な密室	東川篤哉
ここに死体を捨てないでください！	東川篤哉
殺意は必ず三度ある	東川篤哉
はやく名探偵になりたい	東川篤哉
私の嫌いな探偵	東川篤哉
探偵さえいなければ	東川篤哉
犯人のいない殺人の夜　新装版	東野圭吾
怪しい人びと　新装版	東野圭吾
白馬山荘殺人事件　新装版	東野圭吾
11文字の殺人　新装版	東野圭吾
殺人現場は雲の上　新装版	東野圭吾
ブルータスの心臓　新装版	東野圭吾
回廊亭殺人事件　新装版	東野圭吾
美しき凶器　新装版	東野圭吾
ゲームの名は誘拐	東野圭吾
ダイイング・アイ	東野圭吾
あの頃の誰か	東野圭吾
カッコウの卵は誰のもの	東野圭吾
虚ろな十字架	東野圭吾
素敵な日本人	東野圭吾
ブラック・ショーマンと名もなき町の殺人	東野圭吾
夢はトリノをかけめぐる	東野圭吾

光文社文庫　好評既刊

サイレント・ブルー　樋口明雄
愛と名誉のためでなく　樋口明雄
黒い手帳　久生十蘭
肌色の月　久生十蘭
リアル・シンデレラ　姫野カオルコ
ケーキ嫌い　姫野カオルコ
潮首岬に郭公の鳴く　平石貴樹
スノーバウンド@札幌連続殺人　平石貴樹
立待岬の鷗が見ていた　平石貴樹
独白するユニバーサル横メルカトル　平山夢明
ミサイルマン　平山夢明
八月のくず　平山夢明
探偵は女手ひとつ　深町秋生
第四の暴力　深水黎一郎
灰色の犬　福澤徹三
群青の魚　福澤徹三
そのひと皿にめぐりあうとき　福澤徹三

侵略者　福田和代
繭の季節が始まる　福田和代
いつまでも白い羽根　藤岡陽子
トライアウト　藤岡陽子
ホイッスル　藤岡陽子
晴れたらいいね　藤岡陽子
波風　藤岡陽子
この世界で君に逢いたい　藤岡陽子
三十年後の俺　藤崎翔
オレンジ・アンド・タール　藤沢周
ショコラティエ　藤野恵美
はい、総務部クリニック課です。　藤山素心
はい、総務部クリニック課です。私は私でいいですか？　藤山素心
はい、総務部クリニック課です。この凸凹な日常で　藤山素心
はい、総務部クリニック課です。あなたの個性と女性と母性　藤山素心
はい、総務部クリニック課です。あれこれ痛いオトナたち　藤山素心
お誕生会クロニクル　古内一絵

光文社文庫　好評既刊

現実入門　穂村弘
ストロベリーナイト　誉田哲也
ソウルケイジ　誉田哲也
シンメトリー　誉田哲也
インビジブルレイン　誉田哲也
感染遊戯　誉田哲也
ブルーマーダー　誉田哲也
インデックス　誉田哲也
ルージュ　誉田哲也
ノーマンズランド　誉田哲也
オムニバス　誉田哲也
ドルチェ　誉田哲也
ドンナビアンカ　誉田哲也
疾風ガール　誉田哲也
春を嫌いになった理由　新装版　誉田哲也
ガール・ミーツ・ガール　誉田哲也
世界でいちばん長い写真　誉田哲也

黒い羽　誉田哲也
ボーダレス　誉田哲也
Qrosの女　誉田哲也
アクトレス　誉田哲也
クリーピー　前川裕
クリーピーゲイズ　前川裕
真犯人の貌　前川裕
いちばん悲しい　まさきとしか
屑の結晶　まさきとしか
山手線が転生して加速器になりました。　松崎有理
匣の人　松嶋智左
花実のない森　松本清張
混声の森（上・下）　松本清張
風の視線（上・下）　松本清張
弱気の蟲　松本清張
鴎外の婢　松本清張
象の白い脚　松本清張

光文社文庫　好評既刊

地の指(上・下)　松本清張
風紋　松本清張
影の車　松本清張
殺人行おくのほそ道(上・下)　松本清張
花氷　松本清張
湖底の光芒　松本清張
数の風景　松本清張
中央流沙　松本清張
高台の家　松本清張
翳った旋舞　松本清張
霧の会議(上・下)　松本清張
馬を売る女　松本清張
鬼火の町　松本清張
紅刷り江戸噂　松本清張
彩色江戸切絵図　松本清張
異変街道(上・下)　松本清張
ペット可。ただし、魔物に限る　ふたたび　松本みさを

恋の蛍　松本侑子
島燃ゆ　隠岐騒動　松本侑子
世話を焼かない四人の女　麻宮ゆり子
バラ色の未来　真山仁
当確師　真山仁
当確師　十二歳の革命　真山仁
向こう側の、ヨーコ　真梨幸子
シエア　真梨幸子
ワンダフル・ライフ　丸山正樹
新約聖書入門　三浦綾子
旧約聖書入門　三浦綾子
極め道　三浦しをん
舟を編む　三浦しをん
江ノ島西浦写真館　三上延
なぜ、そのウイスキーが死を招いたのか　三沢陽一
なぜ、そのウイスキーが謎を招いたのか　三沢陽一
なぜ、そのウイスキーが闇を招いたのか　三沢陽一

光文社文庫　好評既刊

冷たい手	水生大海
だからあなたは殺される	水生大海
宝の山	水生大海
ラットマン	道尾秀介
カササギたちの四季	道尾秀介
光	道尾秀介
満月の泥枕	道尾秀介
サーモン・キャッチャー the Novel	道尾秀介
赫眼	三津田信三
ポイズンドーター・ホーリーマザー	湊かなえ
ブラックウェルに憧れて	南杏子
破滅	南英男
刑事失格	南英男
女殺し屋	南英男
復讐捜査	南英男
毒蜜　快楽殺人　決定版	南英男
毒蜜　謎の女　決定版	南英男
毒蜜　闇死闘　決定版	南英男
毒蜜　裏始末　決定版	南英男
毒蜜　七人の女　決定版	南英男
毒蜜　首都封鎖	南英男
接点　特任警部	南英男
盲点　特任警部	南英男
猟犬検事	南英男
猟犬検事　密謀	南英男
猟犬検事　堕落	南英男
猟犬検事　破綻	南英男
悪党	南英男
闇処刑	南英男
支援捜査	南英男
P町の親子たち	宮口幸治
スコーレNo.4	宮下奈都
神さまたちの遊ぶ庭	宮下奈都
つぼみ	宮下奈都

光文社文庫　好評既刊

ワンさぶ子の怠惰な冒険　宮下奈都
クロスファイア（上・下）　宮部みゆき
スナーク狩り　宮部みゆき
チヨ子　宮部みゆき
長い長い殺人　宮部みゆき
鳩笛草　燔祭／朽ちてゆくまで　宮部みゆき
刑事の子　宮部みゆき
贈る物語　Terror　宮部みゆき編
森のなかの海（上・下）　宮本輝
三千枚の金貨（上・下）　宮本輝
美女と竹林　森見登美彦
奇想と微笑　太宰治傑作選　森見登美彦編
美女と竹林のアンソロジー　森見登美彦 リクエスト！
棟居刑事の代行人　森村誠一
棟居刑事の砂漠の喫茶店　森村誠一
春や春　森谷明子
南風吹く　森谷明子
遠野物語　森山大道
友が消えた夏　門前典之
マザー・マーダー　矢樹純
神の子（上・下）　薬丸岳
ぶたぶた日記　矢崎存美
ぶたぶたの食卓　矢崎存美
ぶたぶたのいる場所　矢崎存美
ぶたぶたと秘密のアップルパイ　矢崎存美
訪問者ぶたぶた　矢崎存美
再びのぶたぶた　矢崎存美
ぶたぶたさん　矢崎存美
ぶたぶたは見た　矢崎存美
ぶたぶた図書館　矢崎存美
ぶたぶた洋菓子店　矢崎存美
ぶたぶたのお医者さん　矢崎存美
ぶたぶたの本屋さん　矢崎存美
ぶたぶたのおかわり！　矢崎存美